THE LYING GAME

SETE MINUTOS NO PARAÍSO

THE LYING GAME

SETE MINUTOS NO PARAÍSO

SARA SHEPARD

AUTORA DA SÉRIE BESTSELLER INTERNACIONAL

Pretty Little Liars

Tradução de
Joana Faro

ROCCO
JOVENS LEITORES

Título original
SEVEN MINUTES IN HEAVEN
THE LYING GAME NOVEL

Copyright © 2013 by Alloy Entertainment e Sara Shepard

Todos os direitos reservados. Nenhuma parte desta obra pode ser reproduzida ou transmitida por qualquer forma ou meio eletrônico ou mecânico, inclusive fotocópia, gravação ou sistema de armazenagem e recuperação de informação, sem a permissão escrita do editor.

Edição brasileira publicada mediante acordo com a Rights People, Londres.

Direitos para a língua portuguesa reservados
com exclusividade para o Brasil à
EDITORA ROCCO LTDA.
Av. Presidente Wilson, 231 – 8º andar
20030-021 – Centro – Rio de Janeiro – RJ
Tel.: (21) 3525-2000 – Fax: (21) 3525-2001
rocco@rocco.com.br | www.rocco.com.br

Printed in Brazil/Impresso no Brasil

preparação de originais
RAYANA FARIA

CIP-Brasil. Catalogação na Publicação
Sindicato Nacional dos Editores de Livros, RJ

S553s
Shepard, Sara, 1977-
 Sete minutos no paraíso / Sara Shepard; tradução Joana Faro. – Primeira edição. – Rio de Janeiro: Rocco Jovens Leitores, 2016.
 (The lying game; 6)

Tradução de: Seven Minutes in Heaven
ISBN 978-85-7980-294-2

1. Ficção americana. I. Faro, Joana. II. Título. III. Série.

16-32513
CDD: 813
CDU: 821.111(73)-3

O texto deste livro obedece às normas do
Acordo Ortográfico da Língua Portuguesa.

Garotas boazinhas vão para o céu,
garotas más vão a qualquer lugar.
— HELEN GURLEY BROWN

PRÓLOGO

Aquele closet seria o sonho de qualquer garota. Um grosso tapete cor-de-rosa cobria o piso de madeira, perfeito para pisar com os dedos descalços de manhã cedo. Prateleiras e nichos cobriam as paredes, cheios de bolsas, joias e dezenas de sapatos de grife. Roupas luxuosas de todas as cores do arco-íris pendiam em fileiras organizadas: blusas e saias de seda, caxemira e algodão.

Para a maioria das garotas, aquele closet seria o paraíso. Para mim, era apenas mais um lembrete de que o paraíso era exatamente onde eu não estava.

Ao meu lado no espaço estreito, minha irmã gêmea, Emma Paxton, passava os dedos pelos tecidos sofisticados de minhas roupas, com o coração apertado em um nó de tristeza. Tinha cabelos castanhos e pernas longas iguais às minhas, os mesmos olhos azul-mar delineados por cílios escuros. Afinal de contas, ela era minha gêmea idêntica. Mas embora eu estivesse bem ao lado dela, seu reflexo era o único que aparecia no espelho de três faces na extremidade do closet.

Desde a minha morte, eu era invisível. Mas por algum motivo ainda estava entre os vivos, conectada por forças que não compreendia à irmã que nunca tive a chance de conhecer. A irmã que fora forçada por meu assassino a assumir minha vida. Desde minha morte, Emma enganava todos os meus amigos e minha família, fazendo-se passar por mim, Sutton Mercer. Ela vinha lutando com unhas e dentes para descobrir o que acontecera na noite em que morri, e havia conseguido descartar minha família e minhas melhores amigas como suspeitas. Mas os indícios estavam escasseando com rapidez, as pistas iam se acabando. E o assassino continuava à espreita, em algum lugar nas sombras, cuidando para que ela não cometesse algum deslize.

Naquele momento, Emma estava de meias e lingerie com uma expressão confusa enquanto olhava meu guarda-roupa. Era ridículo que depois de tudo o que tinha acontecido, das perdas que sofrera, do terror no qual vivera, o simples ato de se vestir fosse tão avassalador. Mas talvez fosse *por causa* das perdas, por causa do terror, que as escolhas mais simples tivessem se tornado complexas em sua mente agitada. Emma nunca tivera esse tipo de closet em sua antiga vida. Colocada no sistema de adoção de Las Vegas depois que nossa mãe, Becky, a abandonou, Emma se mudava de abrigo em abrigo com suas camisetas de segunda mão em uma sacola. Eu tinha muitas roupas, muitos vestidos: curtos e justos, ou longos e esvoaçantes, com estampas vivas e espalhafatosas ou monocromáticos, com lantejoulas, pregas ou detalhes em renda. Havia, claro, mais de meia dúzia de vestidos pretos para escolher.

De repente, Emma começou a tremer. Ela se deixou sentar no tapete de pelúcia, envolvendo os joelhos com os braços enquanto lágrimas rolavam por suas bochechas.

– O que aconteceu com você, Nisha? – sussurrou ela. – O que estava tentando me dizer?

Fazia quase duas semanas que Nisha Banerjee, minha antiga rival, fora encontrada flutuando de barriga para baixo na piscina de sua casa. A notícia tinha causado ondas de choque por toda a escola. Nisha estava envolvida em diversas atividades, e embora não fosse exatamente tão popular quanto eu fora, todo mundo a conhecia. Os boatos começaram quase de imediato. Nisha era atlética e nadava bem (metade da escola estivera em alguma festa na piscina em sua casa). Como podia ter se afogado? Tinha sido apenas um acidente bizarro? Ou poderia ter sido algo mais sombrio, uma overdose? *Suicídio?*

Mas eu e Emma sabíamos que não. No dia de sua morte, Nisha tentara falar com Emma desesperadamente, ligando sem parar para ela. A princípio, ela não tinha retornado as ligações porque estava distraída demais com meu namorado secreto, Thayer Vega, que insistia em dizer que havia algo diferente nela que ele ia descobrir. Quando Emma ligou, Nisha já estava morta, e tinha a sensação de que não era coincidência.

Se Emma estivesse certa, se Nisha tivesse encontrado algum tipo de informação sobre minha morte, ela seria a vítima mais recente do jogo mortal de meu assassino. Quem quer que tivesse me matado continuava à solta, e estava disposto a matar de novo para manter seu segredo enterrado.

Enfim, Emma se levantou, limpando as lágrimas com impaciência. Ela não podia se dar ao luxo de sofrer por Nisha. Precisava descobrir o que acontecera na noite de minha morte antes que outra pessoa de quem ela gostava sofresse as consequências. E antes que o assassino também a eliminasse.

1
A TEIA EMARANHADA QUE TECEMOS

"Há quase duas semanas uma jovem da região foi encontrada morta na piscina da família", entoou a voz da repórter enquanto uma imagem de Nisha preenchia a tela em um domingo no fim de novembro. Emma estava diante da escrivaninha de Sutton, vendo as notícias locais sobre Nisha no computador enquanto se vestia para seu funeral. Ela não sabia muito bem por que estava assistindo àquilo; já sabia dos detalhes. Talvez ouvi-los ser repetidos com frequência suficiente finalmente a fizesse acreditar que era verdade: Nisha estava mesmo morta.

A repórter, uma latina esguia de blazer malva, estava diante de uma casa contemporânea que Emma conhecia bem. A casa de Nisha fora o primeiro lugar que ela fora como Sutton, na noite em que Madeline Vega e as Gêmeas do Twitter, Lilianna e Gabriella Fiorello, a "sequestraram" no banco do parque onde esperava para encontrar sua irmã gêmea pela primeira vez. Emma se lembrava do quanto Nisha parecera irritada ao vê-la entrar na festa (Nisha e Sutton eram rivais havia anos). Mas no último mês Emma havia começado a formar uma frágil amizade com a cocapitã da equipe de tênis.

"A garota foi encontrada pelo pai pouco depois das vinte horas da última segunda-feira. Em um comunicado oficial, a Polícia de Tucson determinou que não há evidências de crime e está tratando a morte como acidente. Mas muitas questões permanecem sem resposta."

A câmera cortou para Clara, uma garota que Emma conhecia da equipe principal de tênis. Seus olhos estavam arregalados em perplexidade, e seu rosto, pálido. A legenda COLEGA DE TURMA DE NISHA aparecia na parte inferior da tela. "Muita gente está dizendo que pode ter sido... pode ter sido intencional. Por ela ser tão motivada, sabe? Até onde uma pessoa pode ir antes de... de desmoronar?" Lágrimas encheram os olhos de Clara.

A câmera cortou de novo, substituindo Clara por um adolescente. Emma olhou com mais atenção. Era seu namorado, Ethan Landry. VIZINHO DE NISHA, dizia a legenda sob o rosto dele. Ethan usava camisa social e gravata pretas, obviamente saindo de casa para o funeral. Os joelhos de Emma enfraqueceram quando ela o viu. "Eu não a conhecia muito bem", disse Ethan, com os olhos azul-escuros sérios. "Ela sempre me pareceu muito equilibrada. Mas acho que nunca se sabe os segredos que as pessoas escondem."

A câmera voltou para a repórter. "O funeral acontecerá esta tarde no All Faiths Memorial Park. A família pediu que, em vez de mandar flores, as pessoas façam doações ao Hospital da Universidade do Arizona. Quem fala é Tricia Melendez." Emma fechou o laptop e voltou ao closet. O silêncio que se seguiu ao falatório da repórter foi profundo e sepulcral.

Ela nunca havia ido a um funeral. Ao contrário da maioria das pessoas de sua idade, que tinham perdido avós ou amigos da família, Emma nunca tivera alguém para perder. Ela respirou fundo e começou a olhar os vestidos pretos de Sutton, tentando decidir qual deles seria mais apropriado.

Eu não conseguia me lembrar se já tivera um motivo para usar luto. Minha memória de morta era de uma irregularidade frustrante. Eu me lembrava de ligações vagas com minha casa, com meus pais; mas de poucos momentos concretos. De vez em quando, uma lembrança voltava em um flash de detalhes repentinos, mas eu não tinha descoberto como prevê-las, muito menos como desencadeá-las. Tentei me lembrar do funeral de meu avô, quando Laurel e eu estávamos com seis ou sete anos. Será que tínhamos dado as mãos ao nos aproximar do caixão?

Enfim, Emma se decidiu por um vestido-suéter de caxemira, tirando-o com cuidado do cabide e vestindo-o por sobre a cabeça. Era meio justo, mas tinha um corte simples. Enquanto alisava o tricô delicado sobre os quadris, as palavras de Clara ecoavam em seus ouvidos. *Pode ter sido... intencional.*

O Dia de Ação de Graças tinha caído na quinta-feira, e embora o feriado não tivesse sido alegre, Emma ao menos agradecera por poder passar alguns dias longe da escola e das especulações descontroladas a respeito de Nisha. As fofocas eram inaceitáveis. Emma tinha passado o fim de semana anterior com Nisha, que não parecera nem um pouco triste. Quaisquer que fossem as inseguranças que tivessem causado o conflito entre ela e Sutton pareciam enfim ter evaporado, com uma ajudinha da gentileza de Emma. Nisha até mesmo a ajudara a invadir o arquivo do hospital psiquiátrico para descobrir a verdade sobre o passado de Becky. Durante duas terríveis semanas, Emma havia acreditado que Becky era a assassina de Sutton e quisera ver a ficha da mãe para descobrir se seu comportamento já havia sido violento.

Emma pegou o iPhone de Sutton e olhou as mensagens. No dia de sua morte, Nisha tinha ligado para Emma mais de dez vezes durante a manhã, depois, finalmente lhe mandara uma única mensagem de texto: ME LIGUE URGENTE, TENHO UMA COISA PARA CONTAR. Ela não deixara mensagens de voz, e não havia qualquer outra explicação. Horas depois, tinha se afogado.

Pode ser coincidência, pensou Emma, enfiando o telefone em uma *clutch* preta e branca juntamente com sua carteira. *Não existem provas de que alguém matou Nisha, ou de que sua morte tenha algo a ver comigo.*

Mas, ao pensar isso, uma convicção sombria recaiu sobre a dúvida e a tristeza que ocupavam seu coração. Ela não podia mais se dar ao luxo de acreditar em coincidências. Afinal de contas, quantos fatos improváveis a tinham levado até ali? Travis, seu irmão temporário maconheiro, encontrara *por acaso* um falso vídeo do assassinato de Sutton e pensara ser de Emma. Ela havia chegado a Tucson *convenientemente* no dia seguinte à morte da irmã, depois de passar 18 anos sem sequer saber que tinha uma irmã. E agora Nisha morria no mesmo dia em que *precisava* falar com Emma com urgência? Não, nada daquilo podia ser por acaso. Ela se sentia um peão sob uma mão invisível, sendo movida sem vontade própria por um tabuleiro de xadrez em um jogo que mal entendia.

E era difícil não pensar que Nisha fora sacrificada em nome desse jogo.

Observei minha irmã se atrapalhar com um punhado de grampos, tentando prender o cabelo em um coque banana. Emma não tinha o mínimo jeito para fazer penteados; sendo bem sincera, para qualquer coisa além de um simples rabo de cavalo. Eu queria poder estar atrás dela e ajudar. Queria que pudéssemos nos arrumar juntas e gostaria de segurar a mão dela durante o funeral. Queria ser capaz de lhe dizer que eu estava bem ali enquanto ela se sentia tão sozinha.

Alguém bateu de leve à porta. Emma cuspiu um grampo e ergueu o rosto.

— Entre.

O Sr. Mercer abriu a porta, usando um terno preto feito sob medida e uma gravata azul e vinho. Seu cabelo parecia mais grisalho que de costume; ele tivera de guardar muitos segredos nos últimos tempos. Recentemente, Emma descobrira que Becky era filha dos Mercer, o que a tornava neta biológica deles. Agora que sabia, ela conseguia enxergar a semelhança. Tinha o nariz reto e os lábios delineados do Sr. Mercer. Mas ele escondera o reaparecimento de Becky da esposa e da irmã de Sutton, Laurel.

— Oi, filha — disse ele, dando um sorriso hesitante. — Como estão as coisas aqui em cima?

Emma abriu a boca para dizer *bem*, mas, depois de um instante, a fechou e deu de ombros. Ela não sabia como responder àquela pergunta, mas sabia que nada estava bem.

O Sr. Mercer assentiu, depois expirou com força.

— Você passou por muita coisa. — Ele não estava falando apenas de Nisha. Como se a morte da amiga não fosse o suficiente, nos últimos tempos Emma vira Becky, sua própria mãe, pela primeira vez em 13 anos.

Emma havia conseguido provar que Becky era inocente do assassinato de Sutton, mas a imagem dela presa a uma cama de hospital, espumando pela boca, tinha assombrado seus sonhos. Ela passara muitos anos se perguntando o que tinha acontecido com a mãe, mas nunca percebera como Becky era doente. Como era instável.

Ela pegou a pequena *clutch* preta e branca que tinha enchido de lenços.

— Estou pronta.

O avô assentiu.

— Por que você não desce até a sala antes, Sutton? Acho que está na hora de termos uma reunião de família.

— Reunião de família?

O Sr. Mercer assentiu.

— A Laurel e a mamãe já estão esperando.

Emma mordeu o lábio. Nunca tinha participado de nada semelhante a uma reunião de família e não sabia o que esperar. Ela se apoiou sem firmeza sobre as sandálias pretas de Sutton, desceu a escada e atravessou a entrada iluminada atrás do Sr. Mercer. A luz clara do começo da tarde passava pelas janelas altas.

A sala de estar dos Mercer era decorada com as luxuosas cores do sudeste americano: muitos vermelhos terrosos e castanhos, combinados a estampas *chevron* navarro. Quadros de flores do deserto pendiam das paredes, e um reluzente piano de cauda Steinway baby ficava sob uma das janelas. A Sra. Mercer e Laurel já estavam ali, sentadas uma ao lado da outra no grande sofá de couro.

Assim como com o Sr. Mercer, Emma via a própria semelhança com a avó agora que sabia onde procurar. Tinham os mesmos olhos azul-mar, o mesmo corpo esguio. A Sra. Mercer parecia nervosa, com o batom falhado no ponto onde mordia o lábio. A seu lado, Laurel se sentava de pernas cruzadas, balançando um dos pés ansiosamente. Seu cabelo louro-mel estava preso exatamente no mesmo penteado que Emma tinha tentado fazer. Para a ocasião, ela escolhera uma saia-lápis preta e uma blusa de botões, e usava uma pequena pulseira de ouro com um berloque em forma de raquete de tênis. Estava pálida sob as sardas claras que cobriam seu nariz.

Emma se sentou com cuidado na poltrona de camurça diante de Laurel e de sua avó. Do vestíbulo, o relógio deu um único *bong* ressonante.

— O funeral começa em uma hora — disse Laurel. — Não é melhor sairmos?

— Iremos daqui a pouco — disse o Sr. Mercer. — Primeiro, sua mãe e eu queremos conversar com vocês. — Ele pigarreou. — A morte de Nisha é um lembrete do que realmente importa na vida. Para nós, não existe nada mais importante que vocês duas. — Sua voz falhou, e ele fez uma pequena pausa para recuperar a compostura.

Laurel ergueu o rosto para o Sr. Mercer, com a testa franzida.

— Pai, nós sabemos. Não precisa dizer isso.

Ele balançou a cabeça.

— Eu e sua mãe não fomos sempre honestos com vocês, Laurel, e isso prejudicou nossa família. Queremos contar a verdade. Segredos só servem para nos afastar.

De repente, Emma se deu conta do que ele estava falando. Nem a Sra. Mercer nem Laurel sabiam que ela e o Sr. Mercer tinham feito contato com Becky. Laurel não imaginava sequer que Becky existia. Para ela, Sutton fora adotada de uma desconhecida anônima. Quanto à Sra. Mercer, ela banira a mãe de Emma daquela casa havia anos. Emma lançou um olhar apavorado ao Sr. Mercer. Ele estava colado ao encosto da poltrona como se estivesse se preparando.

A Sra. Mercer pareceu notar a ansiedade de Emma e lhe deu um sorriso fraco.

– Querida, está tudo bem. Seu pai e eu conversamos sobre isso. Eu sei de tudo. Você não está encrencada.

Laurel olhou bruscamente para a mãe.

– Do que vocês estão falando? – Seu olhar se deslocou para o Sr. Mercer. – Eu sou a única que não sabe o que está acontecendo?

Um silêncio constrangedor recaiu sobre a sala. A Sra. Mercer olhou para o próprio colo enquanto o Sr. Mercer ajeitava a gravata, desconfortável.

Emma engoliu em seco, encarando Laurel.

– Finalmente conheci minha mãe biológica.

Laurel ficou boquiaberta, projetando o pescoço para a frente, tamanha a surpresa.

– O quê? Essa é uma grande notícia!

– Mas isso não é tudo – interrompeu o Sr. Mercer. Sua boca estava curvada para baixo em sinal de insatisfação. – Laurel, querida, a verdade é que Sutton é nossa neta biológica.

Laurel congelou por um instante. Depois balançou a cabeça devagar, encarando o pai.

— Não estou entendendo. É impossível. Como ela pode ser sua...

— A mãe dela, Becky, é nossa filha — continuou o Sr. Mercer. — Nós a tivemos muito jovens. Becky saiu de casa antes de você nascer, Laurel.

— Mas... por que vocês não me contaram uma coisa dessas? — Manchas rosadas de raiva apareceram nas bochechas de Laurel. — Isso é loucura.

— Querida, sentimos muito por nunca ter contado. — A voz do Sr. Mercer tinha um tom de súplica. — Achamos que estávamos tomando a decisão certa. Queríamos proteger vocês duas de nossos próprios erros.

— Ela é minha irmã! — disparou Laurel, com a voz aguda. Por um momento, Emma pensou que ela estava falando de Sutton, mas depois se deu conta de que Laurel se referia a Becky. — Vocês esconderam minha irmã de mim!

Emma apertou o vestido com tanta força que os nós de seus dedos ficaram brancos. Depois de tudo que enfrentara, ela ficou perplexa ao perceber que ainda temia um Chilique Homérico de Laurel. Mas não podia culpar Laurel por aquela reação. Emma tinha passado tanto tempo pensando em Becky como sua mãe perdida que quase se esquecera de que Becky e Laurel eram irmãs. Laurel estava certa; não era justo nunca ter tido a chance de conhecê-la.

— Onde ela está? Como ela é? — pressionou Laurel. Emma abriu a boca para responder, mas, antes que tivesse a chance, a Sra. Mercer falou:

— Problemática.

Aquela palavra suave preencheu a sala. Todos olharam para a Sra. Mercer, que chorava em silêncio com a mão sobre a boca. A imagem da mãe aflita pareceu dissipar a raiva de Laurel. Ela mordeu o lábio e seus olhos se acalmaram.

A Sra. Mercer continuou, baixando a mão para o peito. Sua voz estava baixa e trêmula, mal passava de um sussurro:

— Becky magoou muito a mim e ao seu pai, Laurel. Ela é uma pessoa difícil de lidar. Chegamos à conclusão de que seria melhor para todos nós se não tivéssemos contato com ela. Ela causou muitos danos a esta família ao longo dos anos.

— Não é tudo culpa da Becky — interrompeu o Sr. Mercer, inclinando-se para a frente. — Ela é doente mental, Laurel, e sua mãe e eu não soubemos como lidar com isso quando ela era mais nova.

Laurel voltou o olhar para Emma outra vez, com uma expressão mais magoada que zangada.

— Há quanto tempo *você* sabe de tudo isso?

Emma respirou fundo. Então pegou uma almofada com borla da poltrona e a apertou contra o peito como um bichinho de pelúcia, pensando em que resposta *Sutton* daria a essa pergunta.

— Eu a conheci no Sabino Canyon. Na noite da festa do pijama da Nisha.

Emma fizera o melhor que podia para reconstruir a noite de minha morte, e partes de minha memória também tinham voltado. Eu vira Laurel naquela noite, depois de chamá-la para buscar Thayer Vega, meu namorado secreto, por quem tinha uma quedinha havia muito tempo, e o levar ao hospital depois que alguém, provavelmente meu assassino, tentara atropelá-lo com meu carro. Vi a lembrança aparecer no rosto de Laurel também. Seus olhos se arregalaram quando ela fez a conexão.

— Desculpe por ter escondido isso de você — disse Emma, estremecendo ao pensar em todos os outros imensos segredos que escondia dos Mercer. — Foi tudo muito intenso, e eu ainda não estava pronta para falar a respeito.

Laurel assentiu devagar. Ela brincava com o berloque de sua pulseira enquanto emoções conflitantes passavam por seu rosto. Emma sabia como ela estava se sentindo; as descobertas que a própria Emma tinha feito sobre Becky e os Mercer também eram recentes.

A sala estava tão silenciosa que eles ouviam a respiração do dogue alemão da família, Drake, que roncava em uma gigantesca cama de cachorro perto da lareira. O Sr. Mercer olhou pela janela, onde duas matracas-desérticas se ocupavam em construir um ninho em um carvalho-do-deserto. Depois de um bom tempo, Laurel riu baixinho.

— O que foi? — perguntou Emma, inclinando a cabeça.

— Acabei de perceber que isso a torna minha sobrinha, não é? — disse Laurel, com um meio sorriso puxando o lábio para o lado.

Emma também riu de leve.

— Parece que sim.

— Tecnicamente, sim — acrescentou o Sr. Mercer. Ele desabotoou e voltou a abotoar o paletó, sentindo um alívio visível por ouvi-las rir. — Mas, como adotamos a Sutton, ela também é legalmente sua irmã.

Laurel se voltou outra vez para Emma, e embora seu sorriso parecesse meio tenso, seu olhar era caloroso.

— Tudo isto é uma loucura... mas é até legal sermos parentes. Biologicamente, digo. Você sabe que sempre foi minha irmã. Mas estou feliz por também termos uma ligação de sangue.

Rápidos flashes de nós duas pequenas encheram minha mente. Laurel estava certa. Nós éramos irmãs. Brigávamos como irmãs, mas também cuidávamos uma da outra como irmãs fazem.

O Sr. Mercer pigarreou, passando a mão sobre o maxilar.

– Tem mais uma coisa – disse ele. Os olhos de Emma correram para ele. Mais? – Becky me falou algumas coisas estranhas antes de ir embora. É difícil saber no que acreditar. Nem sempre Becky é... confiável. Mas por algum motivo tenho a impressão de que ela pode estar dizendo a verdade desta vez. Ela contou que teve outra filha. Que Sutton tem uma irmã gêmea.

O coração de Emma parou no peito. Por um longo momento, sua visão ficou turva, transformando a sala dos Mercer em uma paisagem borrada de Dali a sua volta. Eles ainda não sabiam de toda a verdade. Ao olhar a ficha de Becky duas semanas antes, Emma descobrira que ela tinha mais uma filha, uma garota de doze anos que, segundo Becky, morava com o pai na Califórnia.

– Uma gêmea? – guinchou Laurel.

– Não sei se é verdade. – O Sr. Mercer baixou os olhos para Emma, com uma expressão indecifrável. – Becky não parecia saber onde sua irmã, sua gêmea, está hoje em dia, Sutton. **Mas** o nome dela é Emma.

– Emma? – Laurel lançou um olhar incrédulo a Emma. – Não foi esse o nome que você disse ser o seu no café da manhã do primeiro dia de aula?

Emma segurou uma saliência do vestido de Sutton, tentando ganhar tempo. Ela foi poupada de responder quando o Sr. Mercer voltou a falar.

— Becky contou sobre ela, não foi? — perguntou ele suavemente. — Naquela noite no Sabino?

Com a mente a mil, Emma conseguiu assentir, grata que o Sr. Mercer tivesse oferecido uma explicação. Provavelmente era verdade. Durante a conversa que haviam tido na semana anterior, Becky falara de Emma como se já tivesse contado a Sutton sobre ela. De um jeito ou de outro, Emma sabia que precisava tomar muito cuidado com aquela situação.

— Ela só me falou o nome dela — disse Emma com calma. — Eu deveria ter contado para vocês. Mas estava furiosa. Tentei descobrir se vocês também sabiam, ver se reconheciam o nome. Achei que se começasse uma briga poderia obrigá-los a me contar.

Outro silêncio tenso tomou conta da sala. Com o canto do olho, ela observou Drake erguer a cabeça de sua cama e olhar em volta, balançando o rabo sem firmeza. Os cliques do ponteiro do relógio Cartier do Sr. Mercer eram audíveis. Penosamente lentos em comparação ao coração acelerado de Emma.

A Sra. Mercer finalmente quebrou o silêncio:

— Desculpe por termos mentido para você, Sutton. Para vocês duas. Ambas têm todo o direito de estar zangadas. Espero que um dia consigam entender, e talvez até nos perdoar.

Meu coração doeu ao ver a expressão de minha mãe, cheia de angústia. Claro que eu lhe perdoava, embora nunca fosse ter a chance de lhe dizer isso. Só esperava que ela conseguisse perdoar a si mesma quando toda a verdade viesse à tona, quando ela percebesse quão caro todos aqueles segredos haviam custado à nossa família. Que alguém os usara contra nós, contra mim, forçando Emma a tomar meu lugar após a morte.

— E agora? — perguntou Laurel, encarando Emma. Seu maxilar estava contraído em sinal de determinação. — Precisamos encontrar essa Emma, não é? Quer dizer, ela é nossa irmã. Nossa sobrinha. Nossa... ah, sei lá.

A Sra. Mercer assentiu com firmeza.

— Vamos tentar localizá-la. Gostaríamos ao menos de conhecê-la, ter certeza de que está segura e feliz onde quer que esteja. Talvez torná-la parte de nossa família, se ela quiser. — Ela inclinou a cabeça de um jeito inquisitivo para Emma. — Becky contou mais alguma coisa, Sutton? A possível localização de Emma, ou qual era seu sobrenome?

Emma mordeu com força o interior da bochecha para impedir as lágrimas de escaparem. Era muito injusto: queriam procurá-la, deixá-la em segurança, e ela estava bem diante deles, correndo um perigo maior do que nunca.

— Não — sussurrou ela. — Becky não me contou mais nada.

O Sr. Mercer suspirou, depois se inclinou para beijar o topo da cabeça de Emma.

— Não se preocupe — disse ele. — De um jeito ou de outro, vamos encontrá-la. E, nesse meio-tempo, prometo que passaremos a ser honestos uns com os outros.

Por um momento breve e descontrolado, Emma pensou em abrir o jogo. A ideia a aterrorizou; eles ficariam devastados. Ela teria de contar que a garota que haviam criado como filha estava morta, e que ela ajudara a encobrir esse fato. Mas também seria um alívio. Ela teria ajuda na investigação, talvez até proteção. Poderia se libertar daquele grande peso que carregava desde a primeira manhã em que acordara em Tucson.

Mas aí pensou no assassino, sempre observando-a, deixando bilhetes em seu carro, estrangulando-a na casa de

Charlotte, jogando refletores do alto no teatro da escola. Ela pensou em Nisha, ligando sem parar, e depois, do nada... morrendo. Não podia expor sua família àquele tipo de perigo. Não podia colocá-los em risco.

A Sra. Mercer pigarreou.

– Sei que vocês duas vão querer contar a suas amigas, mas por enquanto eu gostaria que mantivéssemos essas informações apenas entre nós. Seu pai e eu ainda estamos pensando na melhor forma de procurar Emma e... ainda temos muito que conversar.

O maxilar de Laurel se enrijeceu de agressividade por um momento, e Emma teve certeza de que ela começaria uma discussão. Mas ela pegou a mão da Sra. Mercer e a apertou.

– É claro, mãe – disse ela, em um tom gentil. – Nós sabemos guardar segredos.

No corredor, o relógio tocou anunciando o quarto de hora.

– Precisamos ir – disse o Sr. Mercer em voz baixa. – Vamos nos atrasar.

– Tenho de ir ao banheiro rapidinho – disse Emma, precisando de um segundo para se recompor. Ela pegou a *clutch* e atravessou o corredor depressa. Assim que ficou sozinha, apoiou-se à pia. No espelho, sua pele parecia pálida como o leite, e seus olhos azuis, mais brilhantes que de costume. *Estou fazendo a coisa certa*, disse a si mesma. Ela precisava manter a família em segurança a qualquer custo.

Fiquei feliz por Emma estar cuidando de minha família. Mas enquanto olhava seu rosto, tão parecido com o meu, foi inevitável me perguntar: Quem manteria *Emma* em segurança?

2

UM ASSUNTO FUNESTO

– É com muita tristeza que hoje nos despedimos de Nisha. Ela era uma garota vibrante e talentosa, e sentiremos sua falta.

O funeral aconteceu ao lado do túmulo, que ficava entre os plátanos e as tamargueiras do cemitério. O sol de fim de outono lançava um brilho melancólico sobre as lápides cinza e brancas. Emma estava sentada em uma cadeira dobrável entre Madeline Vega e Charlotte Chamberlain, as duas melhores amigas de Sutton. Bem atrás delas sentavam-se as Gêmeas do Twitter, com os celulares guardados na bolsa pela primeira vez. Laurel estava ao lado delas, soluçando e chorando em silêncio. A escola inteira tinha aparecido, incluindo a maioria dos professores e a diretora Ambrose. Emma viu Ethan parado à sombra de uma árvore, usando a camisa e a gravata pretas da entrevista.

A celebrante, uma mulher de quadris largos usando um sári branco, continuou:

– É especialmente doloroso perder alguém tão jovem. Nisha tinha muito potencial. A tentação de nos prender ao que ela poderia ter realizado se tivesse sobrevivido é grande. Queremos lamentar o quanto ela poderia ter mudado no mundo, quão longe poderia ter chegado.

Atrás da mulher de sári estava o caixão, cujo carvalho envernizado brilhava à luz do sol. Estava fechado; não houvera velório. Parecia que a cerimônia seria curta. Antes que a celebrante se levantasse para fazer o tributo final, alguns dos amigos de Nisha haviam feito leituras e o coral do Hollier High cantara "Wind Beneath My Wings". Em particular, Emma imaginara Nisha desdenhando da escolha: ela não era uma garota sentimental. Mas nenhum olho permanecera seco entre os que assistiam. Charlote explodira em soluços ofegantes, com rímel escorrendo pelas bochechas, e Madeline, pálida e trêmula, apertava a saia com os punhos fechados.

Eu observava a multidão com tristeza. Será que um dia teria um funeral? O que as pessoas diriam a meu respeito? Olhando o caixão e o fundo buraco ao lado dele, um calafrio me percorreu. Em algum lugar, meus restos mortais estavam escondidos, separados violentamente de meu espírito e deixados apodrecendo. Olhei em volta outra vez, meio esperando encontrar uma Nisha etérea. Mas eu era o único fantasma ali, até onde sabia.

A celebrante tinha uma voz ressonante e musical, com o mesmo leve sotaque indiano do Dr. Banerjee.

– Mas acredito que faríamos um desserviço a Nisha se nos concentrássemos no que poderia ter acontecido. Enquanto nos despedimos, peço que vocês não se atenham ao que foi perdido, mas que pensem no que ganhamos com sua presença em nossas vidas.

Um pequeno conjunto de cordas tocou um arranjo instrumental de "Let It Be", dos Beatles, enquanto todos se levantavam das cadeiras e começavam a se misturar.

Charlotte enxugava os cantos dos olhos com um lenço que tirara das profundezas da bolsa. Seus longos cachos ruivos haviam sido presos para trás, mas espirais soltas pendiam de ambos os lados de seu rosto redondo e sardento.

— Não acredito que isso está acontecendo. Não acredito que ela está morta.

— Continuo sem acreditar que as pessoas pensem que ela fez isso de propósito — disse Madeline, com os olhos castanho-esverdeados arregalados. Ela balançou a cabeça. — Ela estava bem no domingo, não é?

Domingo fora a noite em que elas tinham orquestrado uma sessão espírita falsa para dar um trote em uma garota chamada Celeste Echols. Fora o primeiro trote do Jogo da Mentira do qual Nisha participara, embora já tivesse sido vítima de alguns no passado. Ela claramente parecera gostar de fazer parte da produção.

— Eu sei. Não faz o menor sentido. Ela nada muito bem — sussurrou Laurel, lacrimejando. — Quer dizer, nadava.

— O que você acha, Sutton? — perguntou Gabby. Emma ergueu o rosto de repente. Como sempre, as roupas das Gêmeas do Twitter estavam em perfeito contraste. Gabby usava um tubinho simples, brincos de pérola e batom vermelho aplicado cuidadosamente. Lili, por outro lado, usava o que parecia um *tutu* preto de brechó e um par de coturnos na altura do joelho, com um pequeno véu preso ao cabelo.

– É, vocês estavam mais próximas nos últimos tempos. Ela parecia triste? – perguntou Lili.

– E isso importa? – disse Emma, com a voz falhando. – Ela se foi. O "porquê" não muda nada.

As garotas fizeram silêncio. Do outro lado do gramado, Emma observou a celebrante do funeral se inclinar para falar com o Dr. Banerjee, que continuava em sua cadeira com uma expressão distante. Emma vira o médico semanas antes, quando ele atendera sua mãe. Ele tinha sido paciente e gentil, mesmo quando Becky era violenta. Agora, seu pior pesadelo se tornava realidade, e muito pouco tempo depois da morte da esposa.

– Com licença – disse ela às amigas, contornando as cadeiras, agora vazias, em direção a ele.

Quando ela passou, as pessoas a cumprimentaram com a cabeça. A treinadora Maggie estava com um grupo de jogadoras de tênis, parecendo chocada e triste. Clara estava com elas, com lágrimas correndo pelas bochechas.

A celebrante abraçou o Dr. Banerjee uma última vez, depois se juntou à multidão, deixando-o sozinho. Emma hesitou. Queria dizer a ele o quanto sentia por sua perda e que Nisha se tornara uma amiga próxima. Mas, sobretudo, queria descobrir o que *ele* achava sobre a morte de Nisha, e onde sua filha estivera antes de morrer.

Antes que ela conseguisse decidir o que dizer, outra pessoa se sentou ao lado do Dr. Banerjee. Seu corpo se contraiu quando ela reconheceu o detetive Quinlan em uniforme cerimonial, com o quepe na mão. Quinlan não era fã de Sutton

Mercer; ele tinha uma grossa pasta sobre as façanhas de Sutton no Jogo da Mentira e, dois meses antes, prendera Emma por roubar em uma loja. Por instinto, ela se escondeu atrás de uma lápide próxima.

A voz de Quinlan era um rumor baixo e solidário. Recostando-se no mármore frio, Emma apurou os ouvidos para escutar o que ele dizia. Ela pegou "sinto muito" e "trágico" e estava prestes a se afastar dos dois homens quando a palavra "autópsia" flutuou até ela.

O Dr. Banerjee sacudiu a cabeça violentamente diante do que quer que Quinlan tinha acabado de dizer.

– Olhe, Sanjay. – A voz de Quinlan era paciente, porém firme. – Não havia nenhum sinal de luta. Nenhum ferimento de defesa, nenhuma contusão, nenhuma marca de mãos. Foi apenas um acidente.

– Não. – As mãos do Dr. Banerjee permaneciam dobradas sobre as pernas, mas os músculos de seu rosto estavam contraídos. – Nisha nadava desde os dois anos. Ela teria de ter tropeçado e batido com a cabeça para ser um acidente. Mas nenhum ferimento? Nenhuma concussão? – Ele fez uma pausa e sua boca estremeceu antes que conseguisse voltar a falar: – Minha filha foi assassinada.

Quinlan hesitou, com a boca curvada para baixo sob o bigode.

– Tem mais – disse ele em um tom suave. – Detesto lhe dizer isso dessa maneira. Mas o legista encontrou uma quantidade muito alta de diazepam na corrente sanguínea dela. É...

– Valium. Sim, eu *sou* médico – disparou o pai de Nisha. Os nós de seus dedos ficaram brancos quando ele apertou as mãos com mais força. – Ela não tem receita para Valium.

Quinlan suspirou, esfregando a barba malfeita do maxilar.

— Eu sei. Nós verificamos a ficha dela.

— Então o que você está...

— Sei que é difícil ouvir isso, mas Nisha teve um ano muito ruim. — Quinlan parecia desconfortável. Ele virava o quepe nas mãos sem parar. — Não quero que pareça que a estou acusando nem nada. Mas, Sanjay, adolescentes experimentam coisas novas e nem sempre conhecem seus limites.

A voz do Dr. Banerjee foi áspera.

— O quarto dela estava todo destruído, Shane. Alguém o revirou e destruiu tudo. Alguém estava procurando alguma coisa.

Quinlan deu de ombros.

— Não houve sinais de arrombamento, e não encontramos digitais de ninguém na casa. Só as suas e as dela. A própria Nisha deve ter feito aquilo. Às vezes as pessoas fazem coisas estranhas quando estão alteradas.

O Dr. Banerjee ficou imóvel por um bom tempo, encarando as próprias mãos. Seus óculos estavam tortos no nariz, o que lhe dava uma aparência levemente maníaca. Quinlan olhava em volta, constrangido. Por um momento, Emma quase sentiu pena dele.

— Olhe — disse ele enfim, em um tom que Emma teve de se esforçar para ouvir. — Se você tiver uma sensação estranha em relação a alguém... desconhecidos rondando a casa, garotos que parecessem agressivos demais com ela, algum inimigo que ela tivesse, me dê os nomes. Vou investigar. Mas no momento não tenho provas, pistas, dicas. Me dê alguma coisa com que trabalhar.

O Dr. Banerjee balançou a cabeça.

— Ela não tinha inimigos. Não que eu soubesse. — Suas mãos se soltaram uma da outra e cobriram o rosto. — Não sei quem desejaria fazer algo assim com a minha garotinha — gemeu ele, com as costas estremecendo.

Atrás do monumento, uma onda de culpa se formou em Emma. Será que devia contar a eles sobre as ligações e a mensagem de texto desesperada de Nisha? Seu estômago se contraiu de ansiedade. A desconfiança de Quinlan sempre vinha à tona rapidamente quando se tratava de Sutton Mercer. Na melhor das hipóteses, ele desconsideraria aquilo como mais um trote em busca de atenção. Na pior, Emma acabaria na lista de suspeitos, e sua história desmoronaria facilmente ao ser investigada.

— Preciso beber um pouco de água — disse, enfim, o Dr. Banerjee. Sua voz estava tensa, como se ele estivesse lutando para se acalmar. Seu rosto se recompusera, com exceção dos olhos, vermelhos e angustiados.

Quinlan assentiu.

— Venha, Sanjay. — Com uma delicadeza surpreendente, ele ajudou o Dr. Banerjee a se levantar, e os dois andaram até a mesa do bufê, posta à sombra de um cedro.

Emma se apoiou à lápide, com o coração martelando. Então o quarto de Nisha fora revirado. Mas o que o assassino estava procurando? E será que tinha encontrado, ou o que ele queria ainda estava no quarto de Nisha?

Emma passou um bom tempo olhando para o caixão, cuja madeira marrom-escura brilhava ao sol.

— Sinto muito — sussurrou ela. Seu olhar recaiu sobre o túmulo atrás do qual se escondia. JESMINDER BANERJEE, dizia. ESPOSA E MÃE AMADA. A mãe de Nisha. Ela não tinha pensado nisso. Claro que enterrariam Nisha ao lado da mãe.

Emma se levantou e atravessou o gramado. A multidão começava a diminuir. No estacionamento, mais distante, ela ouviu carros sendo ligados e portas batendo.

Ela passou por um grupo de alunos do Hollier que estavam aglomerados junto a um mausoléu antigo com uma urna de lírios murchos. Garrett Austin estava entre sua irmã mais nova, Louisa, e Celeste, sua atual namorada. Garrett era o namorado "oficial" de Sutton na época de sua morte, embora ao mesmo tempo ela estivesse saindo com Thayer em segredo. Quando Emma tomara o lugar da irmã gêmea, ele oferecera a própria virgindade a ela como presente de aniversário, e depois que ela saíra correndo, apavorada, eles tinham terminado.

Garrett parecia arrasado. Seus olhos estavam vermelhos, seu cabelo louro, opaco e sujo. Ele saíra com Nisha por algumas semanas, e embora eles tivessem terminado, obviamente ele não estava lidando bem com a morte da garota. Ele ergueu o rosto e notou Emma, encarando-a com um olhar vazio, como se não a reconhecesse muito bem.

Ao ser notada, Emma deu um passo hesitante na direção dele.

– Como você está? – perguntou ela sem jeito, tocando o ombro dele.

Garrett piscou, e de repente seu rosto ficou sombrio em uma carranca. Ele se afastou da mão de Emma com os braços tensos de raiva. Por instinto, ela deu um passo para trás. Por um instante, pareceu que ele queria socá-la.

– O que você tem com isso? Você mal a conhecia – sussurrou ele.

Atrás de Garrett, Emma viu que Celeste ficara chocada com sua raiva. Louisa olhou de Emma para o irmão, confusa.

Emma sentia-se paralisada ali. Mal a conhecia? Claro, Emma só conhecera Nisha havia alguns meses. Mas *Sutton* tinha crescido com Nisha.

— Garrett, eu sei que você está triste... — começou Celeste, colocando a mão em seu braço. Ele se virou violentamente, ficando com o nariz a centímetros do dela. O corpo inteiro de Emma se tensionou diante da expressão selvagem do rosto dele. Um sorriso cruel retorcia sua boca.

— Você não sabe de nada — rosnou ele. — Pode calar a boca por cinco minutos? Estou começando a achar que Nisha estava certa sobre você.

Emma ficou boquiaberta. A expressão de Celeste se obscureceu.

— É mesmo? — disparou ela, já sem o tom apaziguador na voz. — Quando vocês tiveram essa conversinha íntima sobre mim?

— Não é da sua conta! — gritou ele. A essa altura, quase todos os alunos presentes ali tinham saído de fininho, constrangidos. Louisa observava o irmão com olhos ansiosos e inquietos.

Laurel apareceu ao lado de Emma e a pegou pelo braço, passando por eles em direção ao estacionamento.

— Vamos — sussurrou ela, ao mesmo tempo que a voz de Celeste ergueu-se furiosa atrás delas. — Discutir em um funeral? Que coisa de mau gosto.

— Não acredito que ele gritou com a namorada daquele jeito — disse Emma, um pouco confusa. Ela deixou que Laurel a guiasse por várias fileiras de lápides.

Laurel parou por um instante, erguendo uma das sobrancelhas.

– Como assim? Vocês dois brigavam o tempo todo.

Emma encarou a irmã de Sutton.

Laurel deu de ombros.

– Qual é, Sutton, ele surtava por tudo. Se você não retornava uma ligação rápido o bastante, se você usava uma saia curta demais, se você não ia a algum dos jogos dele. Ele não pode ser considerado exatamente estável.

– É – balbuciou Emma, tentando esconder a confusão. – Eu sei. Venha, vamos.

Elas voltaram a andar. Do outro lado do cemitério, as vozes de Celeste e Garrett ainda eram audíveis, entremeando-se com tensão. A cabeça de Emma se virou. Por que ele dissera que ela mal conhecia Nisha?

Eu também não sabia. Mas algo me dizia que era melhor Emma descobrir logo. Era óbvio que Garrett tinha pavio curto, e Emma não queria sair queimada quando ele chegasse ao fim.

3
ENFIM SÓS

Na tarde seguinte, Emma e Ethan percorreram um caminho limpo e íngreme no Tucson Mountain Park. Emma apertava um cachecol cinza de caxemira ao redor do pescoço, tremendo no frio ar invernal. As pedras tinham um brilho dourado e vermelho ao sol do fim do dia, e Emma e Ethan andavam de mãos dadas com os dedos entrelaçados.

Emma gostava da paisagem desértica do lugar. Ela sentia que alguém a estava seguindo desde o momento em que chegara a Tucson, mas não havia muitos esconderijos naquela trilha larga. O assassino de Sutton teria dificuldade para espioná-la ali.

Enquanto andavam, ela contou a Ethan sobre a reunião de família dos Mercer. Ele ouviu com atenção, olhando a trilha à frente.

— Eles vão me procurar, Ethan, e eu não escondi meus rastros. — Ela pensou em todos os episódios de *CSI* a que já assistira. Era ridiculamente fácil rastrear as pessoas, bastava uma conexão com a internet e uma ou duas testemunhas. — Não sei quanto tempo tenho antes que descubram. E, se descobrirem, serei a suspeita número um. O assassino se certificou disso.

Eles chegaram a um promontório com uma área coberta para piqueniques e vista para o parque. Com indiferença, um guaxinim gordo tirou a cara de uma embalagem do McDonald's quando eles se aproximaram, depois saiu bamboleando para a vegetação rasteira. Emma se sentou sobre a mesa de piquenique, procurando uma garrafa de água na mochila. Ela tomou um longo gole, depois a entregou para Ethan.

— Todos nós estamos em perigo. — Ela ergueu o rosto para ele com tristeza. — Você, eu, minha família. Precisamos solucionar isto, e rápido.

Ele passou um dos braços em volta dela e a puxou para si de forma protetora. Ela se apoiou em seu ombro, sentindo o cheiro de roupa limpa de sua camisa de flanela.

— Tudo bem, então excluímos Laurel, Thayer, Madeline, Charlotte, o Sr. Mercer, Becky e as Gêmeas do Twitter — disse ele, ticando os nomes das amigas e da família de Sutton, um a um. — Temos certeza absoluta de que não foi, tipo... um crime aleatório? Quer dizer, será que não era um andarilho ou coisa do tipo?

Emma balançou a cabeça.

— O assassino sabe demais sobre Sutton para ter sido aleatório. Ele sabia onde ela morava, qual era a rotina dela, a importância de seu relicário... ele o tirou do pescoço dela e o deixou para mim, sabendo que eu não seria uma substituta realista se não o usasse. – Ela estremeceu. – Esse assassinato foi pessoal.

Ethan assentiu.

– Acho que você está certa.

– Sabe quem não investigamos? – disse Emma em voz baixa. – Garrett. – Emma contou a Ethan o comentário de Garrett sobre ela "mal conhecer" Nisha, e a revelação de Laurel de que Garrett era impaciente com Sutton.

– Uau. – Ethan esfregou o maxilar, pensativo. – Não sei muito sobre Garrett. Fizemos História Avançada juntos no ano passado, mas não pertencemos aos mesmos círculos. Sei que na primavera ele faltou muito por causa de alguma emergência familiar, mas nunca descobri qual era a história.

Emma mordeu a unha do polegar. Na única vez em que haviam saído, Garrett mencionara algo sobre a irmã. *A Charlotte me ajudou durante tudo aquilo que aconteceu com a Louisa*, dissera ele. Na época, ela não tinha conseguido pensar em uma forma sutil de perguntar do que ele estava falando.

– E quanto à Louisa? Você a conhece? – perguntou ela.

Ele balançou a cabeça.

– Não muito bem. Ela é meio reservada.

– Já a vi com a Celeste. Acho que elas se dão bem. – Emma tomou outro gole de água e suspirou. – Mas Garrett não me parece o tipo de pessoa que arquiteta planos elaborados. Quem quer que tenha feito isso teve de criar um álibi bem complicado: esconder o corpo e o carro de Sutton, me fazer vir para Tucson, me observar para ter certeza de que eu estava cooperando. Mas Garrett não conseguiu nem escolher um restaurante quando saímos. Ele me deixou decidir tudo. – Ela enrolou uma mecha de cabelo no dedo indicador com tanta força que interrompeu a circulação. – Mas, enfim, talvez ele seja apenas um ótimo ator. Os psicopatas não são assim? São manipuladores, têm muito talento para fingir.

Ethan ergueu uma das sobrancelhas.

– Eu não sabia que a minha namorada era especialista em psicologia criminal.

A boca dela se curvou em um sorriso malicioso.

– Se não era antes, vou ter me tornado quando tudo isso terminar. – Outro pensamento lhe ocorreu e a fez se sentar mais ereta. – Sabe, eu não consegui entender como o assassino entrou na casa de Charlotte naquela noite em que me estrangulou. Mas se era o Garrett... – Ela lançou um olhar cheio de significado a Ethan.

A boca dele se abriu.

– Ele namorou com ela antes de namorar a Sutton.

– Ele podia ter a senha do alarme – concordou Emma, depois fez uma pausa. – E depois namorou a Nisha.

Eles se entreolharam com incerteza. *E aí Nisha também morreu.* A frase não dita pairou entre os dois.

Ethan umedeceu os lábios.

– Se foi o Garrett, faz sentido. Talvez ela tenha visto alguma coisa enquanto eles estavam namorando, e só entendeu há duas semanas.

Emma suspirou.

– Mas é tudo especulação, não é? Não temos nenhuma prova de que ele esteve na cena do crime.

– É, mas temos razões suficientes para suspeitar dele – argumentou Ethan. – Em casos de assassinato, a polícia sempre investiga primeiro o marido ou o namorado.

Emma relembrou o Baile de Boas-Vindas, quando Garrett a encurralara em um armário de suprimentos para gritar com ela por causa do término entre os dois. Ele estava bêbado, quase violento, torcendo seu pulso para mantê-la ali contra a vontade. E agora ela se lembrava de algo mais... ele mencionara Thayer. *Todo mundo viu a briga de vocês pouco antes de ele ir embora. Ele amava você.*

— E se ele descobriu sobre a Sutton e o Thayer? — A garganta dela ficou seca diante desse pensamento. — Ele pode tê-la seguido até o cânion naquela noite e visto os dois juntos.

— Seria um motivo real — disse Ethan.

Ela assentiu. Os pelos de sua nuca se arrepiaram. De repente, as lembranças de seu breve "relacionamento" com Garrett pareceram muito mais assustadoras. Ele tinha agido como se achasse mesmo que ela era Sutton, mas talvez a estivesse testando, treinando-a para que ninguém descobrisse que Sutton estava morta. A imagem da cama de Sutton coberta de pétalas de rosas lhe voltou à memória e ela estremeceu. E se ele estivesse tentando transformá-la na Sutton que sempre quisera?

Vasculhei meu cérebro em busca de uma lembrança de meu verão com Garrett. Não me lembrava de nada suspeito, mas também não me lembrava de brigar do jeito que Laurel disse que brigávamos. Nos dias seguintes ao meu despertar da morte, eu sentia uma espécie de formigamento caloroso por Garrett toda vez que Emma o via ou falava com ele. Eu tinha certeza de que era apaixonada por ele em vida, mesmo que não conseguisse lembrar por quê. Mas agora tudo o que eu sentia era uma palpitação de ansiedade.

—Vou perguntar por aí — disse ela, enfim. — Talvez Charlotte ou Mads saiba de alguma coisa que possa ser útil. — *Ou Thayer*, pensou ela, embora não tenha falado em voz alta. Ethan tinha ciúmes de Thayer desde o começo, e pegar Thayer beijando Emma uma semana antes não tinha ajudado em nada. A simples menção daquele nome bastava para provocar uma boa meia hora de silêncio mal-humorado em Ethan.

Ela olhou para a paisagem com o ar fresco da montanha nos pulmões. A alguns quilômetros de distância, viu um falcão pairando preguiçosamente no ar. Ethan abriu um saquinho de petiscos sortidos e pegou um M&M's, colocando-o na boca de Emma. Ela quebrou a casca do chocolate e sorriu para ele. De repente, sentiu-se apenas feliz por estar com Ethan, longe de olhares curiosos. Eles mal tinham ficado sozinhos desde a noite da festa de Charlotte, quando haviam feito amor pela primeira vez. A lembrança trouxe uma onda de prazer tímido por suas bochechas e a deixou zonza.

— Você cresceu com todo o folclore infantil em torno dos M&M's? — perguntou ela timidamente. Ele inclinou a cabeça e olhou para ela.

— O quê?

— Sabe, as lendas urbanas sobre o significado das diferentes cores? — Ela pegou o saquinho da mão dele, separando os amendoins e as passas para encontrar mais chocolates. — Os laranja são sorte — disse ela, mostrando um. — Eu preciso muito disso. — Ela jogou o M&M's na boca. — Amarelos são os que você dá para alguém se só quer ser amigo. — Ela devolveu o chocolate amarelo à embalagem com uma expressão de asco. — Vermelhos são para confessar que você ama alguém... Aqui, pode ficar com este. E verdes? – Ela abriu um sorriso malicioso para ele. – São para quando você quer deixar alguém... excitado.

As bochechas de Ethan coraram, mas ele abriu um sorriso perplexo.

– Excitado, é?

Ela ergueu um diante da boca de Ethan, mas ele balançou a cabeça, puxando-a de repente para seu colo.

– Eu não preciso desse – sussurrou ele em seu ouvido. – Você já me deixa louco.

A pele de Emma formigou quando ele a puxou para um beijo apaixonado, que deu lugar a mais beijos. Todas as suas persistentes preocupações sobre o assassino, sobre Nisha, sobre sua família se dissiparam. Enquanto ela estava nos braços de Ethan, se sentia mais feliz do que nunca.

Eu ficava contente por minha irmã estar se divertindo. Emma merecia qualquer conforto que conseguisse depois de tudo o que tinha passado, mesmo que sua tentativa tosca de falar sacanagens tivesse me deixado com vontade de tapar os ouvidos. Mas ela e Ethan eram feitos um para o outro. E se não havia nenhum outro lado bom na armadilha em que meu assassino a prendera, pelo menos eu ficava grata por isso.

4
ADEUS, MINHA INIMIGA

Algumas horas depois, Emma parou o Volvo vintage de Sutton na entrada da garagem de Ethan para deixá-lo em casa. Do outro lado da rua, o Sabino Canyon era uma presença agourenta. A casa dos Banerjee, ao lado, estava escura e silenciosa.

A casa de Ethan, um bangalô cor de areia com tinta descascando do revestimento, era uma das menores do quarteirão. Parecia já ter sido bonita em algum momento, mas não tinha manutenção. Emma acreditava que Ethan tentava cuidar do lugar o melhor que podia, mas era difícil dar conta de tudo sem o pai. O Sr. Landry tinha praticamente abandonado a família alguns anos antes, quando a Sra. Landry fora diagnosticada com câncer.

Ethan se virou para ela.

— Boa noite — sussurrou ele, inclinando-se por cima do câmbio da marcha e dando o beijo mais suave imaginável em sua boca. Ela fechou os olhos. Por apenas um instante, nada no mundo existia além do ponto onde seus lábios encontravam os dele.

— Boa noite — disse ela, quando ele se afastou. Ele a encarou por um instante, depois saiu do carro e atravessou a entrada até a casa. Os faróis do carro lançavam profundas sombras ao redor de Ethan: formas abstratas longas e finas de seu corpo. Com seu cheiro de roupa limpa ainda pairando no carro, ela observou-o subir os degraus para a varanda e entrar em casa.

Emma sorriu sozinha, tocando a boca com os dedos como se de alguma forma pudesse conservar a lembrança do beijo ali. Ela viu a luz do quarto de Ethan se acender logo depois e imaginou-o sentado à escrivaninha, abrindo seu livro de cálculo ou ligando o laptop, com os olhos azul-escuros pensativos sob as sobrancelhas franzidas.

Garoto lindo distrai demais detetive amadora. A manchete apareceu diante de seus olhos como se estivesse impressa, um velho hábito. Ela balançou a cabeça para dissipá-la, depois engatou a ré e saiu da entrada da garagem.

Quando virou para a rua, seus olhos recaíram sobre a casa de Nisha. Ela fez uma pausa, freando. Um muro baixo ornamentado com ferro fundido cercava o jardim, mas ela podia ver que a maioria das janelas estava escura. Via vagamente o brilho da piscina no quintal. Uma dor aguda atravessou seu coração. Tudo tinha acontecido ali.

Emma pensou no que o Dr. Banerjee dissera sobre o quarto de Nisha ter sido revirado. E se o assassino não tivesse conseguido encontrar o que procurava? Se o Dr. Banerjee e a polícia já tinham examinado o quarto, era improvável. Mas mesmo assim valia a pena tentar. Ela parou o carro junto ao meio-fio e colocou em ponto morto.

A luz da varanda, ativada por movimento, acendeu quando ela estava a poucos metros da porta. Em contraste com o jardim cheio de ervas daninhas de Ethan, o jardim dos Banerjee tinha paisagismo tolerante à seca, cheio de seixos brancos e cactos em flor. Mas ali também havia sinais de negligência: um figo meio apodrecido estava no chão, abaixo da figueira de onde caíra. Galhos e folhas flutuavam na água suja de uma austera fonte de mármore para pássaros. Quando Emma se aproximou da varanda, um grande gato rajado com pelo opaco e olhos que pareciam lâmpadas brilhando no escuro soltou um miado suplicante para ela.

Emma parou à porta. O gato se esfregou em seus tornozelos, fazendo um ronronado baixo e esperançoso com a garganta. Ela engoliu em seco, perdendo a coragem. Era insensível fazer perguntas sobre a morte da filha a um pai enlutado? O que ela perguntaria? Emma olhou o cânion escuro e disforme atrás de si. O assassino podia estar vigiando-a naquele momento. E se ela piorasse as coisas para o Dr. Banerjee? E se o assassino de Sutton concluísse que ele, assim como Nisha, sabia demais?

Ela tocou a campainha antes que pudesse mudar de ideia. O som da campainha ressoando tão de repente na noite silenciosa a sobressaltou. Após um bom tempo, ela teve a impressão de ouvir passos, e então o Dr. Banerjee abriu a porta.

Embora acabasse de passar das 19 horas, ele usava um longo roupão xadrez aberto sobre um short esportivo de malha e uma camiseta manchada de café que dizia TÊNIS DO HOLLIER. Seus óculos grossos estavam tortos, ampliando grotescamente um dos olhos enquanto o outro, turvo, se estreitava. Seu cabelo arrepiado formava uma nuvem desgrenhada ao redor da cabeça.

Antes que Emma conseguisse dizer qualquer coisa, o gato passou por suas pernas, entrando pelo corredor escuro à frente. O Dr. Banerjee o observou com a testa franzida, absorto.

– Agassi?

Ele então olhou para Emma. Por um momento, sua expressão não demonstrou nada, como se ele não se lembrasse muito bem de quem ela era. Ele piscou.

– Sutton – disse ele, enfim. – Olá. Você trouxe o Agassi para casa?

– Ãhn, na verdade, eu queria perguntar uma coisa. Sobre a Nisha.

Os olhos dele se focaram bruscamente, e sua expressão de leve confusão evaporou na hora.

– O que é? Você sabe o que aconteceu com ela?

Emma mordeu o lábio.

– Sinto muito, Dr. Banerjee. Eu também não entendo. – Ela trocou o peso de um pé para outro. – Mas gostaria de saber se poderia... entrar no quarto da Nisha? Não vou bagunçar nada. Só quero dizer adeus.

O Dr. Banerjee tirou os óculos e os esfregou com o canto da camiseta suja. Quando os recolocou, estavam mais embaçados que antes. Um sorriso triste moveu seus lábios muito levemente. Ele estendeu a mão e deu um tapinha no cotovelo dela.

– Claro, Sutton.

De algum lugar das profundezas da casa, o gato soltou um uivo alto e suplicante. O Dr. Banerjee se sobressaltou.

– Acho que é melhor alimentá-lo – disse ele vagamente. Sua visão voltou a ficar meio distante, como se o esforço necessário para prestar atenção tivesse finalmente se exaurido. Ele passou os dedos pelo cabelo, deixando-o mais desgrenhado do que antes. – Feche a porta quando terminar – disse ele, desaparecendo corredor adentro.

A casa estava quase completamente escura. Uma luz noturna em forma de flor no corredor que dava para o quarto de Nisha fornecia apenas iluminação suficiente para Emma se orientar. Passando pela reluzente cozinha bronze, ela viu os restos de comida para viagem de uma semana espalhados sobre as bancadas. Caixas de pizza e embalagens de comida chinesa empilhadas de forma precária. Uma mosca rondava uma *samosa* meio comida em um prato de cerâmica. Havia um pote caído de sorvete Ben & Jerry's sobre uma poça de Cherry Garcia derretido.

Emma estivera no quarto de Nisha uma vez, durante sua segunda semana em Tucson. Na época, Nisha ainda era uma suspeita, e ela havia entrado ali sorrateiramente durante um jantar da equipe de tênis tentando encontrar pistas. Ao ligar a luz, ela ficou surpresa ao ver como mudara pouco desde então. Não havia nenhum sinal da bagunça feita pelo assassino de Nisha; parecia que o Dr. Banerjee tinha arrumado tudo. A colcha roxa estava perfeitamente forrada, com oito almofadas fofas encostadas à cabeceira como no anúncio de um hotel cinco estrelas. Todos os livros estavam em ordem alfabética nas prateleiras. A única prova de que alguém tocara no quarto recentemente era uma gaveta com a frente quebrada na cômoda. Fora isso, era como se Nisha tivesse acabado de sair.

Emma ficou parada no meio do quarto sem saber o que fazer. Ela nem sabia o que estava procurando, muito menos onde Nisha podia ter escondido. Teria de torcer para reconhecer quando visse. Enquanto olhava em volta, Agassi esgueirou-se porta adentro e pulou com leveza sobre a cama.

Emma começou pela cômoda, procurando entre as pilhas organizadas de suéteres e camisetas, tateando o fundo e a parte de baixo de cada gaveta em busca de um compartimento secreto ou um bilhete colado e escondido. Nisha mantinha seus pertences organizados por cor, e a visão das meias de tênis muito brancas arranjadas em fileiras causou uma onda de tristeza em Emma. Ela ficou de joelhos e examinou a escrivaninha, tateou sob a cama e até puxou o tapete do chão. Nada parecia fora do lugar. Ela soprou uma mecha do cabelo do rosto e suspirou profundamente.

As fotos de Nisha ficavam protegidas por um painel de vidro ao lado da cabeceira. Emma se ajoelhou diante dele, correndo os olhos pela colagem. A maioria das imagens era de Nisha jogando tênis. Também havia algumas dela com uma mulher que Emma presumiu ser sua mãe, elegante com brincos de pérolas e batom cor de vinho, e várias de Agassi com o pelo brilhante e bem tratado.

Então Emma reparou em uma foto nova, que não estava ali na última vez. Era uma fotografia mais antiga, meio amassada e sem moldura. Mostrava três meninas pequenas com patins de gelo, de braços dados e rindo tanto que a garota na ponta, uma lourinha pequena de marias-chiquinhas, parecia prestes a cair. Todas usavam vestidos de festa bufantes, e a garota do meio tinha uma tiara enfiada no cabelo escuro. Eram Laurel, Nisha e Sutton, em quem faltava um dos dentes. Sutton tinha uma estrela roxa cintilante pintada em uma de suas bochechas. Emma olhou o verso da foto. Estava datada de vinte de abril, com as palavras MEU OITAVO ANIVERSÁRIO.

Os lábios de Emma se curvaram para baixo. No passado, Nisha fora amiga de Sutton, ou ao menos se relacionava bem o bastante para convidá-la para sua festa de aniversário, bem o bastante para patinar de braços dados com ela. Parecia que Nisha tinha colocado a foto ali recentemente, depois que começara a andar com Emma.

Por um instante, ouvi o som distante de uma risada infantil ressoar pelos corredores de minha memória. Aquele dia no rinque de patinação, Nisha e eu tínhamos tentado ensinar uma à outra os truques vistos nas Olimpíadas. Michelle Kwan fazia as piruetas em ponta parecerem facílimas, mas passamos a maior parte do tempo caindo de bunda e rindo de nós mesmas. Eu não conseguia me lembrar por que tínhamos acabado nos odiando tanto. Talvez fosse apenas porque éramos parecidas em todos os sentidos errados. Queríamos as mesmas coisas, e ambas estávamos dispostas a lutar por elas.

Emma se levantou outra vez e suspirou. Se houvera alguma evidência ali, já estava nas mãos do assassino de Sutton. Afinal de contas, ele estava um passo a sua frente desde que ela chegara a Tucson. Por que seria diferente dessa vez?

Ela parou na porta, olhando mais uma vez o quarto de Nisha. *Adeus, Nisha*, pensou. *Sinto muito por tê-la envolvido nisso.* Ela apagou a luz e começou a atravessar o longo corredor. Na porta da cozinha, parou de repente, mordendo o canto do lábio. Depois, por impulso, foi até a bancada e começou a reunir embalagens vazias de comida. Encontrou um rolo de papel toalha sob a pia e limpou as bancadas, depois encheu a lava-louça, fazendo o mínimo de barulho possível. Em algum lugar da casa ela ouvia o murmúrio baixo de uma televisão.

Então enfiou as embalagens de comida para viagem em um saco de lixo e o levou consigo, passando pela luz noturna, pela linda mobília, pelas tapeçarias coloridas, pelos vasos elegantes e por todas as outras coisas que o Dr. Banerjee compartilhara, no passado, com sua família; e voltou para a escuridão lá de fora.

Adeus, Nisha. Acrescentei minha despedida à de minha irmã. *Prometo que quem fez isso conosco vai pagar.*

5

SEU CORAÇÃO TRAIDOR

No dia seguinte, depois que o último sinal tocou na escola, Emma tirou seus livros do armário calmamente. Ela não sabia se estava pronta para encarar a equipe de tênis, ainda não. Seria um treino emotivo. Emma piscou para afastar uma lágrima, olhando seu reflexo no espelhinho do armário de Sutton. *Recomponha-se*, ordenou a si mesma, batendo a porta do armário. E então se sobressaltou.

Thayer Vega estava parado ali, esperando para falar com ela.

Meu coração de morta balançou quando o viu. Uma camisa justa cinza esticada sobre o peito musculoso. O cabelo escuro pendendo sobre um dos olhos, e a mochila jogada casualmente sobre o ombro. Thayer era o único garoto que eu amara, a única pessoa que realmente me conhecia.

— Oi — disse Emma, apertando os livros contra o peito e dando um sorriso vacilante para ele.

No último mês, ela e Thayer tinham começado a estabelecer uma cautelosa amizade. Ele era um bom ouvinte e, quando Becky reaparecera na vida de Emma, fora uma das poucas pessoas a quem ela se sentira segura de contar. Ela havia começado a achar que os dois podiam deixar o relacionamento dele com Sutton para trás e ser amigos... até ele beijá-la na festa de Charlotte duas semanas antes. Ela havia se afastado, mas não antes de dar a ele a chance de perceber que algo estava errado. Thayer a confrontara dois dias depois, dizendo que sabia que havia algo estranho com ela; e embora Emma tivesse conseguido descartar as acusações, sabia que ele continuava desconfiado.

Uma onda de alívio percorreu o corpo de Emma quando ela se lembrou do pedido da Sra. Mercer para manter a notícia sobre a outra filha de Becky em segredo. Se Thayer descobrisse que Sutton tinha uma irmã gêmea perdida, Emma tinha um palpite de que ele não demoraria a descobrir quem ela realmente era.

— Oi — disse ele, ajeitando a mochila nas costas. — Está indo para as quadras?

— Não estou com a menor pressa — disse ela, sorrindo com tristeza. — Vai ser como um segundo funeral.

— Eu entendo. — Ele analisou o rosto dela por um instante. — Como você está?

— Eu? Estou bem. — A voz de Emma soou aguda demais em seus ouvidos, tensa e ansiosa. Ele se limitou a encará-la.

— Venha, vou levá-la até o vestiário — disse Thayer.

– Vocês tiveram um bom Dia de Ação de Graças? – perguntou Emma, tentando puxar papo enquanto eles andavam pelo corredor.

Ele soltou uma risada amarga.

– O de sempre. Minha mãe queimou o peru e meu pai jogou uma taça de vinho nela. Mads e eu acabamos saindo de fininho e compramos comida no Burger King.

Ela lhe lançou um olhar compreensivo. A família de Thayer era, na melhor das hipóteses, volátil, e na pior, abertamente violenta.

– Que pena, Thayer. Parece terrível.

Ele deu de ombros.

– Foi típico da Casa Vega. E, de qualquer maneira, nenhum de nós estava com muita vontade de ficar em família.

Emma assentiu.

– É. A minha mãe e o meu pai prepararam um grande jantar com peru porque já tinham feito as compras e não queriam que tudo fosse para o lixo, mas deveriam ter colocado a comida no freezer. Ninguém estava com muita fome. Tirando o Drake – acrescentou ela, sorrindo ao lembrar do dogue alemão, que tinha passado casualmente por uma bancada e engolido um prato de batatas-doces.

Os corredores estavam quase vazios àquela hora, com exceção de alguns alunos de teatro usando robes pretos para a produção escolar de *As bruxas de Salém*. Um garoto espinhento carregando uma tuba saiu correndo do corredor de música e desapareceu pela porta que dava para o campo de futebol americano.

Enquanto atravessavam o piso de pedras de um pequeno pátio, Emma ouviu uma risada sombria vinda de um banco no canto. Era Garrett, com o olhar grudado nela. Ele estava sozinho e sua sacola de equipamentos, jogada no chão a seu lado. Seus olhos estavam duros e zangados, e seus lábios, contorcidos com uma diversão amarga.

— Cuidado para o Landry não pegar vocês se esgueirando, se fazendo de amiguinhos — disse ele, com um sorriso irônico. — Se bem que eu não me incomodaria em vê-lo quebrar a sua cara de novo, Vega. Eu mesmo deveria ter feito isso há séculos.

— Cuide da sua vida, cara — retrucou Thayer. Ele parou com as pernas afastadas plantadas no chão e os braços cruzados. Emma se enrijeceu a seu lado.

— As pessoas com quem eu ando não são da sua conta, Garrett — disparou ela, relembrando as palavras de Laurel. Parecia que ele era mais controlador do que ela imaginara. Talvez, no final, ele não tivesse conseguido controlar Sutton. Talvez isso o tivesse enlouquecido.

Garrett lançou um olhar longo e frio a Emma, abrindo lentamente um sorriso.

— Você é demais, sabia? É quase como se acreditasse nas próprias mentiras.

Ela inspirou fundo. Antes, teria pensado que ele estava apenas se referindo à infidelidade de Sutton. Mas talvez estivesse falando das mentiras de *Emma* sobre Sutton.

Os punhos de Thayer se fecharam por um instante. Depois suas mãos relaxaram e ele balançou a cabeça de leve para Garrett.

— Cara, acabou. Isso é patético até para você. Vamos, Sutton. — Ele apoiou a mão delicadamente nas costas dela e a guiou pela porta que dava para a ala esportiva.

Emma olhou Thayer de soslaio enquanto andavam. O rosto dele estava furioso, e sua testa, franzida de preocupação.

Ela mordeu o lábio e respirou fundo.

— Você sabe que Garrett sabia sobre nós, não é?

Thayer assentiu.

— Eu imaginei. Ele me disse umas coisas estranhas depois que voltei.

— Coisas estranhas?

— Só bobagens de homem. Tipo "toma cuidado" e coisas assim. — Thayer deu de ombros. — A princípio não dei importância. Nunca fomos exatamente amigos. Mas ele me encurralou na festa da escola há algumas semanas, completamente bêbado. Ele foi bem agressivo.

A garganta de Emma ficou seca. Ela parou de andar e tocou o braço de Thayer. Ele observou os dedos dela em sua manga por um tempo longo demais, depois ergueu o rosto para olhar em seus olhos.

— Thayer, você se lembra de alguma coisa do rosto que viu pelo para-brisa naquela noite no Sabino? — sussurrou ela. — Acha que pode ter sido Garrett?

— Garrett? — Ele piscou, surpreso. — Não sei. Não consegui ver nada porque estava muito escuro. — Ele franziu a testa. — Você tem algum motivo para achar que foi ele?

— Não, acho que é só porque ele estava furioso com a gente. — Ela suspirou. — Neste momento, muitas coisas na minha vida não fazem nenhum sentido. Queria ter algumas respostas.

Eles pararam no saguão de esportes ao lado dos vestiários. O retrato de Nisha no último ano do ensino médio, ampliado e emoldurado em veludo preto, pendia em um quadro de cortiça ao lado da bilheteria. Na foto, o vestido cobalto contrastava com sua pele morena. Ela olhava séria para a câmera, obviamente tentando parecer a digna futura estudante de uma faculdade Ivy Leaguer que pretendia ser, mas o fotógrafo captara o espectro de um sorriso em seus lábios. Ao redor da foto, as pessoas tinham prendido bilhetes e cartões, poemas, letras de música e mensagens em caneta rosa cintilante que Nisha teria ironizado, achando exageradamente femininas.

— É horrível demais — sussurrou Emma. Thayer assentiu, curvando os cantos da boca para baixo enquanto olhava a foto. Ela suspirou. — Bom, é melhor eu trocar de roupa. Obrigada por... por me acompanhar.

Thayer virou-se para ela outra vez com um olhar intenso e curioso, como se procurasse algo em seus traços, mas não soubesse o quê. Emma desviou o rosto, temendo seus olhos castanho-esverdeados.

— É estranho — disse ele em voz baixa. — Alguma coisa mudou muito em você. Às vezes parece que se transformou em uma pessoa completamente diferente enquanto eu estava longe.

— Talvez eu tenha crescido — respondeu Emma, com o coração palpitando de nervosismo. — Ou talvez você tenha crescido e esteja me vendo de forma diferente.

Thayer balançou a cabeça.

— Não sei muita coisa, Sutton, mas sei que nada pode mudar o que sinto por você.

O alívio inundou meu corpo. O garoto que eu amava com tamanho desespero também continuava me amando. Mas isso foi temperado por um profundo sentimento de tristeza. Thayer tinha muito mais lembranças do tempo em que passamos juntos, enquanto tudo que eu tinha eram cenas dispersas. Será que um dia eu recuperaria essas memórias?

A respiração de Emma ficou estranhamente entrecortada. Ela olhou a expressão magoada e confusa de Thayer, depois desviou depressa os olhos.

– Preciso ir.

– Ok. Tudo bem. – Ele enfiou as mãos nos bolsos. – A gente se vê, Sutton. – Ele se virou para a porta dupla de vidro e se afastou de Emma.

Eu e ela observamos seu vulto ir embora. Eu queria gritar e fazê-lo parar, contar que ainda estava ali e que ainda o amava. Mas ele não olhou para trás, nem uma vez.

6
O SEGREDO DO CÂNION

O chiado dos tornos de cerâmica fornecia um som calmante para Emma no estúdio de cerâmica na manhã de quarta-feira, enquanto lutava para grudar a alça de uma jarra torta. Ela enfiou os dedos no balde de água barrenta que enchera no tonel nos fundos da sala e retocou cuidadosamente seu projeto. Madeline torceu o nariz de nojo.

– Esse negócio caiu na sua calça jeans – disse ela, apontando para uma mancha na coxa de Emma.

– Eca. Acho bom isso sair quando lavar – murmurou Emma, ainda que naquele momento tivesse problemas mais sérios que limpar a calça J Brands de Sutton.

– Então, onde está Laurel? – perguntou Madeline, olhando em volta.

– Acho que ela decidiu matar aula. – Emma deu de ombros. Laurel não tinha o hábito de fazer isso sem as outras garotas do Jogo da Mentira, mas muitas coisas andavam estranhas nos últimos tempos.

– Queria ter ido com ela. – Mads suspirou quando sua caneca desmoronou mais uma vez. – Não aguento mais ficar aqui.

Charlotte largou sua tigela, estendendo a mão para dar um tapinha nas costas de Madeline.

– Tenho uma coisa para animar você – disse Charlotte, sorrindo. – Minha mãe decidiu que vamos passar o Natal em Barbados. E claro que o papai topou. Ele está muito bem-comportado desde que ela encontrou uma mensagem de texto sacana no telefone dele. Enfim, eu me recusei a ir se não pudesse levar amigas. Então, façam suas malas, gatas, porque vamos para a terra do rum e da Rihanna.

O queixo de Madeline caiu.

– Está de brincadeira?

– E eu por acaso brinco quando o assunto são férias? – Charlotte deu uma piscadela. – Em poucas semanas vamos estar deitadas na praia, bebendo drinques de dentro de cocos e admirando garotos em pranchas de surf.

– Ai, meu Deus. – Madeline soltou um gritinho incomum, com os olhos brilhando. – Estou *super* dentro!

Charlotte olhou para Emma com expectativa.

– Sutton? E você?

Emma mal conseguia processar o convite de Charlotte. A única "praia" em que já estivera fora a praia falsa de um parque aquático perto de Las Vegas, com crianças gritando em um rio lento e provavelmente cheio de xixi. Imagens de praias de areia branca e água azul resplandecente imediatamente dançaram por sua cabeça. Mas ela hesitou.

— Preciso perguntar a minha mãe e meu pai — disse ela.

Isso pareceu ser confirmação suficiente para Charlotte.

— Ah, você vai convencê-los. Você sempre convence. — Ela riu de animação, começando uma descrição da casa que seus pais tinham alugado, dos bares na praia que serviam piñas coladas todas as tardes e das celebridades que estariam lá tentando passar despercebidas. — O Rob Pattinson com certeza, ele está sempre lá — disse Char, mas Emma não estava prestando atenção.

Na verdade, ela estava animada para passar as festas com os Mercer. Ela nunca tivera um Natal de verdade. Algumas de suas famílias temporárias tinham tentado comemorar as festas, mas nunca faziam Emma se sentir bem-vinda ou incluída. Em geral, havia presentes impessoais de uma arrecadação de caridade (durante três anos seguidos, ela recebera material de escritório de doadores bem-intencionados) e talvez um peru seco para a ceia.

Emma tinha certeza de que o Natal com os Mercer seria diferente. Ela não se importava com presentes, mas mal podia esperar para ver a sala de estar enfeitada e para sentir o cheiro da árvore de Natal. Ela imaginava Laurel tocando músicas natalinas no piano; o Sr. Mercer cantando junto, totalmente desafinado; a Sra. Mercer usando um suéter com estampa natalina horroroso e um gorro de Papai Noel enquanto assava cookies. Eles pendurariam meias e enfeites e beberiam gemada perto da lareira, embora não devesse fazer menos de dez graus no Arizona. Ela sabia que aquilo era brega, mas não ligava. Nunca tivera um Natal brega do qual se cansar.

Além disso, Ethan estava ali, não em Barbados. E ela sempre quisera encurralar um garoto sob o raminho de visco.

Naquele momento, a porta da oficina de cerâmica se abriu de repente, batendo contra a estante atrás dela. A tigela de Charlotte escorregou de sua mão e se espatifou no chão. A administradora da secretaria da escola, uma mulher simpática chamada Peggy, apareceu na porta. Seu cabelo grisalho, em geral bem penteado, soltava-se do coque. Ela perscrutou o ambiente com um olhar frenético até encontrar a Sra. Gilliam, depois atravessou a sala com rapidez e sussurrou algo em seu ouvido. Os olhos de coruja da Sra. Gilliam recaíram sobre Emma.

– Sutton, precisam de você na secretaria. – Claramente, a Sra. Gilliam estava tentando manter a calma, mas empalidecera. Suas pulseiras tilintaram dissonantes quando ela apontou para Emma. – Eu limpo seu torno; não se preocupe com isso. Vá logo.

O coração de Emma afundou de medo.

– O que está acontecendo? – ela conseguiu perguntar com a garganta apertada.

Peggy falou alto dessa vez, com pressa na voz nasalada:

– Seus pais estão aqui para vê-la. Aconteceu uma coisa.

Laurel, Emma e eu pensamos ao mesmo tempo. Algo tinha acontecido com Laurel. Isso explicava por que ela não fora à aula.

Emma se levantou sem notar, passando às pressas pela porta e saindo no corredor.

– Não corra, Srta. Mercer! – gritou Peggy atrás dela, mas Emma saiu correndo o mais rápido que podia, passando pelos pôsteres de DIGA NÃO ÀS DROGAS! e ORGULHO WILDCAT, enquanto seus sapatos deslizavam perigosamente sobre o linóleo desgastado. Ela virou um corredor e bateu com o quadril em uma lata de lixo reciclável, fazendo-a rolar pelo chão, mas não parou.

Quando estava prestes a entrar na secretaria, esbarrou de frente em alguém... alguém com um cheiro familiar, de grama recém-cortada, chiclete de menta e hospital. Era o Sr. Mercer.

– Graças a Deus – murmurou ele, correndo os olhos por seus traços como se estivesse checando cada um deles. Ele a puxou e a abraçou com força. – Você está bem.

Ele continuava com o jaleco e o crachá do hospital; obviamente saíra direto do trabalho. Por um instante, Emma ficou ali parada, rígida em seus braços, ainda com o coração disparado. Como o assassino atacara desta vez? Será que a morte de Laurel pareceria suicídio, como a de Nisha?

Então, uma voz trêmula falou de trás do Sr. Mercer.

– Sutton, o que está acontecendo?

Emma se desprendeu do abraço do Sr. Mercer para olhar por cima do ombro dele. Atrás estava a Sra. Mercer, com os olhos inchados de lágrimas. E, ao lado dela, Laurel.

– Ah, meu Deus! – exclamou Emma, correndo até Laurel e abraçando-a com força.

Dessa vez, fiquei grata pela tendência de Emma de demonstrar mais emoção do que eu jamais demonstraria. Ela precisava abraçar Laurel o suficiente por nós duas.

– Ãhn, é bom ver você também – tentou brincar Laurel, embora estivesse claramente abalada. Ela deu um passo para trás e enroscou uma mecha de cabelo no dedo, nervosa.

Uma única lágrima quente cruzou a bochecha de Emma.

– É que eu pensei... fiquei preocupada com você... você não estava na aula... – Ela ergueu o rosto para o Sr. Mercer, franzindo a testa. – O que está acontecendo, pai?

– Vamos lá para fora – disse ele suavemente, pegando Emma pelo cotovelo e guiando-a para a porta. Laurel e a Sra. Mercer os seguiram.

Eles saíram no estacionamento dos alunos. Uma pequena tira de grama se estendia entre o prédio e a calçada, onde havia uma mesa de piquenique velha com pichações de tempos passados acorrentada a uma placa de vaga para deficientes. A alguns metros, o adorado Volvo de Sutton brilhava ao sol. O Sr. Mercer guiou todas com delicadeza em direção à mesa, pedindo com um gesto para que se sentassem.

O abismo de medo no peito de Emma se alargou quando seu avô se sentou devagar a seu lado. Ele inspirou profundamente e depois, enfim, a encarou. O que ela viu fez sua respiração irregular ficar presa na garganta. Ela soube o que ele ia dizer um segundo antes de ouvir.

– A polícia encontrou um corpo no Sabino Canyon – disse ele. – Eles acham que é a sua irmã.

As mãos de Emma apertaram as coxas. Uma sensação de pânico se agitou dentro de seu peito, cada vez mais frenética, até ela não conseguir mais contê-la. Abriu a boca e soltou um soluço angustiado.

A tarde ensolarada se fragmentou em mil pedaços, como um espelho se quebrando diante de meus olhos. Meus pais e minhas irmãs sumiram de minha visão. E, de repente, eu estava de voltar ao cânion, na última noite de minha vida.

7
UMA MÃO NO ESCURO

Os passos de Becky foram sumindo na escuridão aveludada até não haver outro som no cânion além do vento ressoando tristemente através das árvores. A uma hora destas, até os grilos estão em silêncio. A lua está com uma aparência fantasmagórica, brilhando através de nuvens rotas, e lança sombras estranhas por toda a clareira, deformadas e bizarras. Bem abaixo, as luzes de Tucson se estendem aos meus pés. Nunca me senti tão sozinha na vida.

Sinto a brisa fria nas bochechas molhadas e cubro o rosto com as mãos por um bom tempo, escondendo-me do mundo como eu fazia quando era criança. Juntando a escuridão e todo o choro desta noite, meus olhos estão começando a ficar cansados. A pressão das mãos me acalma, suprimindo os arredores, mas não consegue eliminar as lembranças que inundam meu cérebro. A briga com Thayer, depois de passar tanto tempo ansiosa para vê-lo. O acidente, o terrível estalo da perna de Thayer se quebrando quando meu carro avançou sobre ele, dirigido por alguém que não consegui ver. Meu pai aparecendo para me dizer que eu era sua neta, que minha mãe biológica era sua filha Becky. E depois a própria Becky, minha triste e atormentada mãe biológica, dizendo que em algum lugar por aí tenho uma irmã gêmea.

Penso no meu sonho antigo, em que meu reflexo saía do espelho para brincarmos juntas. Eu sempre acordava me sentindo tranquila e um pouco triste. Nunca queria me afastar daquela outra garota que era igual a mim, mas não era eu. Parte de mim sempre soube, agora eu percebo. Parte de mim sempre sentiu a falta dela.

A raiva me apunhala. Eu me abaixo e pego algumas pedras, jogando-as com toda a força pelo lado do cânion. Os músculos de meus ombros se flexionam e ardem com o esforço. Estou furiosa com Becky. Estou furiosa com meus avós. Por não conseguirem resolver os próprios problemas, fiquei afastada da minha gêmea. Fui impedida de conhecer a única pessoa que poderia me entender, que poderia ter me feito sentir menos sozinha. Isso é ainda mais doloroso que os anos que passei me perguntando por que minha mãe biológica me abandonara, por que meus pais amavam mais Laurel. É doloroso porque, sem essa peça que falta, nunca vou me sentir completa.

— Egoístas! — grito, lançando outra pedra no ar da noite. — Vocês... todos... são... egoístas! — Minha voz ecoa pelo cânion, reverberando de volta para mim até sumir. Então minhas mãos se esvaziam. Fico ali parada por mais um instante, ofegando, com os dedos cerrados. Poderia pegar mais pedras. Poderia jogá-las a noite toda.

Mas de repente penso no rosto devastado, magro e molhado de lágrimas de Becky, cuja semelhança com o meu é inegável. Lembro-me da expressão magoada de meu avô quando gritei com ele mais cedo. E a raiva começa a se esvair de mim como a água de uma esponja.

Estou muito longe de perdoar-lhes. Mas talvez eles já tenham se punido o suficiente pelos próprios erros. Já sofreram mais do que eu desejaria a qualquer um deles.

Algo estala nos arbustos. Paro e escuto com o coração martelando, mas seja o que for fica em silêncio. Deve ser algum bicho noturno indo para casa. Virando as costas para a cidade, volto a me sentar no banco, exausta. Devia começar a descer para o estacionamento, atravessar a rua até a casa de Nisha e convencer alguém a me levar para casa. Mas não quero ver nenhuma das minhas amigas agora. Estão sempre esperando que eu demonstre o mínimo sinal de fraqueza. A única pessoa que eu deixaria me ver vulnerável assim é Thayer.

Pego meu telefone e encontro o número de Thayer. Meu celular não pega aqui, mas só quero olhar a foto dele. É minha foto preferida dele, olhando por sobre o Wasson Peak. Em geral, Thayer faz um sorriso malicioso para a câmera, e embora eu ame esse sorriso arrogante que é sua marca registrada, consegui tirar essa foto sem que percebesse. Esse lado pensativo e sério de Thayer. É assim que ele é quando está comigo.

Suspiro, olhando a foto e piscando para não chorar. Eu amo Thayer. Quando não estamos brigando, somos perfeitos juntos. Fortalecemos um ao outro. A única coisa que nos separa são os segredos que temos guardado, as mentiras que temos contado. Foi Thayer quem quis manter nosso relacionamento em segredo. E eu concordei. Não queria magoar Garrett, Laurel ou Madeline.

Mas estou cansada de mentiras. Ficar nos escondendo é tão ruim quanto os segredos que meus pais mantiveram de mim. Nós magoamos as pessoas, incluindo nós mesmos. Não tenho medo de quão real é o nosso amor, e não ligo para quem souber.

Respiro fundo o ar frio da noite. Vou terminar com Garrett e tornar público meu relacionamento com Thayer. Garrett vai ficar magoado, eu sei. Seu rosto vai ficar roxo de raiva, e ele vai dizer coisas cruéis e terríveis. Mas, no fim das contas, não é melhor arrancar de uma vez o curativo? Ficar mais tempo com ele seria enganá-lo.

No telefone, abro um e-mail em nossa conta secreta e começo a digitar, tomada por uma necessidade repentina de dizer tudo isso, de escrever enquanto as emoções estão frescas e vivas. Querido Thayer, *começo.*

E continuo a escrever. Conto tudo a ele. Eu me contive por muito tempo. Digo que estou pronta para passar à próxima etapa do nosso relacionamento. Que o amo. Tudo vai saindo de mim.

E então ouço outro barulho, outro farfalhar suave nos arbustos. Paro, com os nervos à flor da pele. Não parece um animal.

Tem alguém no cânion comigo.

— Olá? — chamo. Talvez Becky tenha voltado para contar mais sobre minha irmã. Ou talvez seja meu pai, vindo me buscar.

Mas ninguém responde.

Meu coração se acelera outra vez, minha pulsação lateja nos ouvidos. Salvo o rascunho e me levanto do banco, mas não consigo ver além das árvores e pedras que rodeiam a pequena clareira.

Pode ser Madeline. Thayer pode ter ligado para ela do hospital. Talvez tenha lhe pedido para vir me buscar e ela tenha decidido mexer um pouco com a minha cabeça antes, me punir por estar aqui com seu irmão. Eu mereço.

— Tem alguém aí? Diga alguma coisa! — grito. Minha voz sai mais corajosa do que me sinto. — Qual é, está tarde, não estou com paciência para essa merda.

Dou alguns passos na direção do som, forçando-me a não parecer assustada. Alguém pode estar me filmando das árvores. No Jogo da Mentira, nunca se sabe quando uma de suas amigas está filmando sua cara de idiota ou planejando sua queda. Você está sempre esperando explicamos sobre Becky e que tínhamos acabado de saber da existência de Emma.

Emma cobriu o rosto com as mãos. Seu coração latejava tão alto nos ouvidos que por um momento ela não conseguiu ouvir mais nada. Tentou não pensar no corpo de Sutton, uma garota idêntica a ela, mas... em decomposição. Mas agora que sabia que era real ficava difícil se livrar da imagem.

— Quem a encontrou? — sussurrou ela por entre as mãos.

— Um garoto — disse o Sr. Mercer. — Um calouro da universidade. Durante uma caminhada fora das trilhas principais, ele a encontrou no fundo de uma ravina. Ela estava coberta de folhas, então não dava para vê-la da trilha. Mas ele viu seu... seu pé para fora.

Forcei a mente, tentando me conectar com o que tinham encontrado no cânion. Embora Emma não quisesse imaginar o corpo, eu não conseguia evitar. Será que agora eu era um esqueleto, com os buracos dos olhos vazios voltados para o céu? Senti um estranho afastamento. Embora tivesse vivido nele durante 18 anos, aquele corpo não era eu; não mais.

Emma tirou as mãos do rosto. Ela respirou fundo, e enfim seus pulmões se encheram de ar completamente. De repente, o mundo ganhou um brilho surreal, como se o céu, as árvores e as montanhas estivessem supersaturados de cor. Laurel a encarava com os lábios contraídos, formando um pequeno botão em seu rosto. Os olhos da Sra. Mercer estavam úmidos de compaixão. Ao lado dela, o Sr. Mercer colocou uma das mãos em suas costas e acariciou com delicadeza.

Ninguém parecia ter qualquer suspeita, ainda, de que o corpo não era de Emma. Pelo menos isso.

— Como ela morreu? — A voz de Emma mal passava de um sussurro.

O Sr. Mercer hesitou, trocando um olhar com a esposa. Algo incompreensível atravessou seu rosto e desapareceu.

— Eles só terão certeza depois da autópsia — disse ele. — Parece que ela caiu do penhasco. Muitos ossos estavam quebrados.

Claro. O assassino fizera a morte de Sutton parecer um acidente, ou talvez suicídio, exatamente como a de Nisha. Para todos os efeitos, Sutton Mercer, que agora era Emma Paxton, tinha simplesmente tropeçado para a morte.

Será que um dia encontrariam provas de que fui assassinada? Tentei voltar para a lembrança, para a mão de Garrett em meu ombro, torcendo para conseguir trazer o restante à tona. Queria saber como ele fizera aquilo. Mas foi como tentar voltar a dormir para continuar um sonho interrompido. Não consegui.

— Eles não quiseram responder a nenhuma das minhas perguntas quando identifiquei o corpo — continuou o Sr. Mercer. — Disseram que a investigação estava "em andamento", seja lá o que for isso. Então vamos ter de esperar o relatório do legista para ter certeza. — Ele esfregou as mãos sobre os olhos com força, como se estivesse tentando apagar a lembrança do que vira. — Quando a vi pela primeira vez, tive certeza de que era você. Embora meu cérebro dissesse que não era possível, que ela estava morta havia tempo demais e que eu vira você hoje de manhã, tive absoluta certeza de que era você. Ela estava com um casaco rosa com capuz que eu podia jurar que já vira você usar. Nunca senti tanto medo. — Ele a puxou para um abraço bruto. — Mas você está bem. Graças a Deus você está bem.

Os ombros da Sra. Mercer estremeceram quando ela começou a chorar outra vez. Laurel pegou sua bolsa e procurou algo lá dentro, tirando um pequeno pacote de lenços que entregou à mãe. Emma sentiu o próprio lábio tremer ao ver a avó tão desolada. Ela cobriu a boca com a mão para evitar um soluço.

— Não sei o que sentir. — A Sra. Mercer chorava. — Estou muito aliviada por não ser nossa filha. Estou muito grata por isso. Mas Emma... Emma também era nossa. Sei que nunca a conhecemos. Mas agora nunca teremos essa chance.

Ver a Sra. Mercer e Laurel chorando juntas foi a gota d'água. Ela não conseguiu mais aguentar. Não era justo. Os Mercer tinham o direito de saber que *era* a filha deles no fundo do cânion. Tinham o direito de chorar por Sutton.

— Preciso contar uma coisa para vocês — disse Emma, com a voz monótona e distante em seus ouvidos.

"Não!", gritei, tentando chamar a atenção de Emma, fazê-la ouvir minha voz apenas uma vez. Eu entendia seus motivos, mas ela não ia conseguir nada abrindo o jogo naquele momento. Como planejava solucionar o assassinato atrás das grades?

— Eu... — Emma olhava para o estacionamento enquanto falava, incapaz de encará-los. O sol se refletia no para-brisa dos carros. De onde estava, ela via o Volvo vintage de Sutton, restaurado com a ajuda do Sr. Mercer.

— O que foi, querida? — perguntou com delicadeza a Sra. Mercer. Mas Emma não respondeu. Tinha acabado de ver uma coisa.

Havia um bilhete enfiado sob o limpador de para-brisa do Volvo.

Uma calma fria recaiu sobre Emma. Ela se levantou, movendo-se de forma robótica. Sua mente ficou sinistramente quieta quando ela andou até o carro e levantou o limpador com cuidado para pegar o pedaço de papel. Ela o segurou por um momento, sentindo os olhos dos Mercer sobre ela. Mesmo sem olhar, já sabia de onde tinha vindo, mas se não o abrisse, se não visse a familiar letra de fôrma, ainda teria como fingir que o bilhete podia ser qualquer coisa. Podia ser de qualquer um. Uma multa de estacionamento, o panfleto de uma festa, um bilhete de amor. Qualquer coisa, menos o que realmente era.

Mas ela precisava abrir. Porque a pessoa que o deixara provavelmente continuava vigiando.

Ela abriu o bilhete. Estava no mesmo papel pautado de caderno que os outros que ela recebera. A caligrafia era rígida, com letras escritas tão profundamente no papel que quase o rasgavam em alguns pontos.

Sutton não fez o que eu mandei e pagou por isso. Não cometa o mesmo erro. Continue o jogo, ou Nisha não será a única pessoa querida a morrer por sua causa.

Ela ergueu os olhos com rapidez. Olhou freneticamente para os dois lados da fileira de carros, tentando ver quem poderia ter deixado aquilo. Há quanto tempo o bilhete estava ali? Como o assassino descobrira tão rápido que o corpo fora encontrado? O estacionamento reluzia serenamente ao seu redor. A várias fileiras de distância, duas garotas de óculos aviador saíam de um Miata prateado e uma tomava um frappuccino. Então Emma olhou para a escola e seu sangue gelou.

Um garoto olhava pela janela com um caderno aberto na carteira diante de si. Seus lábios estavam contorcidos em um sorriso terrível e cruel, e uma expressão satisfeita de malícia iluminava seus olhos. Ele a observava de um jeito faminto, quase ávido, como se mal pudesse esperar para ver o que ela faria em seguida.

Era Garrett.

Emma se recusou a desviar o olhar. A adrenalina percorreu seu corpo, e ela o encarou, determinada a não revelar seu terror.

– Sutton?

No gramado, o Sr. Mercer tinha dado alguns passos hesitantes em sua direção. Da mesa de piquenique, a Sra. Mercer e Laurel observavam-na de olhos arregalados. Emma se encostou à lateral do carro.

– O que é isso? Você está bem? – perguntou Laurel, franzindo a testa. – Parece que viu um fantasma.

Quem dera, pensei sombriamente.

– Panfleto. De um lava a jato – murmurou Emma, balançando a cabeça. – Desculpe. Eu... eu acho que estou meio em choque. – Ela olhou outra vez para Garrett. Ele tinha se voltado para o caderno e anotava algo freneticamente. Depois, sem olhar para ela, ergueu o caderno para que ela lesse o que ele tinha escrito.

VADIA.

Papel pautado, letras maiúsculas. Rabiscadas com intensidade selvagem. Os joelhos dela começaram a tremer. Ainda olhando para a frente, Garrett recolocou o caderno na mesa.

Ele não a olhou mais, mas não era necessário. Emma sabia que ele já vira tudo o que precisava ver.

– Vamos levar vocês para casa – disse o Sr. Mercer, guiando-as para o utilitário esportivo. Quando saíram da escola, Emma arriscou olhar em direção à janela, mas o brilho do sol de fim de tarde escondia Garrett de vista.

Não importava. Eu conseguia imaginá-lo com a mesma clareza que teria se ele estivesse diante de mim. Garrett, o doce e carinhoso Garrett, meu ávido namorado, tinha um outro lado. Um lado raivoso. Um lado temperamental. E, naquela noite no cânion, um lado violento.

9

POLICIAL MAU, POLICIAL MAU

– Eu atendo! – gritou Emma em direção à cozinha, pegando o dinheiro que o Sr. Mercer deixara no aparador do vestíbulo. A campainha tocou outra vez. Ninguém estava com ânimo de fazer o jantar, então tinham decidido pedir uma pizza gourmet de um lugar chamado Flying Pie.

Ela passara a tarde inteira dobrando e desdobrando aquele bilhete, olhando a caligrafia raivosa, pensando na expressão de Garrett naquela janela enquanto a observava. *Nisha não será a única pessoa querida a morrer por sua causa.* Ela leu várias vezes aquelas palavras. A ideia a paralisava. Todos, *todos* corriam risco naquele momento, e o assassino estava sempre um passo à frente dela. Emma não podia fazer nada sem colocar alguém que amava em perigo.

Desde que chegara em casa, seu telefone apitava com mensagens de texto, mas ela o desligara sem sequer checá-las. Mads e Char, Thayer, *Ethan*... pensar em falar com qualquer um deles fazia seu estômago revirar. Sobretudo Ethan. E se a mensagem fosse interceptada? E se o assassino descobrisse que Ethan sabia seu segredo? O primeiro bilhete ameaçador dizia *Não conte a ninguém.*

— Estou indo! — gritou ela enquanto o entregador batia. Ela abriu a porta. — Obrigada por esperar... — Mas as palavras desapareceram em sua garganta. Não era o entregador de pizza.

Era o detetive Quinlan.

Ele usava um terno marrom mal cortado, imaculadamente limpo e passado, e seus sapatos brilhavam como se tivesse acabado de tirá-los da caixa. Sua expressão era indecifrável por trás do bigode farto sobre o lábio superior. Seus olhos tinham o cinza frio do granito.

— Boa noite, Srta. Mercer — disse ele. — Sinto muito por sua perda.

Emma assentiu rigidamente, lutando para se manter calma. Ela deveria ter imaginado; a polícia teria perguntas, e os Mercer eram os parentes mais próximos de Emma Paxton.

Minha irmã não podia baixar a guarda. Eu passara a maior parte da minha vida tentando enrolar aquele homem, e ele não era tão burro quanto parecia.

Atrás dela, ouviram-se passos quando o Sr. Mercer entrou na sala.

— Detetive — disse ele, aproximando-se para apertar a mão do homem. — Eu o esperava amanhã.

— Sua casa fica no meu caminho. Achei que podia passar aqui e ver como estão.

O Sr. Mercer abriu um sorriso abatido.

– Em estado de choque, basicamente. Entre.

O bigode de Quinlan se contraiu de forma quase imperceptível.

– Muito obrigado.

O Sr. Mercer levou o detetive para a cozinha, e Emma foi atrás com o coração latejando nos ouvidos. A Sra. Mercer e Laurel estavam na ilha da cozinha colocando pratos e guardanapos para a pizza. Ambas pararam de repente ao ver Quinlan entrar. Ele deu um sorriso constrangido.

– Desculpe por interromper bem na hora do jantar. Sei que foi um longo dia.

– Imagine – disse a Sra. Mercer. Ela largou a pilha de pratos. – Quer beber alguma coisa, detetive? Posso fazer um café.

– Não se preocupe, Sra. Mercer. – Ele deu uma olhada ao redor do cômodo, pegando uma travessa em forma de abacaxi na bancada e examinando-a.

Emma se aproximou de Laurel, que lhe deu um olhar furtivo e assustado. Com um gesto, a Sra. Mercer convidou Quinlan a se sentar em uma das cadeiras, depois ocupou a cadeira diante da dele, enquanto o marido ficava de pé atrás dela, com uma das mãos em seu ombro.

O detetive tirou um bloquinho do bolso da frente do paletó e o abriu.

– Andei conversando com o pessoal de Las Vegas e o que sei até agora é o seguinte: Emma Paxton sumiu em primeiro de setembro depois de uma briga com sua família temporária. Ninguém teve notícias dela desde então. A mãe temporária registrou seu desaparecimento, mas, como não havia sinais de sequestro ou crime, presumiram que ela fugira. Jovens do sistema de adoção fazem isso o tempo todo. Faltavam poucas semanas para Emma completar 18 anos, então o Departamento de Polícia de Las Vegas imaginou que ela havia se adiantado e saído para viver por conta própria. – Ele apertou o botão da caneta algumas vezes e olhou para Emma. – O que estamos tentando descobrir é como ela acabou aqui. Você saberia nos dizer alguma coisa a respeito disso, Sutton?

Emma respirou controlada e profundamente, tentando dominar o crescente pânico em seu peito. Se estavam investigando Emma Paxton, não demoraria muito até checarem a conta do Facebook de Sutton e descobrir que as gêmeas haviam feito contato. Ela precisava contar a eles o máximo de verdade que pudesse sem se entregar, ou seria pega em uma mentira muito maior.

Ela umedeceu os lábios.

– S-Sim – gaguejou Emma. – Ela me enviou uma mensagem no Facebook na noite anterior ao desaparecimento. Fizemos planos de nos encontrar no cânion no dia seguinte.

A cabeça do senhor e da Sra. Mercer se viraram para ela rapidamente.

– O quê? – perguntou o Sr. Mercer, arqueando as sobrancelhas o mais alto que podia. O rosto da Sra. Mercer empalidecera. Ao lado dela, Laurel estava silenciosamente boquiaberta.

Emma olhou para os próprios pés; não confiava em si mesma para encarar ninguém.

– Desculpe por não ter contado antes – disse ela, inventando na hora. – Eu não sabia se era real ou não. Ela não apareceu no lugar onde combinamos de nos encontrar e presumi que era algum tipo de trote. — Ela relembrou aquela noite... como estava ansiosa e esperançosa, como estava animada para finalmente conhecer sua família. A tristeza se retorceu em seu peito.

Laurel deu o braço a Emma para tranquilizá-la.

— Era isso o que você estava tentando nos contar hoje de tarde, na escola?

— Era — concordou Emma rapidamente, grata pela explicação de Laurel. — Passei horas esperando por ela.

A caneta de Quinlan rabiscou a página com rapidez, o único som naquele denso silêncio. Emma ergueu o rosto para os Mercer, cujos rostos estavam carregados de tristeza e confusão. A mecha grisalha no cabelo da Sra. Mercer destacava-se com mais contraste que de hábito, e seu rosto estava sulcado. Ela parecia estranhamente velha.

— E você não contou a ninguém sobre isso? Não se preocupou com sua irmã? — disse Quinlan em um tom cético.

Emma encarou Quinlan. Por dentro, seu coração estava disparado, e seus nervos, à flor da pele. Mas ela olhou com firmeza para o detetive por um bom tempo.

— Tudo isso aconteceu logo depois de eu ter conhecido minha mãe biológica, detetive Quinlan. Você sabe alguma coisa sobre a minha mãe biológica?

Quinlan olhou para o Sr. Mercer. Durante a mais recente estada de Becky na cidade, ela fora presa por puxar uma faca para um desconhecido durante um surto psicótico. Emma apostava que aquele não fora seu primeiro problema com a lei.

— Sim — disse ele finalmente. — Eu conheço a sua mãe.

Emma sentiu o lábio tremer, mas manteve a cabeça ereta. O Sr. Mercer deu um passo na direção dela como que para reconfortá-la, mas ela não desviou o olhar de Quinlan.

— Becky tem problemas — disse ela. — Ela sai da cidade sempre que fica meio perturbada. Como eu ia saber se Emma não era igual a ela? — A amargura em sua voz e a raiva direcionada a Becky eram genuínas. Uma única lágrima desceu por sua bochecha. — E, como falei, eu não estava totalmente convencida de que não era um trote. Não queria que todo mundo me visse agir de forma... desesperada.

A Sra. Mercer soltou um gemido desafinado e enfiou o rosto entre as mãos. O Sr. Mercer parecia dividido entre reconfortar a esposa e ir até a filha. Mas antes que pudesse se mover Laurel falou.

— Caso você não tenha percebido — disse ela asperamente. — Estamos de luto.

Uma onda de gratidão por minha irmã me invadiu.

Quinlan torceu de leve a boca, anotando algo em seu bloquinho, depois voltou algumas páginas e checou uma coisa.

— Tudo bem — disse ele. — Estima-se que a morte da Srta. Paxton tenha ocorrido entre trinta de agosto e primeiro de setembro. Você esteve no Sabino Canyon entre essas datas?

Laurel se sobressaltou de leve, e Emma soube no que ela estava pensando. O encontro entre Thayer e Sutton no cânion fora na noite do dia 31; quando ele tinha sido atropelado por alguém que dirigia o carro de Sutton, e Laurel o levara ao hospital. Mas foi o Sr. Mercer quem respondeu:

— Eu e Sutton estivemos no Sabino Canyon em 31 de agosto. — Ele olhou de relance para a Sra. Mercer. — Encontramos

Becky lá. Foi uma noite muito emocionante. Sutton não sabia sobre Becky até então.

Quinlan voltou o olhar gelado para Emma.

— Isso foi antes ou depois de você encontrar Emma no Facebook?

— Pouco antes — disse ela. — Becky me contou sobre Emma, e algumas horas depois recebi uma mensagem da própria Emma.

As sobrancelhas peludas de Quinlan se arquearam muito.

— Que coincidência.

Emma deu de ombros, embora um leve brilho de suor cobrisse suas têmporas.

— Imaginei que Becky tinha entrado em contato com ela pouco antes de vir me ver. Afinal, *Emma* foi a gêmea que ela criou. Foi de *mim* que ela abriu mão. Fui eu que ela não quis. — Ela deixou sua voz oscilar, depois torceu para não estar exagerando. — Se ela quisesse que nós finalmente nos conhecêssemos depois de todos esses anos, faria sentido falar com a Emma primeiro.

Um silêncio longo e constrangedor se seguiu a esse discurso. A Sra. Mercer continuava com o rosto escondido entre as mãos, chorando em silêncio. Laurel parecia examinar o mosaico de azulejos marrons do chão. Emma engoliu em seco.

— Tudo bem — disse Quinlan, falando a segunda palavra em um tom cético. — Então pode explicar por que entrou na delegacia dois dias depois dizendo que era Emma Paxton?

A pergunta caiu como uma bomba. A mão da Sra. Mercer voou de seu rosto quando ela se virou para olhar Emma. A seu lado, Laurel ficou rígida, e o Sr. Mercer olhou surpreso para Quinlan.

— Ela fez *o quê?* – perguntou ele, branco como papel.

— É. No primeiro dia de aula, Sutton entrou na delegacia insistindo que não era Sutton, mas Emma, e que algo terrível tinha acontecido com sua irmã gêmea. Concluí que era outro trote. Mas agora... – Ele balançou a cabeça. – Não tenho tanta certeza.

De repente, Emma sentiu que sua gola a estava enforcando. Ela engoliu em seco, obrigando-se a sustentar o olhar de Quinlan.

— Bom, sim – disse ela suavemente. – Aquilo *foi* um trote. Eu tinha acabado de descobrir que tinha uma irmã gêmea. Não sabia que algo tinha acontecido com ela. Como falei, ela não apareceu no dia que devíamos nos encontrar. – Ela o encarou, tentando canalizar um pouco da atitude de Sutton, tentando imaginar como Sutton lidaria com um interrogatório depois que sua irmã perdida tivesse acabado de morrer. – Eu estava *zangada*. Zangada com meus pais, zangada com Becky, zangada com Emma por me dar um bolo. Esperava que você me desmascarasse, que contasse aos meus pais, e aí eu descobriria se Emma era real.

Ela desviou os olhos de Quinlan e voltou-os para os avós. A Sra. Mercer a encarava com tristeza, com os olhos brilhantes de lágrimas. O Sr. Mercer pareceu sério por um instante, como se fosse lhe dar uma bronca, mas desviou o olhar como se estivesse envergonhado.

— Sinto muito – disse o Sr. Mercer soltando o ar com força pela boca. – Você está certa, Sutton. Devíamos ter contado a verdade para você muito antes.

Nada mau, pensei, estranhamente orgulhosa da performance de Emma. Ela fez uma boa Sutton Mercer furiosa.

No fim das contas, eu devia estar mesmo passando alguma coisa para ela.

Uma pontada de vergonha atravessou o peito de Emma. Agora o Sr. Mercer achava que tinha errado, quando nada daquilo era culpa dele. *Espero que um dia você consiga me perdoar*, pensou ela.

– Não importa mais. – Foi tudo o que Emma disse.

Quinlan estava imóvel na cadeira, observando-a calmamente. Ele deixou o silêncio pairar por tempo demais antes de falar novamente:

– Tenho mais uma pergunta, e depois deixarei vocês em paz esta noite. Sutton, estamos analisando os registros telefônicos de Nisha Banerjee para tentar entender o que pode ter acontecido nas horas que antecederam sua morte. Parece que ela ligou e mandou mensagens de texto para você... – Ele olhou suas anotações – ... oito vezes ao todo.

Emma assentiu. Esperava aquilo desde o funeral.

– Eu estava ocupada e não atendi. Tentei retornar mais tarde, depois do tênis, mas quando liguei para ela... – Ela se calou, desamparada.

O detetive ergueu uma das sobrancelhas.

– Então você não sabe por que ela estava lhe mandando mensagens?

– Não. Eu queria saber. – A voz de Emma falhou. – Talvez eu pudesse tê-la ajudado. – Laurel lançou a Emma um olhar aflito e apertou seu braço. – Perguntei isso ao Dr. Banerjee, mas ele também não sabe.

– O que isso tem a ver com a Sutton? – perguntou o Sr. Mercer, franzindo as sobrancelhas para Quinlan. O detetive balançou a cabeça.

— Provavelmente, nada — disse ele. — Mas é incomum. Nisha não tinha o hábito de ligar para ninguém daquela forma insistente. Só estou tentando me certificar de que temos todos os fatos. — O detetive se levantou, fechando o bloco e recolocando-o no bolso do paletó. — Sutton, preciso muito ver aquelas mensagens do Facebook. Estamos tentando traçar uma ordem cronológica do que aconteceu com Emma, e elas vão ajudar. Pode passar na delegacia na sexta?

Emma também queria fazer algumas perguntas a Quinlan; sobre o estado do corpo, se havia alguma evidência de assassinato, pegadas próximas ou coisas do tipo, mas ele já a estava olhando de forma estranha, e ela não queria criar mais nenhuma suspeita em sua cabeça. Então se limitou a assentir.

— Claro. Passo lá depois da escola.

Quinlan parou onde estava, olhando para cada um deles. Seu olhar se deteve por mais tempo em Emma.

— Devo avisá-los de que isto se tornará público amanhã.

— Público? — perguntou Emma, franzindo a testa.

— Uma coletiva de imprensa está marcada para as oito horas. Acho que a mídia vai cair em cima. Vocês precisam estar preparados.

A Sra. Mercer se levantou da cadeira.

— Não podemos manter isto em segredo? — perguntou ela em tom de súplica. — Não tivemos nem tempo para absorver tudo.

Quinlan parecia solidário, mas balançou a cabeça.

— Uma meia dúzia de helicópteros de noticiários já está sobrevoando o lugar onde a encontramos. Infelizmente, a história vai ser um grande furo. — Ele tirou a carteira do bolso de trás e pegou um cartão de visitas. — Vou deixar isto aqui. Liguem se lembrarem de mais alguma coisa que possa ser útil.

– Claro – murmurou o Sr. Mercer. – Eu acompanho você até a porta, detetive Quinlan.

O detetive seguiu o pai de Emma até a porta da frente. Quando passaram por ela, Quinlan lhe lançou um olhar perspicaz e seus olhos cintilaram. Depois foi embora.

Emma se apoiou à ilha da cozinha, perdendo todas as forças de uma só vez. Conseguira evitar a verdade mais uma vez. Mas tinha a sensação de que Quinlan ainda não terminara com ela. Por quanto tempo mais conseguiria esconder sua identidade, agora que a polícia encontrara o corpo de Sutton?

Os segredos de Emma, assim como os meus, iam se revelando mais rápido que a capacidade dela de inventar novas mentiras para escondê-los. E eu sabia por experiência própria o que acontece no final de um Jogo da Mentira.

Você é capturada.

10

APOIE SEU HOMEM (E VICE-VERSA)

O resto da luz do fim de tarde iluminava a madeira rachada dos degraus de entrada da casa de Ethan quando Emma parou diante dela algumas horas depois. Ethan estava sentado no balanço rangente da varanda com uma lata de refrigerante em uma das mãos e o laptop apoiado em uma enorme bobina de madeira usada como mesa. Quando a viu, levantou-se e foi depressa até ela. Seu rosto desapareceu nas sombras assim que ele deixou a luz morna da varanda.

– O que está acontecendo? – perguntou ele, antes que ela tivesse a chance de dizer alguma coisa. – Charlotte e Madeline disseram que você foi tirada da aula, e eu não consegui encontrá-la. Por que não respondeu às minhas mensagens?

Ela cambaleou para os braços de Ethan.

— Eles o encontraram — sussurrou ela, enfiando o rosto em sua camiseta. — O corpo de Sutton. No Sabino Canyon.

Ela sentiu o corpo dele enrijecer, depois se curvar de forma protetora sobre o dela.

— Isso explica tudo. — Ela ergueu o rosto para ele rapidamente. Em resposta, ele indicou o cânion com a cabeça. — Passei a tarde sentado aqui fora olhando os policiais entrarem no estacionamento. E o lugar está cheio de repórteres.

Um gemido escapou dos pulmões dela.

— Vai haver uma coletiva de imprensa, Ethan — disse ela. — Tudo vai ser revelado. E olhe.

Ela lhe entregou a bola amassada feita com o papel deixado em seu para-brisa naquela tarde. Ele a soltou para alisar o bilhete contra a coxa, depois o segurou à luz. Um soluço saiu de dentro dela enquanto ele olhava o bilhete em silêncio.

— Agora o assassino está ameaçando minha família e meus amigos! — exclamou ela. — Ethan, essa pessoa está me vigiando *o tempo todo* para ter certeza de que não vou cometer um erro. Estou colocando os Mercer em perigo. Estou colocando *você* em perigo! — Lágrimas rolavam por suas bochechas. — Tenho sido muito egoísta. Eu nunca deveria ter lhe contado a verdade! Nunca deveria ter deixado você me ajudar com o caso. E agora não é só com o assassino que temos de nos preocupar. — Ela se afastou dele, dando alguns passos para trás. — A polícia. A imprensa. Eles vão descobrir. Não quero que você afunde comigo. Eu não aguentaria se alguma coisa acontecesse com você. — Ela olhou em volta de forma frenética, repentinamente temendo que o assassino estivesse ali, observando-a naquele exato momento. A rua estava quieta, mas qualquer um podia estar no escuro.

Ethan diminuiu a distância entre eles e a puxou contra o peito. Ela resistiu durante um momento apavorado e depois relaxou em seu abraço.

— Não vou deixar você passar por isso sozinha — disse ele com fervor. — Não ligo para o que os outros pensam. Não importa o que aconteça, Emma, estou do seu lado. Com você. Você não pode me deixar agora.

— Se descobrirem quem eu sou, vão achar que a matei. E você vai parecer meu cúmplice. — Ela pressionou o rosto contra o ombro dele.

— Eu não ligo — disse ele, com a voz abafada e o rosto enfiado no cabelo dela.

Suas lágrimas umedeceram o tecido da camiseta dele.

— Ethan, não quero que o que aconteceu com Nisha aconteça com você.

Ele segurou Emma pelos ombros e a afastou um pouco de si, forçando-a a encará-lo. Metade de seu rosto estava na sombra, mas seus olhos brilhavam com determinação.

— Não vou deixar isso acontecer.

Ela queria desesperadamente acreditar nele. A ideia de passar pelo processo da investigação sem ele era como passar seu coração por um triturador.

— Ethan — sussurrou ela. — Acho que Garrett pode ser o assassino.

Os olhos dele se arregalaram.

— Você encontrou provas? — perguntou ele.

Ela contou que vira Garrett na sala de aula e que ele a observara abrir o bilhete.

— Ele ficou ali sentado sorrindo para mim, como se estivesse se divertindo muito por me ver sofrer.

O maxilar de Ethan se contraiu. Olhando novamente para o cânion, ele pegou a mão dela e a levou para a varanda mal iluminada. Duas pequenas mariposas marrons se jogavam contra a lâmpada descoberta que pendia acima dos números da casa. O telescópio de Ethan estava perto do parapeito, voltado para o céu. Ali ao lado, a casa de Nisha estava escura e silenciosa. Emma passou os dedos pelo cabelo, nervosa. A rua inteira lhe parecia assombrada agora.

O cursor do laptop de Ethan brilhava placidamente sobre um documento. *Crime e castigo*, de Dostoiévski, estava aberto com a lombada para cima no banco, ao lado do laptop.

– Ah, desculpe. Você estava fazendo o dever de casa? – perguntou ela, sentindo outra pontada de culpa. Ela se perguntou quantos trabalhos escolares de Ethan tinha interrompido desde que chegara a Tucson.

Ele se sentou no balanço da varanda, pegando o computador e colocando-o no colo.

– É para o fim do mês. Eu só estava tentando me adiantar. – Enquanto ele falava, fechou o documento e abriu o Facebook. Emma adorava o jeito que suas mãos voavam pelo teclado, fazendo tudo com atalhos que ele tinha programado, nunca usando o *mouse pad*. Embora seu computador fosse velho e amassado, Ethan construíra seu interior meticulosamente.

– O que está fazendo? – perguntou Emma, sentando-se ao seu lado no balanço. Ela havia parado de chorar, mas o sal de suas lágrimas secava sobre o rosto, deixando a pele rígida. Esfregando as bochechas, ela se aninhou no ombro de Ethan quando ele abriu o perfil de Garrett.

– Quero saber o que o Garrett estava fazendo na noite do assassinato da Sutton – disse ele, entregando a ela a lata de refrigerante, da qual ela tomou um pequeno gole. As bolhas se agitaram em seu estômago.

— Ainda bem que o perfil dele é público — disse Emma, esticando o pescoço para ver. — Definitivamente não somos mais amigos. — A tela se encheu com centenas de fotos de Garrett: marcando um ponto no futebol americano, sem camisa e todo oleoso em alguma praia, erguendo uma taça para a câmera em um restaurante chique. Em algumas, ele estava ao lado da irmã, abraçando-a de forma protetora.

A atualização mais recente dizia: *Descanse em paz, Nisha B. Vamos sentir sua falta, garota*. Mas, antes disso, as atualizações de seu status eram bastante banais, coisas como *Alguém viu* The Voice *hoje?. O CeeLo levou o papagaio dele!!!* ou *Só faltam cinco meses para eu nunca mais precisar fazer uma prova de trigonometria*. Às vezes ele colocava links para notícias de futebol ou vídeos do *Saturday Night Live*. Parecia que postava várias vezes por dia.

— Vá para a noite do dia 31 — disse Emma, com a mão no ombro de Ethan. Ele voltou pelos meses, desacelerando ao chegar em setembro. Emma estremeceu quando viu a frase *Garrett passou de "em um relacionamento sério" para "solteiro"*, atualizada no aniversário dela.

— Nada interessante — disse Ethan. Ela se aproximou e olhou o monitor. Seus olhos recaíram no último post antes do assassinato de Sutton, no fim da tarde do dia trinta.

Vocês ficam cansados das mentiras que as pessoas contam?

Emma e Ethan se entreolharam.

— Pode ser sobre Sutton e Thayer — disse Emma em voz baixa. Ethan assentiu. Então viram a atualização de status de primeiro de setembro e estremeceram. Tinha sido atualizado às 2:38 da manhã.

No final, as pessoas sempre recebem o que merecem.

Fixei os olhos na tela, com a mente agitada, desejando que as palavras trouxessem uma lembrança, que me levassem de volta àquela noite para que eu finalmente pudesse ver como ele tinha agido. Mas não consegui me lembrar de nada além do momento em que ele segurou meu ombro e disse meu nome. *Sutton.* Ele o dissera como se fosse a palavra mais suja e insultuosa que já tinha ouvido.

— Garrett devia saber do vídeo do assassinato — disse Emma em voz baixa, relendo a atualização de primeiro de setembro. — Ele não teria dificuldade de roubá-lo do computador de Laurel em algum momento em que estivesse na casa.

Em algum lugar distante, a sirene de uma ambulância tocou. Os cachorros da rua toda uivaram em resposta. Emma olhou para o cânion, que assomava como uma sombra escura, como um segredo.

— Não entendo — disse Ethan. — Roubar e torcer para você ver... é complicado demais. Por que simplesmente não falar com você pelo Facebook da Sutton?

— Eu não usava muito o Facebook quando era Emma. Não tinha muitos amigos. Meu perfil era oculto. — Ela suspirou. — E Garrett precisava que eu viesse para Tucson e assumisse a vida da Sutton, *rápido*. Se ele fez alguma pesquisa sobre mim, saberia de Travis. Qual melhor maneira do que rotular aquele vídeo de *Sutton no Arizona* e passá-lo para o nojento do meu irmão temporário? É claro que eu ia procurar uma garota idêntica a mim. E aí, quando eu o fiz, ele me respondeu como Sutton.

Ethan a encarou.

— Emma, assim parece que foi premeditado. Como se desde o começo ele tivesse planejado usar você para encobrir o assassinato. O que significa que, de alguma maneira, ele já sabia que você existia.

A ideia causou um calafrio gelado por sua espinha. Como Garrett saberia sobre Emma, quando nem os Mercer sabiam de sua existência? Mas tudo se encaixava se ele soubesse da existência de Travis.

Emma olhou para a casa de Nisha, completamente escura. Ela se perguntou se o Dr. Banerjee tinha ido ficar com amigos ou com a família. Talvez estivesse no hospital, enterrando sua tristeza no trabalho como fizera após a morte da esposa. Ela distinguiu vagamente as cortinas curtas de organza no quarto de Nisha, agora imóveis.

– Mas como vamos provar que foi ele? – perguntou ela, inclinando a cabeça para trás, contra a parede da casa. Ethan olhava para a tela do computador com atenção.

– Se tivéssemos acesso às mensagens ou ao e-mail de Garrett, poderíamos ver se ele enviou o link – disse ele. – Mesmo que ele tivesse deletado as mensagens. Essas coisas ficam registradas para sempre. Só é preciso saber acessá-las.

– Vou ficar de olho nele – disse ela. – Talvez consiga descobrir um jeito de pegar o celular dele.

– Tenha cuidado. – Ethan parecia preocupado. – Ele é perigoso, Emma. Especialmente agora. Deve estar ficando desesperado.

– Bom, eu também – disse Emma, demonstrando mais coragem do que sentia.

E eu também. Nunca tinha me sentido tão inútil, tão desamparada. Finalmente sabia quem tinha me matado, e não podia contar para ninguém.

11

O NOTICIÁRIO NÃO PRESTA

"O corpo da garota foi encontrado a apenas oitocentos metros da Upper Sabino Canyon Road, no fundo deste patamar pitoresco." A repórter, a mesma mulher que tinha coberto a morte de Nisha poucos dias antes, agora usava um colete acolchoado amarelo da North Face. Emma imaginou que devia ser seu visual "ao ar livre". Ela estava diante de uma área para piqueniques com bancos pintados de verde e um toldo. Mechas de cabelo se soltavam de seu rabo de cavalo na brisa.

A Sra. Mercer passou uma cesta de pãezinhos quentes para Emma, sem tirar os olhos da televisão de quinze polegadas que tinham colocado na extremidade da ilha. Era raro os Mercer jantarem diante da TV, mas fora um consenso fazê-lo naquela noite.

Emma e Laurel tinham ficado surpresas quando os Mercer disseram que elas faltariam à aula naquele dia, até olharem para o gramado na frente da casa e verem as diversas vans de noticiários aglomeradas do lado de fora. Os Mercer haviam se recusado a abrir a porta, mas sempre que viam alguém passar por uma janela os repórteres começavam a gritar perguntas. "Sutton! Sutton, você conhecia Emma? O que acha que aconteceu com ela, Sutton?" Então Laurel e Emma tinham passado a maior parte do dia na cozinha, assando cookies e folheando revistas. "Você está procurando respostas nos lugares errados", dissera o horóscopo de Emma, e ela revirara os olhos. *Conte alguma novidade.*

Durante a maior parte de sua vida, Emma quisera ser repórter investigativa quando crescesse. Mas agora que estava passando por um cerco da mídia em primeira mão não tinha mais tanta certeza. Os repórteres mais pareciam abutres, espreitando sua família, esperando que um deles demonstrasse sinais de fraqueza.

A tela da TV mostrou um jovem de óculos e um longo rabo de cavalo louro diante de um alojamento no campus. "Ela estava coberta por folhas e galhos", disse ele, com a voz falha. "Tudo o que consegui ver foi seu... seu pé, aparecendo em um ângulo estranho." Ele parecia apavorado, piscando à luz forte como um animal noturno desentocado durante o dia. *Isso vai assombrá-lo pelo resto da vida*, pensou Emma com tristeza.

A câmera voltou para a repórter. "O corpo foi identificado como sendo de Emma Paxton, de Las Vegas, Nevada." Uma foto escolar do ano anterior surgiu na tela. Emma usava um vestido-envelope que comprara em uma venda de garagem em Green Valley. Sua franja estava mais curta na época; ela a deixara crescer para se encaixar no corte mais longo de Sutton. Seu sorriso talvez fosse um pouco mais reservado que o de Sutton, um pouco menos confiante. Mesmo assim, a imagem fez os Mercer se remexerem nas cadeiras. O Sr. Mercer largou o garfo em seu prato intocado de lasanha, e a Sra. Mercer encarou a tela com uma expressão absorta e chocada.

– É tão estranho – disse Laurel. – Ela é igual a você.

Emma só conseguiu assentir.

Assistir à cobertura jornalística de sua própria morte era vertiginosamente surreal. Emma se sentia exposta de um jeito estranho toda vez que sua foto aparecia na tela, como se os Mercer de repente fossem perceber que a garota da foto estava sentada bem diante deles. Os repórteres haviam falado seu nome tantas vezes que era quase fácil acreditar que a pobre Emma Paxton, pertencente ao sistema de adoção, *estava* morta... que agora ela realmente era Sutton Mercer.

Também era estranho para mim. Observei meus pais sofrerem por uma garota que nunca tinham conhecido quando sua própria filha estava morta. Será que eu seria enterrada em Las Vegas, longe de minha família e dos meus amigos? Será que minha lápide teria o nome de minha irmã? E se Emma nunca encontrasse meu assassino... ela viveria na minha pele para sempre, até finalmente ser enterrada como Sutton Mercer aos noventa anos?

"Paxton desapareceu de Las Vegas há quase três meses, depois de uma discussão com sua família temporária. Clarice Lambert, sua guardiã na época, conversou com o nosso correspondente em Nevada."

Emma se engasgou com um gole de água, que entrou pelo lugar errado. Ela tossiu, apertando a garganta.

– Querida? – A Sra. Mercer colocou uma das mãos em suas costas.

– Estou bem – disse ela às pressas. – Só bebi rápido demais. – Ela respirou fundo, enxugando os cantos dos olhos. Ali, na tela, diante da pequena casa térrea onde ela ficara por poucas semanas, estavam Clarice e seu filho, Travis. Clarice usava um vestido leve de alcinhas feito para alguém muito mais jovem e estava com o cabelo platinado preso no topo da cabeça. Tinha uma expressão levemente chocada e escandalizada. Travis estava ao lado dela com a postura curvada, um boné de beisebol torto sobre a orelha e uma expressão hipócrita em sua grande boca de peixe.

"Ela era claramente uma garota problemática", disse Clarice. "Ela roubou de mim, mentiu para mim e, quando tentei repreendê-la, ela foi embora no meio da noite. Não deixou um bilhete ou uma mensagem dizendo para onde ia. Claro que me preocupei, mas não havia nada que eu pudesse fazer. Ela tinha quase 18 anos."

O corpo de Emma se contraiu involuntariamente. Clarice praticamente a expulsara de casa depois que Travis a acusara de roubar da bolsa da mãe. Por que o noticiário estava falando com ela? Ela não sabia nada sobre Emma.

O microfone passou para Travis.

"Emma era da pá virada", disse ele com um sorriso malicioso. "Gostava de um monte de coisas loucas. Encontrei um vídeo dela na internet sendo agarrada, estrangulada e..." A palavra seguinte dele foi substituída por um bipe alto.

"E ela sempre tinha dinheiro. Talvez estivesse envolvida com algum tipo de calabouço de fetiches ou coisa do tipo."

Olhei para a TV com os olhos arregalados. E se mostrassem o vídeo do assassinato? Eu não queria que meus pais me vissem daquele jeito. Ambos olhavam para a tela. Minha mãe tinha uma expressão perturbada, meu pai, um olhar confuso. Eu me perguntei se já tinham ouvido a expressão "calabouço de fetiches", ainda mais em conexão com alguém da própria família.

Do outro lado da mesa, Laurel largou o copo com um baque alto. Emma ergueu o rosto para ela, relembrando o que descobrira sobre o vídeo do assassinato. Laurel criara o trote, e era no computador dela que o filme estava salvo. E se ela reconhecesse o que Travis estava descrevendo? Mas Laurel se limitou a brincar com a comida com uma expressão distraída.

A voz da repórter voltou. "Os investigadores não encontraram vestígios do vídeo. Se foi deletado ou se foi um caso de confusão de identidade, ainda está sob investigação. Enquanto isso, o Departamento de Polícia de Las Vegas, que está ajudando a polícia de Tucson com o caso, descobriu um armário alugado para a garota desaparecida na estação de ônibus da Greyhound, contendo roupas, o que parecem ser diários e cerca de dois mil dólares em dinheiro."

O estômago de Emma revirou. Eles estavam com seus diários? Parecia que suas bochechas estavam pegando fogo. Ela imaginou a polícia folheando os cadernos baratos, rindo de sua fase mais nova, em que todos os pingos dos Is eram corações, ou lendo em voz alta suas manchetes falsas para uma sala cheia de patrulheiros. *Garota vai sozinha ao baile de boas-vindas e passa a noite perto da mesa de bebidas.* Ela imaginou

Quinlan e seus companheiros lendo isso em voz alta e caindo na gargalhada. A simples ideia a deixou com vontade de esconder o rosto entre as mãos.

As câmeras voltaram à repórter, que segurava o microfone perto da boca e olhava com seriedade para a lente. "Enquanto isso, o Departamento de Polícia de Tucson se recusou a fornecer uma causa da morte oficial, dizendo que o caso ainda está em andamento. Mas nossas fontes dizem que Paxton esperava se encontrar com a família biológica em Tucson. Não sabemos se conseguiu fazer contato com eles. Até agora, a família recusou nossos pedidos de entrevista." Ao ouvir isso, a Sra. Mercer apertou um botão no controle remoto, e a TV ficou muda.

— Pedidos? — disparou ela, contraindo o lábio. — Vocês passaram a maior parte do dia no nosso gramado, gárgulas. — Depois ela suspirou e começou a recolher os pratos. — Pobre Emma. Parece que ela precisava da nossa ajuda.

— Como assim? — perguntou Emma, olhando para a avó.

— É que, se ela era problemática como essas pessoas disseram... — A Sra. Mercer se calou, depois balançou a cabeça. Seu rosto assumiu uma expressão sombria. — Queria que a tivéssemos conhecido antes. Tudo isso é culpa da Becky. É sempre culpa da Becky. Ela mente, ela rouba, ela guarda segredos, e não se importa com quem magoa pelo caminho.

— Kristin — disse o Sr. Mercer com suavidade. Mas sua esposa franziu a testa, pegando a travessa de lasanha no centro da mesa. Ela se moveu tão violentamente que um pouco do molho se desprendeu e caiu em seu suéter, mas ela não notou.

— Você sabe que é verdade. Ela nos mantinha em constante agonia, imaginando onde ela andava e se estava bem.

E, por alguma razão insana, não nos contou sobre essa outra menina que podíamos ter... – Seus olhos se encheram de lágrimas. – Essa menina que podíamos ter salvado.

O Sr. Mercer se levantou e tirou a travessa das mãos dela com delicadeza. Ele a recolocou na mesa e puxou a mulher para os braços. Então ela desmoronou, soluçando contra seu peito enquanto ele lhe dava tapinhas nas costas. Laurel e Emma se entreolharam com olhos assustados e arregalados. Emma nunca tinha visto a Sra. Mercer tão emocionada e, pela cara de Laurel, nem ela.

Emma só podia concordar com a Sra. Mercer. Ela queria perdoar a Becky, que, afinal, era sua mãe, mas às vezes ficava tão furiosa que tinha vontade de gritar. Para que ficar com Emma se ela ia abandoná-la cinco anos depois? Para que separar as gêmeas?

Era muito injusto. Se Sutton não tivesse morrido, se Emma não tivesse ido a Tucson encontrá-la, as coisas poderiam ter caminhado por conta própria, a partir da confissão de Becky ao Sr. Mercer. Como teria sido se os Mercer tivessem ido buscá-la como uma família? Ela imaginava ser retirada da aula em Henderson, assim como acontecera no dia em que encontraram o corpo de Sutton. Mas nessa realidade alternativa, ela era convocada para conhecer sua família. Sua verdadeira família biológica. Ela imaginava a cena: o Sr. Mercer, delicado e tranquilizador; a Sra. Mercer, nervosa, mas com um sorriso animado retorcendo os cantos da boca; Laurel, cautelosa com a possibilidade de uma nova rival, mas esperançosa, ansiosa para agradar. E Sutton. Sua irmã. Sua gêmea.

— Como ela era? — perguntou Laurel em voz baixa, interrompendo os pensamentos de Emma, que se sobressaltou quando sua mente voltou ao presente, à realidade na qual Sutton tinha morrido e ela estava sozinha.

— Como era quem? — perguntou ela.

— Emma — disse ela. — Você conversou com ela, não foi?

Emma passou os dedos pela condensação na parte de fora de seu corpo.

— Só um pouco. Não fiquei sabendo muito sobre ela. — Depois, como não conseguiu resistir, adicionou: — Sei que a mãe temporária a tinha expulsado de casa. Ela parecia ser horrível.

— Quem, aquela mulher com um penteado brega de garçonete? — disse Laurel. — A cara dela *era* horrível.

— Meninas — disse o Sr. Mercer, franzindo a testa para elas e ainda abraçando a Sra. Mercer. — Vocês não sabem se isso é verdade. Às vezes é difícil saber o que fazer por uma pessoa problemática. Tenho certeza de que aquela mulher fez o melhor que pôde por Emma.

Emma sabia que ele estava falando mais de seu relacionamento com Becky do que de qualquer outra coisa, mas ficou feliz por ao menos Laurel ter ficado ao seu lado.

A Sra. Mercer enxugou os olhos com um guardanapo de pano com estampa de abacaxis, depois se afastou do marido.

— Alguém quer sobremesa? Tem sorvete na geladeira.

— Não, obrigada, mãe. — Laurel jogou o próprio guardanapo diante de si. Emma também balançou a cabeça. Seu estômago parecia um peso de chumbo.

O Sr. Mercer puxou uma cadeira para a esposa. Ela se sentou ainda com os olhos úmidos, e ele começou a tirar o restante dos pratos. Os pratos e talheres se chocaram, ecoando pela cozinha silenciosa. Na televisão muda, o Papai Noel entregava pizzas em seu trenó, cuja lateral tinha o número da cadeia regional de pizzarias.

— Temos de ir à escola amanhã? — perguntou Laurel, sugando o lábio inferior ansiosamente. O Sr. e a Sra. Mercer trocaram olhares aflitos de lados opostos da cozinha. Depois o Sr. Mercer voltou para a mesa, enxugando as mãos em um pano de prato.

— Queria poder escondê-las disso para sempre — disse ele. — Mas não acho que devam perder mais aulas. Conversamos com a diretora hoje à tarde, e ela me prometeu que não permitiriam que a imprensa entrasse no campus. Sei que não vai ser fácil. Tenho certeza de que seus amigos têm muitas perguntas para vocês.

Emma revirou os olhos. Aquilo era um eufemismo. Ela passara a tarde inteira respondendo a mensagens de Madeline e Charlotte. O QUE ESTÁ ACONTECENDO???, perguntara Charlotte, enquanto Madeline parecia animada porque uma repórter "megata" a tinha encurralado do lado de fora do campus para perguntar se ela conhecia Sutton. QUE LOUCURA, enviara ela, juntamente com uma foto tirada com seu telefone de uma fileira de vans de noticiário do lado de fora do campus.

As atualizações das Gêmeas do Twitter tinham sido a descrição em tempo real mais útil do dia letivo. No começo da manhã, Gabby tuitara:

Circo da mídia no Hollier. Como os paparazzi me encontraram de novo?

Lili viera logo depois:

Parece que a expectativa de vida das adolescentes está despencando em Tucson. Cuidado, gente.

Elas tinham narrado cada rumor que circulava e haviam tuitado ao vivo a assembleia da escola, na qual a diretora anunciara a descoberta de outro corpo. O último post de Gabby dizia:

O Hollier High precisa de um herói. Sutton Mercer, volte e lidere seu povo!

Emma sabia que os corredores estariam vibrando com boatos no dia seguinte e que ela seria o centro de todos. Seu coração acelerava só de imaginar, mas não tanto quanto no momento em que o noticiário voltou dos comerciais.

Um repórter com um brilhante capacete de cabelo conversava diante de uma cafeteria com uma garota que usava um avental por cima de uma camiseta vintage do Bad Religion. Ela estava de óculos com armação de acetato preto e seu cabelo escuro tinha um corte moderno e arrepiado. Lágrimas brilhavam em seus olhos. Emma aumentou o volume às pressas.

"... simplesmente não entendo como isso aconteceu", dizia a garota, enxugando os olhos. "Emma era minha melhor amiga."

Antes de conseguir se conter, Emma se levantou, batendo com o joelho na perna da mesa. Vibrações de dor subiram por seu quadril, mas ela as ignorou.

A garota na tela era Alex Stokes, sua melhor amiga de Henderson. A única pessoa com quem tinha mantido contato depois de chegar a Tucson. Ela estava diante do Sin City Java, onde trabalhava como barista em meio período.

Os Mercer fixaram os olhos em Emma com expressões claramente alarmadas. Ela havia derrubado a cadeira e estava de pé segurando a lateral da mesa, com os nós dos dedos brancos. O olhar de seu avô, arregalado e perplexo, deslocou-se dela para a TV, depois voltou para ela.

— Você conhece aquela garota?

Emma se sentou devagar, fazendo que não com a cabeça, mas eles continuaram a encará-la. O copo de Laurel estava suspenso a caminho da boca, paralisado no ar. A Sra. Mercer lhe lançou um olhar preocupado. Emma pigarreou e se forçou a falar:

— É que aquela garota parecia gostar muito da Emma. Ninguém mais pareceu sentir a falta dela. É muito triste.

Emma olhou o rosto da amiga. Alex era a única pessoa de sua antiga vida que realmente gostava dela; por acaso, também era a única pessoa que podia acabar com seu disfarce.

Desde que chegara a Tucson, Emma vinha mentindo para Alex, assim como mentira para todo mundo. Dissera à melhor amiga que ela e Sutton estavam se dando muito bem, que os Mercer a tinham convidado para passar um tempo com eles. Ela trocara mensagens de texto esporádicas com Alex nos últimos três meses; muito depois de quando "Emma Paxton" teria morrido.

E agora Alex podia revelar todas as suas mentiras. Só precisava mencionar as mensagens de texto que recebera da melhor amiga, aparentemente do além, e Emma estaria acabada.

"Nós éramos inseparáveis", disse Alex. E então ela olhou diretamente para a câmera, com lágrimas pendendo de seus cílios longos e escuros. "Tínhamos o hábito de nos encontrar no centro recreativo e conversar por horas."

E, de repente, o alívio invadiu o corpo de Emma. Alex não ia expô-la. Ela estava encobrindo sua situação. O "centro recreativo" era o código secreto das duas para qualquer tipo de infração das regras. Começou quando Emma estava com os Stokes. Uma noite, Alex tinha saído de casa depois da hora de dormir para se encontrar com um garoto da Universidade de Nevada. Quando a mãe solteira de Alex chegou em casa mais cedo e perguntou onde a filha estava, Emma tinha gaguejado que Alex estava nadando no centro recreativo. Ambas riram disso mais tarde. *Ainda bem que o relógio biológico da minha mãe é todo errado por trabalhar à noite*, brincara Alex, *ou ela teria perguntado por que essa piscina fica aberta à meia-noite de um dia de semana.* Dali em diante, "centro recreativo" virou sinônimo para "eu te dou cobertura".

De repente, Emma teve mais saudades que nunca da antiga melhor amiga. Ouvir a notícia da própria morte a fizera se sentir terrivelmente sozinha e como se fosse um fantasma vivo, invisível para as pessoas ao redor. Mas ali estava Alex, demonstrando claramente seu apoio.

– Acho que preciso me deitar um pouco – disse Emma com cautela. – Vocês me dão licença?

– Claro. – A Sra. Mercer ainda a observava com uma preocupação evidente. – Precisa de alguma coisa, querida?

– Não, estou bem. – Emma abriu um sorriso fraco. – Só estou cansada. – Ela se levantou e empurrou a cadeira para junto da mesa com cuidado, sentindo os olhos dos outros seguirem-na quando saiu pela porta da cozinha.

Ela se esforçou para não subir as escadas de três em três degraus. Obrigou-se a andar devagar, passando pela parede de fotos da família que se estendia escada acima. Àquela altura, ela já conhecia as fotos de cor, cada sorriso, cada roupa, as estampas do papel de presente em fotos de aniversário e de Natal. Eram os melhores momentos da vida de Sutton, não da dela, e, mesmo assim, depois de fingir tanto, às vezes era difícil se lembrar disso.

Quando chegou ao quarto de Sutton, Emma procurou no fundo da maior gaveta da escrivaninha, onde tinha escondido o velho BlackBerry que trouxera de Vegas. Como era de esperar, Alex tinha mandado uma mensagem. O QUE ESTÁ ACONTECENDO? VOCÊ ESTÁ BEM?

Emma estremeceu, desejando que Alex estivesse ali naquele exato instante para que ela pudesse abraçá-la de alívio. Ela apertou o botão para responder:

NÃO POSSO EXPLICAR AGORA. NÃO ENTRE MAIS EM CONTATO COMIGO — É PERIGOSO. OBRIGADA POR TUDO. AMO VOCÊ PARA SEMPRE.

O coração de Emma estava aflito por saber que ela se encontrava prestes a afastar uma das únicas pessoas do mundo que realmente a conhecia, mas ela se obrigou a apertar ENVIAR, e então desligou o BlackBerry. Na gaveta de calcinhas de Sutton, encontrou uma caixa de absorventes internos, seu lugar favorito para esconder coisas em seus dias no sistema de adoção. Ninguém pensava em procurar na caixa de absorventes internos de outra pessoa. Ela enfiou o telefone lá dentro e colocou a caixa no fundo da gaveta.

Pronto. Com sorte, Alex seria discreta até tudo aquilo terminar e Emma ter a chance de explicar. A última coisa de que ela precisava era que sua melhor amiga acabasse na lista do assassino ou que a colocasse na prisão.

Mas para mim era inevitável desejar que Emma tivesse quebrado o BlackBerry e jogado os pedaços fora. Afinal de contas, tinham encontrado o armário na estação da rodoviária. Nada mais estava seguro. Emma precisava provar logo que Garrett tinha me matado... antes que ele colocasse a culpa nela.

12

ENTRANDO PELO CANO

— É como se ela estivesse mentindo para o diário — disse Emma, deitada de barriga para baixo sobre a luxuosa cama de Sutton. Sem nenhuma outra pista, ela havia voltado ao enigmático diário de Sutton em busca de respostas. Mas era tão confuso quanto todas as outras vezes em que o lera: mesmo com a ajuda de Ethan para tentar interpretá-lo. Eram mais ou menos 22 horas e eles estavam ao telefone havia quase uma hora, analisando todos os textos sem qualquer sorte.

— *Vinte de julho. A C está sendo uma verdadeira filha da p...*, se é que você me entende. *Ela precisa superar isso.* — Emma virou a página. — *Vinte e um de julho. Humm, comprei um Burberry Sport para o G de aniversário de um mês e ele está muito cheiroso.* Nada sobre o temperamento de Garrett, as brigas que tinham ou o fato de que ela ainda estava se encontrando às escondidas com Thayer. Tinha um monte de segredos, e não os admitia nem para si mesma. – Emma fechou o diário com força, frustrada.

– Mas faz sentido. – No outro lado da linha, ela ouvia um estalar suave. Imaginou Ethan com as pernas sobre o parapeito da varanda, uma tigela de pipoca salgada no colo e uma camisa de flanela azul que sempre cheirava a baunilha. Diante dessa imagem, não conseguiu evitar um leve calafrio de prazer que percorreu sua espinha. – As amigas estavam sempre procurando jeitos de pegá-la. Ela não ia querer escrever nada que pudessem usar para um trote.

Emma suspirou, virando-se de costas e folheando o diário pela centésima vez. Como seria se a situação delas fosse oposta, se Sutton tivesse sido forçada a descobrir quem era Emma através dos *seus* diários? Sua irmã gêmea provavelmente ficaria tão irritada quanto Emma estava agora, afinal de contas, nenhuma de suas manchetes falsas ou listas fofas tinha qualquer informação. Emma sempre tomara o cuidado de não colocar detalhes demais ou nomes. Em um lar temporário, nunca se sabe quem vai mexer nas suas coisas.

– Parece que quanto mais procuramos, menos achamos – disse ela. – Marquei todas as páginas que falam alguma coisa sobre G, mas nenhuma delas serve para nada.

– Precisamos continuar procurando. Esse cara é esperto, mas, em algum lugar, de alguma forma, ele escorregou. Tenho certeza disso. Só precisamos descobrir como.

Alguém bateu de leve à porta.

– Um segundo! – gritou ela, cobrindo o fone. Depois baixou a voz. – Ei, preciso ir. Vejo você amanhã, ok?

– Amo você – sussurrou ele.

Os dedos dela se contorceram ao som de sua voz sexy de barítono dizendo aquelas duas palavrinhas. Depois de terminar a ligação, ela passou um instante segurando o telefone contra o peito e sorriu. Depois se levantou da cama, ajeitou o cabelo e foi até a porta.

O Sr. Mercer estava no corretor usando um casaco curto de lã e segurando a guia de Drake em uma das mãos.

– Parece que a imprensa foi para casa dormir. Quer dar um passeio?

– Sim! – Emma nunca se sentira tão confinada na vida. Estava quase aliviada de voltar à escola no dia seguinte. Qualquer coisa seria melhor que não fazer nada.

Drake vira a coleira e escorregava em círculos pelo vestíbulo quando eles desceram as escadas. Ele abanava o rabo loucamente; e, quando bateu contra a mesinha no pé da escada, as fotos de Laurel e Sutton que estavam ali em cima caíram como dominós. Ele se empinou e bateu com as patas no Sr. Mercer, ganindo de animação.

– Desça! – disse o Sr. Mercer, tentando parecer sério, mas a imagem fez Emma sorrir. Ela vestiu uma jaqueta acolchoada roxa da Juicy Couture que encontrara no closet de Sutton enquanto o Sr. Mercer prendia a guia na coleira do cachorro.

A noite estava fria e tão clara que as estrelas pareciam buracos no céu. As decorações de Natal tinham começado a aparecer pela vizinhança, e uma família pendurara pisca-piscas em um grande cacto saguaro no jardim. Os Paulson haviam perdido completamente a linha, montando um gigantesco globo de neve inflável com um ventilador circulando neve falsa por uma cena de inverno que mostrava tanto o Papai Noel quando Frosty, o Boneco de Neve. Quando Emma e o avô se aproximaram do jardim, ativaram algum mecanismo escondido que começou a tocar "Deck the Halls" por um pequeno alto-falante atrás da caixa de correio. Drake olhou a produção com cautela, encostando-se de forma protetora à perna de Emma ao passarem.

O Sr. Mercer parecia surpreso com as decorações, como se tivesse perdido a noção do tempo.

– Nem tive a chance de perguntar o que vocês queriam de Natal – disse ele.

– Ah, é mesmo – disse Emma, sentindo-se aquecida de repente, apesar do frio. Ninguém nunca lhe perguntara o que ela queria de Natal. Ela sabia que Sutton não tinha problemas em pedir roupas e produtos caros para os pais, mas Emma só queria solucionar o assassinato da irmã. E continuar a fazer parte daquela família.

O Sr. Mercer suspirou e seu hálito criou uma nuvem no frio ar da noite.

– Sei que é difícil pensar em presentes em um momento como este.

– Tenho certeza de que consigo pensar em alguma coisa. – Ela fez uma cara inexpressiva que o fez rir.

Eles ficaram em silêncio por um tempo. O Sr. Mercer andava com os ombros estranhamente curvados, como se estivesse se protegendo de algo que Emma não conseguia ver. Ele parecia cansado e introspectivo, e ela se perguntou se o que o estava afetando tanto era a perda da neta que não conhecia ou algo muito diferente.

– Teve notícias da Becky? – perguntou Emma em um tom hesitante.

— Não — disse ele em voz baixa, olhando para a escuridão à frente. — Quero tentar falar com ela, mas como saber onde está a esta altura? E talvez seja melhor se ela não souber. Será que isso ajudaria? Ela perdeu o paradeiro de Emma há muito tempo. Talvez seja melhor que nunca descubra o que aconteceu com ela.

Essa ideia criou um nó na garganta de Emma. Becky deixara sua vida havia 13 anos, mas pensar que Becky nunca saberia de sua morte a fazia sentir pequena e solitária. Desde que Becky a abandonara, ela poderia ter sofrido todos os dias; poderia ter morrido centenas de vezes, e Becky nem imaginaria. Ela nunca tinha se dado conta disso, mas agora a ideia tomava conta de seu coração, pesada e fria.

Eu sabia como Emma se sentia. Toda vez que observava meu pai adotivo colocar o braço ao redor de seus ombros, tinha a certeza de que seria o momento em que ele perceberia que ela era uma impostora. Que finalmente notaria que eu tinha partido. Não era exatamente ciúme; eu não invejava aquele amor dado a Emma, mas o mundo tinha seguido em frente e ninguém notara que a garota que vivia minha vida não era eu.

Emma brincou com o zíper de sua jaqueta, baixando a voz de repente.

— Pai, você suspeitava? Quer dizer, antes de Becky contar? Algum dia tinha pensado que podia haver duas de nós?

O Sr. Mercer se virou para olhá-la, com os lábios contraídos de concentração.

— Não. Mas, enfim, você mesma foi uma surpresa tão grande que era difícil saber o que pensar. Becky só tinha 18 anos quando a trouxe para casa. Não a víamos havia mais de seis meses. Nem sabíamos que estava grávida, e aí de repente ela tocou a campainha com você nos braços. Foi pouco antes do Dia de Ação de Graças, e você só tinha alguns meses. – Um sorriso carinhoso tomou conta do rosto dele. – Você era um bebê lindo. E pequeno, incrivelmente pequeno. Becky contou que você nascera várias semanas prematura; claro, agora sabemos que seu tamanho se devia ao fato de ter uma gêmea. – Sua voz falhou por um momento, depois ele se recuperou. – Nós a amamos desde o instante em que a vimos. Teríamos amado vocês duas se tivéssemos ficado sabendo.

Emma assentiu.

– A mamãe está sofrendo muito, não é? Com a notícia sobre Emma?

Eles estavam passando sob um poste, e na lúgubre luz amarela ela viu as sombras profundas no rosto do Sr. Mercer.

– Claro que está. Nós dois estamos muito mal. Sutton, Emma era exatamente como você no começo. É duro pensar no quanto as coisas foram difíceis para ela porque é muito fácil imaginar *você* no lugar dela. Becky poderia ter tranquilamente mantido você em segredo. E agora... bem, é tarde demais para fazer qualquer coisa por Emma. E isso parte o coração da sua mãe, e o meu.

Quando viraram a esquina, faróis se acenderam atrás deles. Emma olhou em volta e viu um Audi de tamanho médio seguindo-os devagar. Ela inspirou, imediatamente nervosa.

– Vamos por aqui – disse ela, dando o braço ao Sr. Mercer e puxando-o para uma rua secundária. As medalhas de identificação de Drake tilintaram quando ele saiu trotando à frente. Ela queria ver se o Audi os seguiria. Como era de esperar, os faróis também viraram.

— É alguém que você conhece? – perguntou o Sr. Mercer, olhando por cima do ombro. Ela o puxou para a frente, andando mais rápido. Eles passaram por uma caixa de correio com guirlandas laminadas enroladas no suporte e viraram outra vez à direita. Quem ela conhecia que tinha um Audi? Era difícil ver no escuro, mas parecia branco. Talvez prateado...

"Prateado", sussurrei, percebendo de repente a quem o carro pertencia. Eu estivera naquele carro quase todos os dias do verão anterior.

Garrett, pensou Emma, apenas um momento depois de mim. Seu coração disparou quando o carro se aproximou. Garrett a pegara com aquele carro na noite do piquenique. Ela apertou o braço do Sr. Mercer.

— Precisamos ir para casa – murmurou Emma com urgência.

— O que foi, Sutton? – disse ele, tentando olhar para o carro. – Quem é aquele?

— Confie em mim. Continue andando. – Ela o puxou atrás de si, cortando caminho por um gramado de esquina para se manter o mais longe possível do carro. Por um instante, pensou em sair correndo, mas depois se deu conta de que não adiantaria nada: Garrett conseguiria alcançá-los. Ele já tinha atropelado uma pessoa; se quisesse fazer isso de novo, nada poderia impedi-lo.

Com um ronco repentino do motor, o carro virou a esquina atrás deles, parando em um ângulo que bloqueava o caminho. Drake latia furiosamente. A seu lado, o braço do Sr. Mercer se contraiu contra o dela. Ela estremeceu quando abriram a porta, preparando-se para Garrett em toda a sua ira, pronta para empurrar o Sr. Mercer e se colocar a sua frente, se fosse preciso.

Mas não era Garrett. Era um homem magro de queixo pontudo com uma jaqueta jeans e um cachecol marrom de tricô surrado. Ele usava óculos de armação grossa e mexia em um gravador digital enquanto se aproximava deles.

– Ted e Sutton Mercer? – Um sorriso imprudente se abriu em seu rosto. – Poderiam dar uma declaração para *The Real Deal Magazine*?

O Sr. Mercer ficou ultrajado. Ele se endireitou para exibir toda a sua altura e apertou Emma contra o lado do corpo com um dos braços.

– Você quase nos atropelou!

O sorriso do repórter não se abalou.

– Só estava tentando chamar a sua atenção. Qual é, vovô, não quer que seu lado da história seja contado?

Emma se inflamou:

– Não por um charlatão de uma revistinha de fofocas de segunda categoria.

O homem riu alto.

– Já ouvi tudo isso, querida. Guarde seus insultos para as garotas gordas da escola.

Drake não parava de latir. Agora emitia um rosnado baixo e ameaçador.

– Não temos comentários a fazer no momento – disse o Sr. Mercer com firmeza. Emma percebeu que ele tinha soltado um pouco a guia e Drake se aproximara do repórter, que também parecia ter notado. Ele ergueu as mãos e recuou devagar.

– É um direito seu. Mas a matéria vai ser grande, e muita sujeira vai ser desenterrada. Eu garanto. – Ele se abaixou vagarosamente para colocar um cartão de visitas no meio-fio. – Se começarem a achar que não estão sendo bem representados na mídia, me liguem. Meu número está no cartão.

O repórter recuou até a lateral de seu carro sem tirar os olhos de Drake. Ele tateou em busca da maçaneta e depois foi embora, deixando Emma, o Sr. Mercer e Drake em uma nuvem de fumaça de escapamento.

Emma andou a passos largos na direção do cartão e o pegou. Depois o rasgou em pedacinhos e jogou-os no ar. O Sr. Mercer a observou com uma expressão indecifrável.

– Você sabia que era um repórter? – perguntou ele.

– Eu... eu suspeitei – gaguejou ela.

Ele suspirou, colocando a mão no ombro dela.

– Queria poder protegê-la deles, Sutton. Vão estar em todo canto. – Ele acariciou Drake atrás das orelhas. O cachorro abanou o rabo loucamente. O Sr. Mercer riu. – Revistinha de fofocas de segunda categoria?

Emma abriu um sorriso tímido.

– É isso mesmo. São esses repórteres que vão precisar de proteção. – Ela ergueu os punhos e simulou movimentos de boxe.

Arrastei-me atrás de meu pai e minha irmã quando voltaram para casa. Queria que papai também pudesse proteger Emma; queria que pudesse refrear todo o perigo que a ameaçava. Mas sabia tão bem quanto Emma que tinha de ser o contrário. Ela era a única que podia protegê-lo. Dessa vez, não era Garrett no carro. Mas, mais cedo ou mais tarde, ele cumpriria suas ameaças. Ele iria atrás de nossa família, e quando isso acontecesse, ela precisaria estar pronta.

13
PAPEL DE IRMÃ

Desde que tomara o lugar de Sutton três meses antes, Emma tinha se acostumado ao amplo espaço que a maioria dos alunos do Hollier High lhe abria. Afinal de contas, Sutton era popular, e ninguém queria ser pego no fogo cruzado de um trote do Jogo da Mentira. Mas no dia seguinte, quando as multidões se abriram diante dela e de Laurel ao atravessarem o corredor, a sensação foi diferente. De ambos os lados, Emma ouviu sussurros mal disfarçados.

— Você soube que a garota morta era irmã dela?

— Irmã *gêmea* dela.

— Sei. Não ligo para o que dizem, é algum tipo de trote. Lembra no ano passado, quando ela disse para todo mundo que tinham roubado o carro dela?

Emma manteve a respiração uniforme enquanto andava, tentando não se deixar dominar pelo pânico. Nunca se acostumara a receber tantos olhares, e agora ninguém sequer se dava ao trabalho de disfarçá-los. Se em algum momento ela já precisara emular a atitude mais agressiva de Sutton, era naquele.

Ela virou-se em um corredor e viu Charlotte e Madeline paradas perto de seu armário. Quando a viram, correram para encontrá-la, ambas pálidas e preocupadas. Charlotte segurava dois copos de papel com café e tentou lhe entregar um e abraçá-la ao mesmo tempo.

— Finalmente — murmurou ela em voz baixa. — Você está bem? — Emma pegou o copo com gratidão. Na noite anterior, ela havia feito um chat de vídeo com Charlotte e Madeline para contar tudo o que tinha acontecido. Não queria explicar mais de uma vez. Àquela altura, elas já tinham visto o noticiário; Madeline não conseguia parar de dizer que aquilo era "muito estranho", e Charlotte parecia quase magoada por "Sutton" não ter contato sobre a irmã gêmea. Mas, para o crédito delas, ambas tinham parecido mais preocupadas que qualquer outra coisa.

— Você não tem mais o que fazer? — vociferou Madeline para um garoto baixo de camisa de flanela que estava parado a alguns metros de distância, escutando a conversa. Ele se sobressaltou e saiu apressado com uma expressão apavorada. Ela suspirou, passando a mão pelo cabelo preto e reluzente.

Emma sorriu para ela em agradecimento.

— Essas pessoas são inacreditáveis.

— *Inacreditável* é a sua calma — disse Charlotte, olhando para Emma. — Eu estaria acabada.

— Bom, minha irmã é uma ótima atriz — disse Laurel, olhando-a com seriedade enquanto falava.

Emma ficou desconfortável sob o olhar das amigas e ajeitou a bolsa no ombro.

— Bom, não estou tão calma quanto pareço. Na verdade, preciso de um pouco de ar. Vou ali fora, ok? — E antes que as outras pudessem responder qualquer coisa, ela saiu pela porta de vidro que dava para o pátio e respirou fundo, grata. Logo teria de voltar para dentro, entrar em outra sala e lidar com mais perguntas, olhares e sussurros maliciosos, mas naquele momento ela podia simplesmente *existir*.

O pátio estava muito sombreado, com o sol da manhã ainda muito baixo a ponto de tocar as extremidades do pequeno quadrado. Ela estava sozinha; todos se encaminhavam para suas aulas. Algumas acácias em vasos de argila enfeitavam a área. Ela deu um passo em direção aos bancos salpicados de sombra.

Então uma mão apareceu e segurou seu pulso. Ela gritou, recuando por instinto, mas a mão a segurou com mais força. E então ela viu quem era.

Thayer.

Havia olheiras profundas sob seus olhos, que brilhavam de um jeito maníaco. Ele ficou olhando para ela, ainda segurando com força seu braço, e de repente Emma teve a dolorosa percepção de quão mais alto e forte ele era.

— Você precisa me dizer a verdade — sussurrou ele. — Agora.

Emma olhou em volta em desespero, mas ninguém os vira. O sinal da aula tocou lá dentro.

— Me solte, Thayer — disse ela em um tom sério.

Os olhos de Thayer se estreitaram, mas ele soltou seu braço de repente, como se ela estivesse pegando fogo.

– Eu sei que você não é a Sutton – disse ele. Ele respirou profunda e asperamente, passando as mãos pelo cabelo como se estivesse possuído. – Você é a gêmea, não é? Você trocou de lugar com ela. Não sei por que nem como. Mas sabia que você não era ela. Sei desde a primeira vez que a vi.

Thayer. Parte de mim queria que Emma estendesse a mão e o tocasse para que eu pudesse senti-lo, mesmo que só por um segundo.

Mas ela se limitou a jogar o cabelo e olhar friamente para ele, fazendo o melhor que podia para mascarar seu coração disparado.

– Thayer, você está louco. Eu nunca *conheci* a Emma.

Ao ouvir isso, Thayer soltou um grito, algo entre um rosnado e uma exclamação, e agarrou a parte da frente da camisa de Emma, puxando-a para si. Os músculos de seu pescoço estavam rígidos.

– Diga a verdade – rosnou ele, com o hálito quente em seu rosto. Emma gemeu, tentando se desvencilhar dele, mas ele não a soltava. – Não minta para mim! O que você fez com ela?

"Thayer, pare com isso!", gritei inutilmente. "Ela está tentando me ajudar." Mas eu estava impotente, impotente para falar com ele, impotente para acalmá-lo. Só podia ficar ali olhando.

Os olhos de Emma se encheram de lágrimas. Por um momento, o rosto de Thayer tornou-se uma máscara grotesca, contorcido de raiva, mas quando ele viu que ela estava chorando algo mudou em sua expressão. Ele soltou sua camisa tão de repente que ela tropeçou. Depois começou a andar de um lado para outro em um pequeno espaço, como uma pantera procurando sua presa.

Emma abraçou o próprio corpo, tremendo incontrolavelmente, e enxugou as lágrimas das bochechas. Os punhos de Thayer estavam fechados, e cada movimento seu era tenso, com um poder pouco contido. Mas quando ele parou e se voltou para ela sua raiva tinha se desvanecido, deixando apenas a angústia.

– Por favor – sussurrou ele, dando um passo à frente. Mas parou ao vê-la se retrair. – Eu só preciso saber. Se ela... – Ele engasgou com a palavra. – Ela está morta?

Os olhos castanho-esverdeados de Thayer perscrutaram seu rosto com uma ânsia desesperada, percorrendo seus traços, tentando encontrar neles a garota que ele amava. O coração de Emma se contorceu no peito. Ela desejou poder contar a ele como se sentia encurralada. Como sua tristeza era profunda. Como se arrependia de tê-lo magoado. Mas uma voz cruel e insistente recitava a ameaça em sua mente. *Sutton não fez o que eu mandei e pagou por isso... Continue o jogo, ou Nisha não será a única pessoa querida a morrer por sua causa.*

Garrett já tentara atropelar Thayer com o carro dela. Se ele *matasse* Thayer, ela jamais se perdoaria.

Reunindo toda a frieza de Sutton Mercer que ainda lhe restava, Emma fixou um olhar gélido no garoto a sua frente.

– Como se atreve? – perguntou ela em um tom frio e cortante como vidro. Thayer abriu a boca para dizer alguma coisa, mas ela o interrompeu: – Minha irmã *morreu* naquele cânion. A escola inteira está me olhando como se eu fosse uma aberração. E agora você me acusa de tomar o lugar dela em algum tipo de *Operação cupido* doentia? – Ela se endireitou para ficar o mais alta possível, encostando ferozmente o dedo no peito dele. – Você está drogado? Ou só com ciúmes? Você adoraria que eu fosse a Emma porque significaria que eu não o tinha trocado pelo Ethan. Bem, adivinhe só? Foi exatamente isso que aconteceu. Você foi embora. Eu me apaixonei pelo Ethan. Fim de papo. O que você e eu tivemos acabou... e talvez não devêssemos tentar ser amigos se você vai ser tão cruel.

A mão de Thayer largou Emma sem firmeza, e ele ficou ali, parado e confuso, como se ela tivesse lhe dado um tapa. Ela lutou contra a vontade de estender a mão para ele, retirar tudo o que dissera, cada palavra fizera sua garganta arder. Magoá-lo era a única maneira de mantê-lo a salvo. Ela pegou a bolsa e se virou para voltar à escola.

– Ei, Emma?

E antes que conseguisse evitar, ela parou.

– Foi o que imaginei – disse ele em voz baixa.

Emma se virou, desesperada para dizer alguma coisa, qualquer coisa, para consertar seu erro, mas Thayer já tinha ido embora.

Eu tinha passado todos aqueles meses esperando que alguém percebesse que Emma não era eu. Mas, agora que finalmente tinha acontecido, tudo o que eu sentia era um medo gélido e aflito.

Porque o que Thayer sabia podia matá-lo.

14

MORRA DE INVEJA, NANCY DREW

Emma encontrou Ethan a caminho da aula de alemão.

– Thayer sabe – sussurrou ela com urgência. Ethan parou de repente, movendo o maxilar em silêncio por um instante.

– O quê? Como? – perguntou, enfim, em voz baixa. Ela o puxou para um canto atrás de um vaso de planta. Um grande painel de vidro dava para o campo de futebol.

Ela mordeu o lábio. Thayer suspeitava desde que a beijara na festa de Charlotte. Ethan sabia do beijo (ele os surpreendera), mas ela não queria mais falar disso.

– Ele me chamou de Emma, e eu reagi – admitiu ela, sendo novamente inundada de vergonha. – Eu sou uma idiota.

– Não é não – disse Ethan impetuosamente. Emma encarou seus olhos azul-escuros, onde a ansiedade competia com outra coisa... uma vigilância feroz, talvez. E embora soubesse que Ethan não podia protegê-la se o assassino estivesse determinado a matar de novo, sua força sólida era reconfortante. Ela sentiu seus músculos relaxarem lentamente, tranquilizados pela presença dele.

Emma suspirou e encostou a cabeça no ombro de Ethan.

– Quer dizer... ele não tem como provar. Mas e se pegar alguma mentira minha? E se descobrir alguma coisa?

Os olhos de Ethan se estreitaram.

– Ele só poderia ter certeza se fosse o culpado. Continuo achando que ele é suspeito.

Ela balançou a cabeça com impaciência.

– Thayer estava a caminho do hospital quando Sutton morreu. Seria impossível ele voltar ao cânion com a perna quebrada. Mesmo assim, àquela altura, ele devia estar drogado de analgésicos.

Ethan fez um som de desdém indiferente, que ela interpretou como "tudo bem ele ter um álibi, mas eu não sou obrigado a gostar". Ela abriu a boca para dizer que Thayer parecera desesperado para saber a verdade, que só queria saber se quem estava no fundo daquele cânion era a garota que amava. Mas, antes que ela tivesse a chance de falar, o olhar de Ethan se deslocou para algo do lado de fora da janela.

– Veja – sussurrou ele. Ela se virou para olhar o lugar para onde ele apontava.

Garrett e Celeste tinham aparecido no campo de futebol. Emma não conseguia ouvir uma palavra através do vidro, mas era óbvio que gritavam um com o outro. Celeste não parava de fazer que não com a cabeça, e suas longas tranças louras dançavam ao redor da cabeça. O rosto de Garrett estava muito vermelho e contraído de raiva. Ele agitava as mãos violentamente diante dela; parecendo querer estrangulá-la.

Eu conhecia aquela expressão. Conhecia aquela cara. De repente, fiquei surpresa ao notar como aquilo era familiar. Novas memórias flutuaram preguiçosamente até a superfície. Eu me lembrei de suas mudanças de humor, de seu temperamento difícil. Eu me lembrei dele amassando o metal de um armário com um soco e se afastando de mim furiosamente. Eu me lembrei que seus dedos deixaram um rastro de gotas de sangue no linóleo limpo.

– Uau – ofegou Emma. Ambos observaram Celeste jogar uma das mãos para cima com desdém, depois virar as costas para voltar à escola. Garrett ficou ali olhando para ela por um bom tempo, com o peito arfando de raiva. Depois se virou e saiu a passos largos pelo campo em direção a um pequeno bosque de cedros que separava o campus da rua movimentada.

– Isso foi... intenso – disse Ethan em um tom incerto.

– Agora é a nossa chance – disse Emma, endireitando-se. Ethan franziu a testa.

– Nossa chance de quê? – perguntou ele, mas ela olhou para os dois lados do corredor vazio, sem responder. Ela segurou a mão de Ethan e saiu às pressas pelo corredor em direção aos armários dos alunos do último ano.

O armário de Garrett ficava no final de um corredor, que fazia uma curva depois de uma máquina de Coca-Cola. Era óbvio qual era o dele: a placa de boa sorte que as animadoras de torcida tinham feito para as finais ainda pendia orgulhosamente em letras vermelhas e douradas. Emma andou depressa até lá e examinou o cadeado.

– O que você está fazendo? – sussurrou Ethan.

– O que deveríamos ter feito há muito tempo – disse ela, contraindo o maxilar. – Fique vigiando, ok?

Ele assentiu, encostando-se aos armários e olhando por cima da cabeça dela.

Ela girou a combinação lentamente até zero, depois, cruzando os dedos de ambas as mãos, deu um chute rápido na base do armário. A porta se abriu, estremecendo com um som metálico oscilante no corredor vazio. Ela olhou para os dois lados, verificando se alguém tinha ouvido.

– Onde você aprendeu isso? – perguntou Ethan com um ar impressionado.

Ela sorriu.

– Minha amiga Alex me ensinou, em Henderson.

O armário tinha um cheiro forte de manteiga de amendoim e de alguma loção pós-barba intensa. Um casaco de moletom com capuz pendia do gancho. Havia livros em pilhas organizadas na prateleira de cima, cercados por várias bugigangas: um pente de plástico, um punhado de moedas, um protetor bucal esportivo em um estojo de plástico. Preso na parte interna da porta ficava um espelho com imã, uma foto desbotada de Mia Hamm na *Sports Illustrated*, tirando a camisa para comemorar a vitória, uma foto de Garrett e Louisa diante do Grand Canyon e uma de Celeste enroscada em uma poltrona macia em um escritório cheio de livros.

– O que você está procurando? – sussurrou Ethan, olhando para dentro do armário.

Emma balançou a cabeça.

– Eu não sei. Talvez seja inútil. Acho que ele não vai ter uma placa dizendo FUI EU dentro do armário. – Ela mordeu o lábio, passando os olhos pelas coisas de Garrett. — Li que alguns assassinos guardam lembranças de seus crimes para poder revivê-los mais tarde. — Ela estremeceu ao imaginar o tipo de coisa que poderia encontrar no armário caso Garrett tivesse levado uma lembrancinha. Teria sido apavorante encontrar uma mecha do cabelo de Sutton, um pedaço de sua roupa... ou coisa pior.

Ela se agachou para abrir uma sacola da Nike jogada no chão do armário, mas ali só havia um par de chuteiras, meias brancas, um short de malha, uma enorme garrafa squeeze verde de plástico... e um cantil com algo que cheirava a uísque. Ela fechou o zíper, ainda ajoelhada, e suspirou.

— Parece que não deu em nada — disse ela, decepcionada. Ethan não respondeu. Ela ergueu o rosto para ele, franzindo a testa. — Ethan.

Ele olhava para uma coisa na prateleira de cima. Ele ergueu a mão devagar e, com cuidado, como se fosse algo sujo, pegou uma pequena chave prateada presa a uma plaquinha de metal.

— Ethan? — Ela se levantou lentamente. — O que é isso?

Ela estendeu a mão e ele soltou a chave em sua palma. Era pequena; pequena demais para ser a chave de casa. De um dos lados do chaveiro de metal, ela conseguiu distinguir com dificuldade a palavra ROSA. Uma segunda palavra estava arranhada demais para decifrar. Abaixo havia o número 356.

Ela franziu a testa.

— Isso significa alguma coisa para você? — Ela não conhecia ninguém chamado Rosa no Hollier.

— Vire — disse Ethan, com os olhos arregalados. Ela inclinou a cabeça, confusa. Ele assentiu para o chaveiro na mão dela. Ela o virou e olhou.

No lado oposto da plaquinha de identificação, alguém arranhara as iniciais S.M. no metal. A mão de Emma começou a tremer tanto que as letras ficaram borradas em sua visão. Ethan se aproximou, segurando seus ombros para equilibrá-la.

— O que isso significa? — Sua voz foi um sussurro áspero e suplicante.

Antes de Ethan ter a chance de responder, o som de passos ressoou do outro lado da curva do corredor. Emma enfiou a chave no bolso da calça jeans e fechou o armário com o mínimo de barulho possível. Depois olhou em volta rapidamente em busca de um lugar para se esconder.

— Aqui — sussurrou Ethan, encostando-a na parede e olhando em seus olhos. Ela tentou se soltar por um momento, desorientada, mas se aquietou ao perceber o que ele estava fazendo. Ele pressionou a boca contra a dela, e, embora seu sangue ainda latejasse nos ouvidos, por um doce momento o beijo a dominou e o pânico diminuiu.

— Ah! Desculpem!

Ambos ergueram o rosto e viram Celeste, que tinha parado de repente ao vê-los. Ela estava vestida com seu habitual estilo Arwen-da-Terra-Média, com uma túnica verde toda estampada com nós celtas e calça legging. Pulseiras tilintavam em seus braços, e vários brincos de prata diferentes pendiam de seus muitos piercings. Seus olhos estavam vermelhos, e sua voz, grossa por ter chorado. Ela enxugou o rosto furiosamente e tentou forçar um sorriso.

— Não tive a intenção de... ãhn... interromper.

Emma afastou Ethan delicadamente. Celeste ficou parada no corredor sem saber o que fazer, olhando para todos os lados, menos para eles. Emma viu um pedaço de papel dobrado entre seus dedos. Ela devia estar ali para colocar um bilhete no armário de Garrett.

– Você está bem? – perguntou Emma.

Celeste trocou o peso de um pé para outro, fazendo as pulseiras tilintarem de forma musical. Em geral, ela dava uma impressão leve e etérea, mas naquele dia parecia carregada de tristeza.

– Estou bem. Quer dizer, você sabe como é o Garrett.

Claramente, Celeste tentava dar a impressão de que não se importava, mas as palavras atingiram Emma como um choque elétrico. Na verdade, ela não sabia como Garrett era; mas diante dela estava alguém que sabia. Ela olhou para Ethan, que estava um pouco afastado, olhando para todos os lados, menos para Celeste.

– Ei, Ethan, posso me encontrar com você mais tarde?

Por um instante, ele pareceu perplexo. Ela arregalou os olhos de um jeito significativo, tentando comunicar que queria conversar a sós com Celeste. Ele se desencostou rapidamente da parede, mexendo em seus livros.

– Ah, hum, sim. Preciso mesmo ir para a aula. Tchau, Celeste.

Os passos de Ethan desapareceram pelo corredor. A máquina de Coca-Cola zumbia alto. Emma mexeu na alça da bolsa.

– Sei que não somos exatamente amigas, Celeste, mas eu... eu não quero que você saia machucada.

Celeste suspirou, olhando para cima através dos cílios molhados até encontrar os olhos de Emma.

— Ele é de áries. Eles são sempre intensos, sabe?

— Ãhn, sim – disse Emma. Ela mordeu o lábio, pensando no que acabara de ver pela janela. Garrett não parecia intenso, parecia querer machucar alguém. – Nós brigávamos muito quando estávamos juntos. Ele tem um... temperamento assustador.

Celeste se apoiou à parede de armários observando Emma com cautela, como se relutasse em confidenciar demais. Emma não podia exatamente culpá-la; as garotas do Jogo da Mentira tinham dado um trote em Celeste algumas semanas antes. Mas após algum tempo ela falou, com a voz baixa, hesitante:

— Tudo se resume a Louisa. O estranho é que ela está indo bem. Quer dizer, a mãe a colocou na terapia, então ela teve ajuda. Mas a coisa toda, tipo... *acabou* com ele. O espírito dele está muito machucado. Estou sempre pedindo que ele medite comigo. Isso ajudou muito depois que meus pais se divorciaram. Mas ele nem tenta.

Emma assentiu com cuidado.

— Então você acha que ele está zangado por causa... por causa do que aconteceu com Louisa?

Celeste a olhou de um jeito estranho.

— Sim. É claro.

— Ah, bem, eu nunca ouvi a história toda. Sabia que ele estava chateado com isso, obviamente, mas não sei *por que* está chateado – disse Emma, jogando verde.

O rosto de Celeste ficou pálido. Ela olhou por cima do ombro como se estivesse checando para ver se alguém estava escutando.

— Então eu não deveria ter dito nada. Não é um assunto meu, para sair espalhando por aí.

Emma xingou mentalmente. A fofoca sempre fluía solta no Hollier e, na única vez em que ela precisava, cessava por completo.

– Não estou tentando me intrometer – retrocedeu Emma. – Só acho que você deveria ter cuidado. Quer dizer... Garrett é muito instável, Celeste.

Celeste estreitou os olhos, desconfiada. Sutton Mercer não era exatamente conhecida por sua preocupação com os outros.

– Bom, ãhn, cuide-se – disse Emma, reconhecendo sua deixa para ir embora. Ela segurou a bolsa de Sutton debaixo do braço e se afastou.

– Ei, Sutton?

Emma parou e se virou. Celeste estava no meio do corredor, abraçando os próprios ombros.

– Eu soube da sua irmã – disse ela. – Sinto muito. – Depois ela se virou e desapareceu, deixando Emma com mais perguntas do que respostas.

Mas algo que Celeste dissera tinha despertado uma lembrança estranha e fervilhante em minha mente. Ela ficou fora do alcance de um jeito enlouquecedor, pouco além da minha memória, mas eu a sentia ali. Algo tinha acontecido com a irmã mais nova de Garrett, algo muito ruim.

Talvez ruim o bastante para transformar seu irmão em um assassino.

15

POR TRÁS DAS LINHAS INIMIGAS

A casa de Garrett era uma pequena *hacienda* em uma rua tranquila perto do country club, cercada por ladrilhos de ardósia, bancos de pedra baixos e suculentas plantas em vasos de argila. Enormes peixes dourados flutuavam preguiçosamente em um laguinho para carpas sob um pequeno amontoado de árvores palo verde. Havia um Subaru Outback azul-escuro parado na entrada, mas o Audi prateado de Garrett não estava ali. Emma ficou sentada no carro de Sutton do outro lado da rua por mais ou menos dez minutos, respirando fundo para se acalmar e observando a casa. Enfim, tomou coragem e saiu do carro.

A aula acabara havia pouco; Garrett ia passar as próximas duas horas na sala de musculação do Hollier com o restante do time de futebol; a temporada tinha acabado, mas eles malhavam juntos o ano inteiro. Imagens de Garrett tinham assombrado Emma o dia inteiro. Seu rosto vermelho de raiva enquanto gritava com Celeste; o sorriso malicioso em sua boca quando ele ergueu o papel que dizia *VADIA*; a pequena chave brilhante com as iniciais da irmã de Emma arranhadas no chaveiro. Ela passara por todas as aulas de Sutton em um estupor, acordando apenas durante o quarto período, de alemão, para fixar os olhos na nuca de Garrett como se pudesse ler sua mente caso se esforçasse o bastante. Enfim, ela não conseguira mais aguentar. Ia buscar respostas, mesmo que isso significasse colocar a própria vida em risco.

Ela tentaria entrar no quarto de Garrett.

Ninguém mais sabia que ela estava ali. Ela não contara a Ethan. Ele teria achado um jeito de impedi-la. Mas ela nunca encontraria a prova de que precisava se não tentasse.

A rua de Garrett estava estranhamente vazia enquanto o GPS de Sutton a guiou até sua casa. Nenhum carro passou por ela, e ninguém da vizinhança estava do lado de fora trabalhando no jardim ou aproveitando o sol dourado de novembro. A única coisa que ela conseguiu ouvir foi o barulho suave e constante dos pássaros no céu. A alguns quarteirões de distância, alguém no country club gritou "Fore!". A palavra foi pontuada pelo suave *pock* de uma bola sendo atingida ao longe.

Quando Emma chegou ao jardim dos Austin, um grito bizarro e agudo atravessou o ar. Ela se sobressaltou, sentindo uma onda de pânico na boca do estômago. Outro grito irrompeu, e depois outro, várias vezes, ecoando pelas pedras do calçamento. Parecia a voz de uma garota urrando de dor.

Cada grito agudo parecia perfurar o peito de Emma. Ela girou em torno de si mesma, procurando a fonte do som. Por uma fração de segundo, teve certeza de que Garrett estava mantendo outra vítima ali, em algum lugar da propriedade. Mas então dois enormes pavões saíram apresados do quintal, arrastando a cauda atrás do corpo. Um deles jogou a cabeça para trás e sua garganta estremeceu ao soltar o grito que ela pensara ser humano. Emma guinchou quando eles foram em sua direção. Ela pulou sobre um banco de pedra ao lado do laguinho bem no momento em que as aves avançaram. Elas a cercaram, inclinando a cabeça para encará-la com os olhinhos brilhantes.

A porta da frente se abriu e uma mulher atarracada de cabelo louro-claro enfiou a cabeça para fora, chamando:

— Rocko! Salvador! — chamou ela. Então viu Emma encolhida no banco. Seus olhos se arregalaram e ela passou correndo pela porta. Os pavões viraram a cabeça sobre o longo pescoço para olhá-la, e um deles se aproximou, olhando esperançoso para sua mão. — Xô! — disse a mulher. — Não tenho milho, seus bichos desgraçados.

Só podia ser a mãe de Garrett. Tinha o mesmo cabelo, os mesmos olhos cor de melaço. Mas o que seu filho tinha de músculos a mãe tinha de curvas arredondadas como as de um ursinho de pelúcia sob a calça folgada de linho e o suéter marrom. Anéis de âmbar brilhavam em todos os dedos, pingentes de âmbar pendiam dos lóbulos de suas orelhas, e óculos com armação de gatinho estavam pendurados sobre o peito em uma corrente feita com contas de âmbar.

Emma prendeu a respiração enquanto a mulher enxotava as aves que ficaram ali paradas olhando perniciosamente. Ela não sabia o que Garrett podia ter contado à mãe depois do término, nem sequer que tipo de relacionamento Sutton tinha com a mãe do namorado. Mas quando os pavões finalmente foram para os fundos a mulher abriu um sorriso caloroso.

— Sutton! — exclamou ela, entendendo a mão para ajudar Emma a descer do banco. — Quanto tempo! Desculpe-me pelos meninos — disse ela, suspirando na direção dos pavões. — Eles andam muito agressivos nos últimos tempos. Não sei o que deu neles.

Emma abriu um sorriso hesitante para a mulher.

— Desculpe, eu, ãhn, os agitei. Obrigada por me salvar, Sra. Austin. — Assim que as palavras deixaram sua boca, a expressão da mulher se anuviou.

— Esse é o nome da madrasta do Garrett, querida — disse ela friamente. — Lembra? Meu nome de solteira é Ramsey.

Emma se xingou internamente. Claro, os pais de Garrett eram divorciados. Mas tão depressa quanto aparecera a expressão sombria da mulher sumiu.

— Além do mais, por que está me chamando de senhora alguma coisa? Você sempre me chamou de Vanessa.

Vanessa. Algo se moveu lá no fundo de minha mente. Como sempre, era quase impossível reter uma lembrança específica, mas eu conseguia captar fragmentos. Eu me lembrei de jantar com a família de Garrett em estilo piquenique no chão da sala de estar. Eu me lembrei da impressão de que havia uma tristeza permanente nela, embora não soubesse por quê. Seriam os resquícios de um divórcio doloroso ou algo mais sombrio? Mais uma vez, lutei para achar uma lembrança da irmã de Garrett (*o que tinha acontecido com ela?*), mas nada me ocorreu.

Emma respirou fundo.

— Desculpe, Vanessa. Faz muito tempo.

A mulher deu um tapinha em seu ombro, com um sorriso saudoso.

— Faz mesmo, não é? Mas estou muito feliz por vê-la agora. Isso significa que você e Garrett voltaram a ser amigos?

Emma hesitou. A mãe de Garrett não era o que ela esperava. Parecia ser um doce de pessoa; a ideia de mentir para ela deixou Emma um pouco enojada. Mas ela precisava dar um jeito de entrar no quarto de Garrett.

— Estamos tentando — disse ela em um tom evasivo. Vanessa assentiu, e por um instante pareceu cansada.

— Sei que às vezes ele pode ser difícil — disse ela em voz baixa. — Mas você significou muito para ele. Estou feliz por vocês estarem tentando permanecer na vida um do outro. Sempre achei que você fazia bem a ele, Sutton.

Emma mordeu o lábio.

— É mesmo?

— Claro. — Vanessa tinha uma covinha na bochecha esquerda, igual à de Garrett. Quando ela sorria, a passagem dos anos desaparecia de seu rosto. — Você foi a única namorada dele que não o deixaria se safar de um crime.

Emma forçou uma risada vazia diante da escolha de palavras de Vanessa.

— Ah, não sei, não. — Ela pigarreou. — Passei aqui porque acho que Garrett ficou com o meu casaco dos Wildcats. Ele está em casa?

Vanessa balançou a cabeça, fazendo seus pingentes de âmbar oscilarem com o movimento.

— Não, infelizmente ainda está na escola. Puxando ferro, acho que é assim que ele chama. — Ela soltou uma risada ofegante. — Ele só vai chegar daqui a algumas horas.

Emma fingiu estar decepcionada, franzindo os lábios até formar um biquinho.

— Ah, droga. Queria muito usá-lo neste fim de semana. Eles vão jogar no Novo México, e sempre uso aquele casaco quando assisto ao jogo com o meu pai.

— Por que você não vai até o quarto dele e tenta encontrar?

Emma sentiu uma pontada de culpa ao ver a facilidade com que a mulher sugerira aquilo.

— Você não se importa?

— Nem um pouco. Se você tiver coragem de entrar naquela bagunça, tem minha benção. — Vanessa abriu a porta da frente com outra risada. Emma a seguiu para o vestíbulo com piso parquete de cerejeira e lustres antigos de bronze. A janela acima da porta era um vitral do sol se erguendo sobre as montanhas, e a luz que a atravessava lançava um brilho alaranjado pelo ambiente. Ela olhou em volta por um momento. Não esperava que a casa de Garrett fosse daquele jeito. A decoração era luxuosa e excêntrica. Garrett sempre lhe parecera muito sem graça.

Mas, enfim, ela claramente não sabia nada sobre ele.

Emma se virou e lançou a Vanessa seu melhor sorriso para impressionar adultos.

— Muito obrigada. Só vou levar um minuto.

— Não precisa ter pressa, querida. — A mãe de Garrett a apertou em um rápido abraço com cheiro de perfume de jasmim e terra para jardinagem. O coração de Emma doeu um pouco. Vanessa a fazia lembrar a mãe de Alex, sua melhor amiga, que sempre a tratara como se ela fosse da família.

Ela deu outro pequeno aceno para a mãe de Garrett e subiu as escadas de dois em dois degraus, com o coração acelerando. A escada dava para uma plataforma com vista para a sala de estar. O teto alto e inclinado era feito de latão vermelho, estampado com um elaborado desenho de trepadeiras. Uma assustadora música ambiente vazava por baixo da porta de um dos quartos fechados. Havia uma grande colagem pendurada na porta ao nível dos olhos: parecia que o artista arrancara fotos de modelos e depois as remontara em formas surreais e estranhas, algumas com corpos de animais, outras com partes mecânicas substituindo braços ou olhos. Emma achou seguro presumir que aquele era o quarto de Louisa. O cômodo que ficava depois desse era um banheiro com ladrilhos azuis e amarelos, e o seguinte, imaginou ela, devia ser o de Garrett. Ela hesitou ao abrir a porta e espiou lá dentro.

Bingo.

Vanessa não estava exagerando. Parecia que uma bomba tinha explodido no cômodo. Metade de sua colcha verde-escura estava sobre a cama, e a outra metade, no chão. Roupas sujas espalhavam-se por cada centímetro quadrado do piso, e um cheiro penetrante de meias suadas pairava no ar. Embalagens de barras de cereais e garrafas vazias de Gatorade se acumulavam em todas as superfícies. Havia fotos de jogadores de futebol e de carros de corrida italianos presas com tachinhas em todas as paredes, e um suporte atlético pendia de uma pequena estatueta dourada que ficava em cima de um troféu de mérito sobre a sua escrivaninha.

Os olhos de Emma percorreram o quarto com incerteza. Se Garrett estava escondendo alguma coisa sobre o assassinato, onde estaria... e o que seria? Ela abriu as gavetas da escrivaninha, passando por pilhas desorganizadas de clipes de papel, marca-textos e tachinhas. Havia evidências de seu atual romance com Celeste na forma de um pedaço de quartzo violeta ao lado do computador. Emma presumiu que aquilo era para focar seu *chi* ou algo assim. Atrás da pedra ficava uma foto de Celeste sentada em um balanço, olhando para o nada.

Havia alguns porta-retratos virados para baixo sobre a mesa, derrubados por um casaco jogado de qualquer jeito. Ela os levantou e os virou, e, quando o fez, seu coração começou a martelar contra o peito.

Em uma delas, Nisha sorria para a câmera usando o uniforme branco de tênis. E na outra, Sutton fazia seu melhor biquinho de estrela de cinema em uma espreguiçadeira, usando um biquíni verde-jade e uma canga florida.

Os porta-retratos tremeram em suas mãos. Por que ele tinha aquilo ali, na escrivaninha, depois que as duas garotas tinham terminado com ele?

Fixei os olhos nas fotos. No que ele pensava quando olhava para elas? Será que revivia o que fizera conosco? Dizia a si mesmo que eu merecera aquilo por magoá-lo? Um calafrio passou por mim quando olhei minha expressão de falsa timidez, congelada para sempre no tempo.

Emma recolocou as fotos onde as encontrara. De repente, sentiu-se muito menos segura do que antes. Ela recuou até a porta, tropeçando em uma bota de trilha perdida pelo caminho.

Ao se virar para sair, Emma chutou um frasco laranja de remédio manipulado com a ponta do pé. Alguns comprimidos chacoalharam lá dentro. Ela franziu a testa, parando para pegar o frasco.

Era Valium.

O tempo congelou. Ela olhou as nítidas letras pretas do rótulo até não fazerem mais sentido, até parecerem uma confusão de símbolos estranhos. A voz do detetive Quinlan voltou à sua lembrança. *O legista encontrou uma quantidade muito alta de diazepam na corrente sanguínea dela.* Nisha não tinha receita médica. Mas Garrett tinha.

– O que você está fazendo aqui?

A voz cortou os pensamentos de Emma como uma faca. Ela se sobressaltou, jogando o frasco no chão, e ergueu o rosto para a irmã de Garrett, parada à porta.

Louisa estava com um short jeans desfiado, meia-calça verde viva, botas de trilha e uma grande camiseta preta caída em um ombro. Seu cabelo tingido de preto estava cortado em um chanel desfiado, e ela usava várias pulseiras pretas de silicone. Estava ali com uma expressão tanto curiosa quanto levemente irritada. Emma não a ouvira abrir a porta.

– Ah... ãhn, oi, Louisa – gaguejou Emma, colocando um sorriso alegre no rosto. – Quanto tempo. – Louisa ergueu uma das sobrancelhas. Emma engoliu em seco. – A sua mãe me deixou entrar. Achei que tinha deixado um casaco aqui, mas não estou achando. Não sei como poderia encontrá-lo nesta bagunça. – Ela soltou uma risada nervosa, mas Louisa não retribuiu.

A garota mais nova a encarou longa e firmemente. Emma ficou aflita. Sentia-se como se estivesse sendo memorizada para um reconhecimento da polícia. Mas, enfim, Louisa falou:

— Você deveria ficar longe do Garrett.

Emma se surpreendeu. Não havia malícia na voz de Louisa, apenas uma praticidade franca. Mas sua testa estava contraída de preocupação.

— Não estou tentando criar nenhum problema — disse Emma com cautela.

Louisa deu de ombros.

— Não faz diferença. Olha, Sutton, não estou tentando ser cruel. Ele piora muito quando você está por perto. Não sei o que aconteceu entre vocês, mas nos últimos meses ele está um lixo. É impossível vocês dois conseguirem ser amigos depois de tudo isso, ok? Fique fora da vida dele. Você deve isso a ele.

Um calafrio percorreu a espinha de Emma.

— Ele está instável desde o término?

Louisa soltou um som impaciente de desdém.

— Desde antes. Na noite antes da festa da Nisha ele chegou em casa histérico às três da manhã. Não quis me contar onde estava, mas estava ofegante e andava de um lado para outro. Passei o resto da noite tentando acalmá-lo. — Ela suspirou. — Achei que vocês tinham terminado, mas estavam juntos na casa da Nisha, então fiquei sem saber o que pensar. — Ela abriu um sorriso suave e quase pesaroso para Emma. — Não estou dizendo que é culpa sua, Sutton. Nós duas sabemos que meu irmão tem problemas. Mas você os piora muito. Se quer mesmo o melhor para ele, fique bem longe. — E, com isso, ela foi embora.

Emma ficou paralisada no meio do quarto de Garrett, com as palavras de Louisa se debatendo em sua mente. *Nós duas sabemos que meu irmão tem problemas... Mas você os piora muito.*

Um medo doentio a invadiu. A noite anterior à festa de Nisha fora a noite da morte de Sutton. Será que ele estava agitado porque acabara de assassiná-la a sangue-frio?

Uma onda de frustração me percorreu. Parecia que eu estava engasgando com todas as coisas que podia dizer a Emma. Quem dera conseguisse transmitir minhas lembranças diretamente para a cabeça dela. Quem dera pudesse mostrar a ela o que eu sabia: que Garrett estava no cânion comigo. Que ele tinha me matado.

Eu mesma o mataria, mas graças a ele eu era menos que uma sombra: silenciosa, intangível... e indefesa.

16
LEI E ORDEM: UNIDADE GÊMEA PERDIDA

Ainda naquela tarde, Emma parou o Volvo de Sutton em uma vaga da delegacia para sua entrevista com Quinlan. O Sr. Mercer se oferecera para encontrá-la lá, mas ela recusara. Já tinha mentido o bastante para os Mercer; não queria que ele testemunhasse aquilo também.

Àquela altura, o prédio cinzento lhe era familiar. Era o lugar onde ela tentara relatar o desaparecimento de Sutton pela primeira vez, só para ser acusada de mentir. Também fora para lá que ela tinha sido levada ao ser presa por roubar em uma loja, quando lera pela primeira vez a ficha de Quinlan sobre sua irmã gêmea.

Todas as vezes em que estivera ali, uma sensação sonolenta e silenciosa permeava o ar, quase como se a delegacia estivesse submersa. Mas desta vez policiais andavam rápida e determinadamente por entre o labirinto de mesas atrás da recepção. Telefones tocavam em todo canto, com tons ligeiramente diferentes uns dos outros, de modo que dissonavam de forma dolorosa. Uma TV de tela plana fora instalada na parede da sala de espera e sintonizada no noticiário nacional. O som estava desligado, mas as manchetes apareciam depressa na parte inferior da tela. Ela se sobressaltou ao perceber que o repórter grisalho da CNN estava do lado de fora do centro de visitantes do Sabino Canyon. Sua boca se movia em silêncio. CORPO DE GAROTA ENCONTRADO NA QUARTA-FEIRA, dizia o texto em letras maiúsculas sob seu belo rosto. DEPARTAMENTO DE POLÍCIA DE TUCSON AINDA NÃO DIVULGOU A CAUSA DA MORTE.

Então chegou ao âmbito nacional, pensou ela sombriamente. Não era de estranhar que a delegacia estivesse mais alerta que de costume.

Atrás dela, a porta se abriu e depois se fechou, e uma nesga de sol atravessou o lugar rapidamente, desaparecendo em seguida. Ela desviou os olhos da TV e ofegou.

Seu antigo irmão temporário Travis Lambert estava ali, nojento como sempre, embora obviamente tivesse tentado se arrumar. Ele usava uma camisa social que se amontoava ao redor da cintura, onde fora enfiada de qualquer jeito dentro da calça, e raspara seu patético bigodinho.

Ao lado dele, estava um homem de meia-idade com entradas que usava um terno cinza feito sob medida. Ele carregava uma pasta, balançando-a de um lado para outro como se fosse algum tipo de arma. Eles foram até a recepção, onde uma policial com sobrancelhas finas desenhadas a lápis digitava em um computador de aparência antiga.

— Meu cliente está aqui para ver o detetive Ostrada — disse o homem da pasta. A policial lançou um olhar cético e impassível a eles, depois pegou um fone e apertou um botão.

— Ostrada, a testemunha que você pediu está aqui.

Emma deu alguns passos para trás e se sentou em um banco baixo da sala de espera, tentando parecer apenas mais uma cidadã esperando para falar com um policial. *Fique calma*, ordenou a si mesma. *Ele não viu você. E mesmo que veja, você é Sutton Mercer. Não faz a mínima ideia de quem ele é.* Ela amenizou seu olhar, fixando o nada, enquanto mantinha Travis em sua visão periférica. A última coisa que queria era encará-lo.

A policial desligou o telefone e se levantou.

— Podem me acompanhar — disse ela, parecendo não se importar se iam ou não. Ela abriu o portão que separava a recepção do restante da delegacia, e o advogado passou.

Travis ficou para trás por um momento, com a mão no portão. *Vá logo*, incitou Emma. *Passe pelo portão e suma da minha frente.* Mas em vez disso ele se virou devagar, com as pupilas se dilatando com o reconhecimento quando seus olhos recaíram sobre o banco. Emma lutou para manter o rosto neutro, para agir como se ele fosse apenas alguém para quem uma garota como ela não daria a mínima. Agora ela era Sutton Mercer, não a pobre e indefesa Emma Paxton, com um diário inteiro intitulado *Respostas que eu deveria ter dado*. Ela fingiu estar interessada em um pôster na parede acima da cabeça dele, no qual McGruff the Crime Dog olhava desconfiado por cima da lapela de seu sobretudo.

— Travis? — disse o advogado em um tom levemente impaciente. — Venha, temos uma reunião.

— Estou indo — cantarolou ele. Depois, olhando direto para Emma, mandou um beijinho em sua direção antes de empurrar o portão e sumir para os fundos.

O estômago dela se revirou, e uma sensação de enjoo e de tremor a percorreu. Claro que ela ainda era a pobre e indefesa Emma. Enquanto o assassino continuasse a brincar com ela como se fosse seu fantoche, enquanto ela tivesse de esconder a verdade de todos que amava, continuaria sendo tão incapaz de controlar o próprio destino quanto sempre fora quando era dependente do estado em Vegas.

Emma descruzou e voltou a cruzar as pernas no banco, reposicionando seu peso, perguntando-se por que Travis estava ali. Talvez eles só quisessem que mais alguém identificasse o corpo. Talvez ele estivesse ali para contar mais mentiras sobre Emma, dizer o quanto ela era louca e pervertida.

Seus pensamentos foram interrompidos pelo detetive Quinlan, que agora estava parado no portão, segurando-o aberto para ela.

— Obrigado por ter vindo, Srta. Mercer. Por favor, venha comigo.

Enquanto Quinlan a guiava por entre o amontoado de mesas, ela se sentia intensamente consciente de que todos os olhos seguiam os dois. O escritório inteiro parecia saber quem ela era e por que estava ali. Um policial barrigudo de cabelo raspado a encarou abertamente quando ela passou. Uma mulher cujo cabelo preto estava penteado em um alto topete sobre a cabeça tirou uma foto discreta com o celular.

Quem diria que a polícia seria exatamente igual a um bando de alunos do ensino médio, pensei amargamente.

Quinlan conduziu Emma por um corredor de linóleo até uma sala de interrogatório nos fundos da delegacia. Como tudo o mais no prédio, as paredes do cômodo eram cinza industrial e sem graça. Uma figueira artificial desbotada ficava em um vaso de plástico no canto, com uma grossa camada de poeira sobre as folhas falsas. Ela olhou para Quinlan, apreensiva.

– Por que estamos em uma sala de interrogatório? – perguntou ela, tentando falar em um tom de brincadeira. – Eu, hum, preciso de um advogado?

O bigode de Quinlan estremeceu de leve.

– Não, não, Srta. Mercer. Não precisa se preocupar. É apenas uma conversa casual. – Ele foi para a extremidade da mesa e jogou duas pastas de papel pardo sobre ela, lado a lado. A etiqueta de uma delas dizia SUTTON MERCER. A da outra, EMMA PAXTON.

Emma olhou para a pasta fina com seu nome. O que podia haver ali dentro? A única vez que se encrencara com a polícia em sua antiga vida fora na noite em que ela e Alex tinham saído depois da hora para assistir a um show de música punk no campus da UNLV, e o policial nem sequer as tinha reportado; só as levara em casa e as entregara à mãe furiosa de Alex, o que já fora suficientemente ruim. Será que a pasta continha apenas informações do corpo que haviam encontrado no cânion? Seus dedos coçavam para abri-la, mas obviamente era impossível fazer isso na presença de Quinlan.

Eu queria ver o que tinha ali dentro tanto quanto Emma, sobretudo se houvesse informações sobre meu corpo na pasta dela. Toda vez que tentava imaginar meu cadáver, uma sensação avassaladora de curiosidade me dominava.

Eu nunca gostara de coisas assustadoras quando estava viva: não assistia a filmes de terror sangrentos, dramas médicos, nada disso. Mas a necessidade de ver meu corpo era como uma coceira fora de alcance. Não sumiria até que eu conseguisse alcançá-la.

Enquanto isso, Quinlan estava ocupado mexendo em um gravador digital que colocara sobre a mesa.

— Pode por favor dizer seu nome e data de nascimento, Srta. Mercer?

Emma disse o nome de Sutton e o dia do aniversário delas, e depois de Quinlan tocar novamente a gravação para garantir que estava funcionando, ele juntou os dedos e os apoiou sobre a mesa.

— Tudo bem. Pode, por favor, me contar outra vez o que sabe sobre Emma Paxton?

Emma engoliu em seco. O gravador a fazia se sentir melhor e pior ao mesmo tempo. Ela não gostava de pensar que as mentiras que teria de contar seriam gravadas em sua própria voz, mas, por outro lado, qualquer coisa que Quinlan dissesse ficaria documentada. Ele não poderia ser cruel nem intimidá-la se quisesse usar a gravação como prova.

— Bom, como já contei — disse ela devagar. — Conheci minha mãe biológica no Sabino Canyon em 31 de agosto. Ela me disse que eu tinha uma irmã gêmea chamada Emma. Na mesma noite, recebi uma mensagem no Facebook de uma garota chamada Emma Paxton. Na foto, ela era exatamente igual a mim. Trocamos algumas mensagens e combinamos de nos encontrar na noite seguinte no Sabino. Então, na noite seguinte, fui encontrá-la, mas ela não apareceu, então fui para a festa de Nisha Banerjee. Não pensei nela depois disso;

presumi que as mensagens do Facebook fossem um trote idiota das minhas amigas, ou que Emma fosse tão instável quanto minha mãe biológica.

— Pode me mostrar essas mensagens do Facebook? — perguntou Quinlan. Ela assentiu, abrindo-as no iPhone e o entregando por cima da mesa. Na noite anterior, ela ficara sentada olhando sua conversa com Sutton no Facebook, tentando ver se havia algo incriminador que ela não tinha percebido. Até onde sabia, as mensagens eram seguras.

Os olhos de Quinlan se ergueram para encontrar os dela.

— "Não conte a ninguém quem você é até conversarmos... é perigoso!" — leu ele em voz alta. — Do que você estava falando?

A garganta de Emma ficou seca.

— Eu queria surpreender meus pais com a chegada dela — disse Emma, com gotas de suor se acumulando nas têmporas. — Temia que outra pessoa a descobrisse antes de mim e achasse que ela era eu. Não queria que ela estragasse tudo.

Quinlan arqueou a sobrancelha, mas fora isso seu rosto permaneceu imóvel. Em algum lugar do teto, o ar-condicionado foi ligado, e uma rajada fria deixou o suor de Emma pegajoso.

— Uma coincidência muito estranha — disse Quinlan. — A noite em que você descobriu que ela existia foi a noite em que ela lhe mandou uma mensagem?

Emma assentiu, dando de ombros.

— É. Eu sei que é estranho; eu também achei. Mas, como já disse, a *Becky* é estranha. Talvez ela também estivesse em contato com a Emma.

Quinlan empurrou o telefone sobre a mesa. Emma o enfiou no bolso, com a pele formigando sob o olhar dele, que a observava com atenção, com os olhos cinzentos astutos e brilhantes. Ela tentou não fugir do contato visual.

— Você sabe alguma coisa sobre a família temporária dela? — perguntou ele, então. Ela balançou a cabeça.

— Eu os vi na TV ontem, mas ela não me disse nada sobre eles. — Ela franziu a testa de leve. — Acho que vi o irmão temporário... qual é o nome dele? Travis?... na sala de espera lá na frente. Ele sabe de alguma coisa sobre o que aconteceu com a minha irmã?

O canto da sobrancelha de Quinlan se moveu outra vez, mas fora isso seu rosto permaneceu impassível.

— Esperamos que ele possa nos ajudar com a cronologia dos fatos — disse ele, pegando a pasta de Emma e abrindo-a perto do peito. Ela se esforçou para ver sobre o topo da página, mas ele a manteve em um ângulo próximo ao corpo.

— Tudo bem, agora, o que pode me contar sobre Nisha Banerjee? — A voz de Quinlan era quase casual, seu rosto estava neutro e sério, mas uma pontada fria subiu pela espinha de Emma. Ela o encarou sem demonstrar qualquer emoção.

— O que tem ela? — perguntou Emma. Ela lutava para manter as unhas longe da boca, prendendo as mãos sob a bunda. Quinlan lhe lançou um olhar maliciosamente curioso.

— Bom, os registros telefônicos mostram que ela ligou para você sem parar no dia em que morreu. Parece que tinha algo muito importante para contar. O que era tão urgente?

Emma deu de ombros, tentando parecer mais triste que apavorada.

– Eu já disse que não sei. Ela morreu antes de poder me contar. Mas o que isso tem a ver com a Emma?

– Não sei, Sutton. Você me diz. – Quinlan fechou a pasta e a colocou na mesa, depois cruzou os braços. Ele a encarou por um bom tempo, como se esperasse que ela oferecesse mais informações.

Fiquei alarmada. Conhecia bem demais aquele jogo. Quinlan e eu tínhamos passado os últimos anos brincando de gato e rato. Seu radar para mentiras era extremamente sensível. Emma precisava ter o máximo de cuidado.

Quinlan se recostou na cadeira e entrelaçou os dedos atrás do pescoço.

– Sabe, quando tudo isso chegou até mim, tive certeza de que era um trote. *Sutton não pode ter uma irmã gêmea*, pensei; uma já é mais do que suficiente. Mesmo assim, algo não fazia sentido.

Emma se endireitou na cadeira. Suas mãos tremiam, mas ela jogou o cabelo por cima do ombro.

– Ei, obrigada por gravar isto. É bom saber que as pessoas vão ouvir você atormentando uma adolescente de luto sem a presença dos pais.

Isso pareceu surpreendê-lo. Ele olhou para o gravador e depois para ela.

– Veja bem, só estou dizendo que tudo parece improvável por causa do seu histórico.

– É, bom, eu não escrevi minha própria vida – disparou Emma. *Essa foi bem verdadeira*, pensou ela. – Desculpe se você não gostou do enredo.

Quinlan ergueu as mãos na defensiva.

— Tudo bem, desculpe. Você está certa. — Ele suspirou. — Mas pode me fazer só um favor?

— Qual? – perguntou ela, estreitando os olhos.

— Posso tirar uma amostra da parte interna da sua bochecha? — Ela franziu a testa, mas ele persistiu. — Não quero entrar em detalhes, mas o corpo da sua irmã não estava em bom estado quando o encontramos. Só queremos ter certeza de que é sua irmã biológica. Um teste rápido de DNA vai resolver tudo.

Emma mordeu o lábio. Alguma coisa ali lhe desagradava; as perguntas rápidas de Quinlan a tinham deixado vulnerável e confusa. Mas seria impossível que um teste de DNA a incriminasse, ela e Sutton eram idênticas, e se recusar a fazer o teste seria suspeito. Ela assentiu.

Quinlan tirou um cotonete de um tubo de plástico transparente em sua maleta. Ela abriu a boca, e ele o passou pela parte interna de sua bochecha, olhando sua boca como um dentista. Depois recolocou o cotonete dentro do tubo depressa e fechou a maleta.

— Espere aqui — disse ele. — Volto em alguns minutos.

Com isso, ele se virou em direção à porta e saiu.

Uma inquietação recaiu sobre mim no silêncio que se seguiu à saída dele. Eu não confiava em Quinlan. Ele era quase tão esperto quanto eu fora. E não estava mais à vista. Mas isso também significava que Emma ficara sozinha e que ele tinha deixado as pastas na mesa. Finalmente estava na hora de ver como eu tinha morrido.

17
EVIDÊNCIAS

Emma contou até dez, prendendo a respiração para poder ouvir os passos de Quinlan atravessando o corredor. Uma porta distante se abriu e se fechou, depois tudo ficou em silêncio. Quando ela teve certeza de que ele estava longe, pegou a pasta com seu nome.

Ela a abriu e a soltou de imediato. A pasta caiu na mesa diante dela, escancarada. Ali dentro, presa com um clipe de papel, havia uma foto de um esqueleto.

A garganta de Emma ficou seca. Ela sabia que devia haver fotos do pós-morte na pasta, mas não tinha parado para imaginar como seriam. Não conseguia engolir; sua língua parecia uma lixa dentro da boca. Mas ela respirou fundo e tomou coragem. E se houvesse alguma pista que a polícia tivesse deixado passar? Ela precisava ver aquelas fotos.

As órbitas vazias dos olhos do cadáver encaravam o céu. Folhas coloridas o cobriam parcialmente, vermelhas, douradas e marrons. Restos de pele ainda se agarravam aos ossos, e o cabelo comprido se espalhava para trás, seco e avermelhado por causa do sol e da exposição aos elementos da natureza. O horrendo sorriso do crânio fazia um estranho contraste com o casaco cor-de-rosa de capuz ainda fechado no torso.

Eu olhei para a foto, incapaz de desprender os olhos do pouco que restava do corpo que tinha deixado para trás. Olhando o crânio, mal notava o contorno de meus traços: ali estavam minhas maçãs do rosto altas, meu queixo fino. Mas eu não sentia uma grande conexão com os ossos da foto. Eles não tinham mais nada a ver comigo. Por mais estranho que parecesse, o corpo de Emma parecia mais meu que meu próprio corpo.

Havia outras fotos, presas atrás da primeira, mostrando o corpo de diferentes ângulos. Parecia que Sutton estava usando um short amarelo de algodão na noite em que fora para o cânion. Closes revelavam ossos quebrados, e um deles mostrava um buraco irregular perto do topo do crânio.

Quanto mais olhava para as fotos, mais estranha Emma se sentia. Há meses sabia que a irmã estava morta. Com o assassino estrangulando-a na cozinha de Charlotte e jogando um refletor de teatro ao lado dela no auditório da escola, e, mais recentemente, o que acontecera com Nisha, não havia espaço para dúvidas. Mas mesmo assim, *mesmo assim*, houvera uma pequena e esperançosa parte dela que pensara que Sutton poderia voltar para a cidade um dia, rindo do sucesso de seu melhor trote do Jogo da Mentira até então. Porém, ao olhar as fotos do corpo, não sobrava lugar para esperança ou fantasia.

Aquilo era o que acontecera a sua irmã. Era tudo o que havia restado dela.

Claro, todo mundo pensava que era o corpo de Emma. Não havia nada que os diferenciasse, nem mesmo o DNA dos ossos. Olhar para o cadáver de Sutton era como olhar para uma foto *de si mesma* morta.

Um espasmo percorreu o corpo de Emma, e bile encheu sua boca. Ela foi até uma lata de lixo de metal baixa e cuspiu lá dentro, desejando desesperadamente ter pedido um copo d'água a Quinlan antes que ele saísse.

Ela voltou para a mesa e se sentou, tremendo um pouco, lutando para suprimir o enjoo. Do outro lado da pasta, havia pilhas de formulários e relatórios, organizados e grampeados. Ela pegou um desenho de reconstrução facial que mostrava os traços de uma jovem, de frente e, depois, de perfil. Era quase mais assustador que os restos mortais em si: havia algo de sinistro em ver o próprio rosto desenhado por alguém que nunca a vira, mas que tinha construído a imagem a partir dos ossos de sua irmã. Todos os detalhes estavam corretos. O artista captara os traços com perfeição, mas havia algo errado nos olhos e na boca. Claro, aquelas deviam ser as partes mais difíceis de imaginar usando apenas um esqueleto como guia.

Depois ela pegou um desenho da cena do crime esboçado de vários ângulos, que mostravam tanto a distância do corpo até a estrada quanto o ponto de onde os investigadores achavam que ela havia caído, bem acima. Sua respiração falhou quando ela reconheceu a área no mapa: Sutton tinha caído de um precipício muito próximo ao ponto em que as garotas haviam feito sua falsa sessão espírita poucas semanas antes.

Ela se lembrou da voz fraca que ouvira em sua cabeça naquela noite, tão familiar para seus ouvidos. Tinha lhe dito para fugir. Parecera vir de muito longe. Mas talvez estivesse mais perto do que ela imaginava.

Tinha vindo de mim.

Finalmente, ali estava o relatório do legista. Ele tinha enumerado os ferimentos de Sutton, e a lista era longa. Em uma das páginas ele marcara a localização dos ferimentos e das fraturas em uma silhueta do corpo.

A vítima tem mais de uma dúzia de contusões independentes e 13 lacerações nos membros e no torso. A tíbia e três costelas estão fraturadas, e o ombro esquerdo está deslocado. A vítima também sofreu afundamento no crânio diretamente acima do olho esquerdo, causando um hematoma subdural e uma grande hemorragia.

Emma mordeu o interior da boca com força, sentindo o próprio sangue, salgado e metálico, na língua. Sua irmã tinha morrido com muita dor, e uma anotação dizia que algum animal silvestre tinha "mexido" no corpo. Emma não queria pensar nisso. Ela virou a página.

Todos esses ferimentos são consistentes com uma queda acidental.

As palavras a fizeram congelar na cadeira. Queda *acidental*?

Eu também congelei. Achavam que tinha sido um acidente? Como era possível? Vasculhei minha memória loucamente em busca da última imagem que tinha daquela noite no cânion. Outra vez, senti a mão de Garrett no ombro, sua voz em meu ouvido. Eu me obriguei a me virar, encará-lo e descobrir o que ele tinha feito comigo, mas a lembrança ficou escura. Só consegui captar a mesma sensação enjoativa de vertigem de quando Quinlan anunciara minha queda pela primeira vez. Garrett devia ter me empurrado do abismo, mas tinha de haver uma pista, uma indicação de que o fizera de propósito. O que acontecera comigo, e o que acontecera com Emma e Nisha, desde então, não tinha sido um acidente.

A cabeça de Emma girava. Era exatamente como a morte de Nisha, encoberta e arranjada para parecer acidental.

Então, no final do relatório, duas linhas em letras maiúsculas chamaram a sua atenção.

CAUSA DA MORTE: CONTUSÃO CEREBRAL CAUSADA POR TRAUMA POR IMPACTO

CIRCUNSTÂNCIAS DA MORTE: INDETERMINADAS

Ela ficou perplexa. *Indeterminadas*. Então talvez eles não tivessem tanta certeza de que fora uma queda "acidental", afinal de contas.

Ela continuou folheando a pasta. Uma pilha de imagens de câmeras de vigilância estava grampeada com e-mails impressos do centro de visitantes do Sabino Canyon, endereçados a Quinlan. *Estamos dispostos a ajudar de todas as formas possíveis*, escrevera o emissor. *A câmera tira uma foto por hora. Nós a instalamos há três anos depois de uma onda de vandalismo no estacionamento. Não é designada para monitorar atividade nas trilhas.* Emma passou o indicador rapidamente pelas datas das fotos até encontrar as que tinham sido tiradas na noite do dia 31. Seus olhos procuraram qualquer carro familiar, qualquer pessoa familiar. Qualquer pista que ela não tivesse percebido antes.

Pelas fotos, parecia que não havia quase ninguém no cânion naquela noite, e ela não reconheceu nenhum dos carros. O Volvo de Sutton não estava em lugar algum. Talvez o assassino já o tivesse roubado na hora em que a foto fora tirada, ou talvez ela e Thayer o tivessem estacionado em algum lugar isolado.

Foto a foto, hora a hora, o estacionamento foi se esvaziando. Em certo ponto, dois novos carros apareceram, carros que ela conhecia. O utilitário esportivo do Sr. Mercer e o Buick marrom enferrujado de Becky. Devia ter sido quando Sutton encontrara o pai e, logo depois, Becky. Em uma hora, os carros tinham partido. Talvez o assassino tivesse ido andando de algum lugar, ou talvez tivesse sido deixado por um táxi, exatamente como Emma fizera no dia seguinte.

Ela virou a página, e senti um choque elétrico pulsar por mim. À meia-noite, sob a pálida luz amarela do poste, apareceu um conhecido Audi prata. Eu mal conseguia ver o adesivo no para-choque. Dizia: O QUE É A VIDA SEM VITÓRIAS? A letra O de VITÓRIAS fora substituída por uma bola de futebol.

Eu conhecia aquele carro. Conhecia a mancha escura em forma de rim no banco do passageiro onde eu derrubara um copo de café. Conhecia a manta de lã brega que ficava no banco de trás, sob a qual eu enrosquei as pernas e chamei o motorista com o dedo para me dar um beijo. Conhecia o amassado que ele deixara na porta traseira do lado do motorista uma noite em que eu dissera que ele tinha bebido demais, em que me recusara a lhe dar as chaves do carro. Eu ainda conseguia ver sua perna musculosa de jogador de futebol voar na direção da porta e amassar a fibra de vidro com o calcanhar.

Era o carro de Garrett. E não era tudo o que eu via. Senti a lembrança se aproximar antes que me dominasse. Ela surgiu como uma corrente marítima e me puxou cada vez mais para baixo... de volta aos últimos momentos de minha vida.

18
TUDO O QUE SOBE...

Ao sentir a mão no ombro, eu me viro com a garganta apertada de medo. Por um momento, não acredito no que vejo. Garrett está parado a centímetros atrás de mim, com os traços contraídos em uma careta amarga. Ele está perto o bastante para que eu sinta o cheiro de uísque em seu hálito. Seu cabelo está todo emaranhado, e um dos joelhos está ralado sob a bermuda cargo cáqui. Sangue escorre por sua panturrilha.

— O que está fazendo aqui? — Estou ofegante, cambaleando alguns passos para longe. Atrás de mim, a trilha se desvia abruptamente. Eu me equilibro em uma pedra.

A risada dele me atravessa como uma faca. A esta altura, já estou acostumada às alterações de humor de Garrett, a seu comportamento instável, mas isso não significa que goste deles. O Garrett bonzinho pode ser doce e sincero: adorável, tranquilo e talvez até um pouco vulnerável. Mas o Garrett malvado é outra história completamente diferente. E, do jeito que sou azarada, adivinhe qual deles está aqui agora?

Ele me observa através da escuridão, com os olhos vermelhos e desfocados.

– Não preciso perguntar o que você está fazendo aqui – zomba ele. – Está parecendo uma vadia com esse short.

Eu deveria ignorá-lo. Deveria virar as costas e descer a montanha sem dizer mais nem uma palavra. Mas, como sempre acontece com Garrett, eu mordo a isca.

– Outro dia você adorou este short – disparo. Poucos dias antes, tínhamos ido ver algum sucesso de bilheteria entediante de super-heróis, e ele ficara tão distraído com minhas pernas sobre seu colo que não tínhamos assistido a muita coisa.

– Isso foi antes de você usá-lo à meia-noite no meio do nada – diz ele. Suas palavras se misturam umas às outras. – Está tentando ser atacada?

Sei por que ele está dizendo isso, de onde seu veneno está vindo, mas não significa que não magoe. Eu me viro para esconder as lágrimas.

– Vá para casa, Garrett. Você está bêbado e está sendo um verdadeiro idiota.

Mas ele estende a mão e segura meu braço.

– Pare de agir como se fosse inocente – sussurra ele. – Pare de tentar me fazer sentir como o vilão. Eu sei o que está acontecendo.

– Você não sabe de nada – digo com raiva. Depois de tudo que já passei esta noite, não estou com a menor paciência para um dos chiliques de Garrett. – E não gosto nada que você aja como se eu fosse uma vagabunda só porque quero... – Não consigo terminar a frase. Passei o verão inteiro esperando o momento em que Garrett e eu solidificaríamos nosso relacionamento, o momento em que finalmente poderíamos

levá-lo ao nível seguinte. Acho que parte de mim esperava, lá no fundo, que se enfim fizéssemos amor eu conseguiria me comprometer com ele, e só com ele, conseguiria me desligar de Thayer e dar um basta a todos os segredos e mentiras. Eu tinha dado a Garrett umas mil oportunidades de me seduzir, e ele me rejeitara todas as vezes. É quase o bastante para deixar uma garota insegura dos próprios encantos, mas sei que são só as inibições esquisitas de Garrett que o impedem. Ele está estranho com sexo desde o que aconteceu com a irmã dele.

Mas agora fico feliz por não termos feito nada. Não quero mais estar com ele. O que Thayer e eu temos é muito mais real que qualquer coisa entre mim e Garrett. Não acredito que levei tanto tempo para perceber isso.

— Eu sei o que você andou fazendo aqui, com quem estava — diz Garrett. Ele me solta, e eu cambaleio para trás. Meu pulso dói no ponto em que ele segurou.

— Por quê? Está me seguindo? — Penso na sensação que tive a noite inteira, de que alguém estava me vigiando, e minha pele se arrepia. — Isso é nojento, Garrett.

Ele solta um som de desdém.

— Sabe, eu fui à casa da Nisha hoje. Procurando minha namorada? — Ele diz a última palavra de forma quase sarcástica. — Afinal de contas, foi lá que você me disse que estaria. Mas falaram que você não tinha aparecido.

Dou de ombros.

— Decidi não ir na festa ridícula da Nisha. E daí?

— Então eu estava saindo da garagem e por acaso a vi correndo pela trilha. Pensei em vir aqui e surpreendê-la. Mas você não estava sozinha, não é?

As nuvens que cercam a lua se deslocam, lançando sombras estranhas e finas sobre a trilha. À minha esquerda, Tucson cintila *como se fosse feita de pisca-piscas de Natal. À direita fica a queda para a ravina. É a parte da trilha sobre a qual meu pai me alertava: quando eu era pequena, ele me fazia segurar sua mão enquanto passávamos pelo abismo. Sempre me dizia que o penhasco era íngreme demais para montanhistas descerem de rapel, e que no fundo havia corpos que ninguém nunca conseguira recuperar. Um calafrio sobe por minha espinha.*

— Admita — diz Garrett, com a voz áspera. — Você estava com o Thayer, não é?

Minha boca fica seca. Não tenho nem mais ânimo para negar. Mas também não quero admitir a verdade agora; não no meio do nada, enquanto ele está tão bêbado e tão furioso. Antes que eu consiga me mover, ele arranca um broto de árvore pela raiz e o parte ao meio, gritando de raiva.

— Droga, Sutton! — A voz dele ecoa, ricocheteando pela ravina lá embaixo. Ele joga as metades quebradas da arvorezinha pelo abismo, e observo-as serem engolidas pela escuridão. — Como pôde fazer isso comigo? Eu amo você. — Ele puxa o próprio cabelo, segurando-o com os punhos fechados.

O terror percorre meu corpo, e de repente penso na figura sombria atrás do volante de meu Volvo, avançando sobre Thayer. No motorista que roubou meu carro para atropelar o garoto que eu amo. Uma triste percepção começa a crescer dentro de mim. Dou um passo para longe dele.

— Há quanto tempo você está me seguindo?

— Há tempo suficiente — desdenha ele. Meu coração se aperta no peito. É o Garrett, tento dizer a mim mesma. O doce e tonto Garrett. Ele nunca atropelaria ninguém... nem mesmo Thayer. Não é?

Mas a lua sai de trás das nuvens, e eu vejo os músculos de seu pescoço e dos seus ombros rígidos com a fúria mal contida. Seu maxilar está contraído em um ricto retorcido, seus olhos brilham de forma selvagem. O pensamento me vem com um repentino baque surdo do meu coração: talvez não seja o Garrett malvado, afinal de contas. Talvez esse seja um Garrett que eu ainda não conheço. Garrett insano. Garrett violento.

— O que você fez? — ofego.

Ele ri, e é um som amargo e entrecortado.

— Não tenho que me explicar para você. — Ele dá um passo em minha direção, com um sorriso sórdido.

Uma onda de raiva percorre meu corpo, dissipando meu medo. Por um instante, é quase como se eu conseguisse ouvir o estalo nauseante da perna de Thayer se quebrando, como se pudesse ouvir sua voz me chamando, fraca de dor. Fecho os punhos, aproximando o rosto do de Garrett.

— Você é louco — sussurro. Os olhos dele se arregalam.

— Eu? — Ele dá outro passo em minha direção. Mantenho a posição, embora agora ele esteja a centímetros do meu rosto. — Quem é a mentirosa aqui? Quem é a vagabunda? — Ao dizer a última palavra, ele me dá um empurrão curto e forte. Eu tropeço, mas me equilibro antes de cair. — Quem é que simplesmente... não... consegue... dizer... a verdade? — A cada palavra ele me empurra mais para trás. Meu sangue lateja nos ouvidos, e desta vez é tanto de raiva quanto de medo.

— Nosso namoro terminou, Garrett! — Ergo os olhos para ele, e é como se o estivesse vendo pela primeira vez. O garoto carinhoso que levou lírios-do-vale para mim em nosso primeiro encontro, que me mandou dezenas de playlists cheias de músicas que o faziam pensar em mim, que segurou minha mão de um jeito tão inocente quando andávamos lado a lado... esse garoto se foi. Será que um dia ele existiu? A pessoa diante de mim é um monstro incorrigível.

Ele para, e por um momento parece que não há nenhuma vida em seus olhos, que ardem com uma luz frenética. Não sei como já os achei expressivos.

— Não acabou até eu dizer que terminou — rosna ele.

Seixos se movem sob meus pés, eu me viro e percebo que ele me encurralou contra o precipício. Uma escuridão cor de nanquim preenche o ar abaixo de mim. Não sei a altura da queda.

Ele se move muito rápido. De repente, me segura pela camisa. Meus pés se erguem do chão, a gola aperta meu pescoço. Solto um gemido e dou chutes, mas meus pés não atingem nada. Abaixo de mim, a ravina se abre avidamente. Ele me levanta e me puxa para perto de seu rosto, engasgando-me com o cheiro rançoso de uísque.

— Por que você me deixa tão louco? — pergunta ele, com a voz falhando de agonia.

E então me solta.

19

DESMASCARADA

O ruído pesado de passos ressoou do outro lado da porta. Emma enfiou rapidamente as páginas de volta na pasta bem no momento em que Quinlan entrou.

Sem hesitar, ela se levantou depressa.

— Detetive Quinlan, acho que sei quem matou minha irmã.

"Isso, diga a ele", instiguei. Ainda estava tonta com a sensação de Garrett me segurando acima do precipício.

Ele parou de repente. Uma das sobrancelhas se ergueu formando um arco cético.

— Que interessante. Eu estava voltando aqui para dizer a mesma coisa... *Emma*.

Por um instante, não registrei as palavras dele. Emma ficou plantada onde estava, incapaz de mover um músculo enquanto sua mente se esforçava para entender o que estava acontecendo.

Quinlan deu um sorriso frio.

— Quando colhi a amostra de sua bochecha, não pude deixar de notar que você tem duas obturações nos molares. O problema é que Sutton nunca teve uma cárie na vida. Devem ser todas aquelas comidas orgânicas que os Mercer compram. Mas segundo os registros dentários que obtivemos de Las Vegas, Emma Paxton tem duas obturações. No mesmo lugar que as suas, para ser mais exato. — Ele jogou alguns raios X dentários sobre a mesa.

Emma os encarou, muda, sentindo ondas de adrenalina pelo corpo. Por um momento insano, pensou em sair correndo. Mas e depois? Talvez conseguisse chegar até o corredor, mas estava cercada de policiais. Ela teve a terrível percepção de que não havia como fugir dali. Ela se sentou devagar.

Quinlan puxou sua cadeira e também se sentou. Ele a observou por um instante, suavizando o rosto. Emma teve a impressão de que ele quase sentia pena dela.

— Está na hora de contar a verdade, Srta. Paxton. Vamos lá, por que não facilita as coisas para si mesma?

Emma olhou para os próprios dedos na mesa, com a mente em disparada. Quanto ele já sabia?

Quinlan suspirou, juntando a ponta dos dedos cuidadosamente a sua frente.

— Qual é, Emma. Não posso ajudar se você não for honesta comigo. — Ele abriu a pasta de Emma, tirando as fotos da cena do crime e jogando-as na mesa diante dela. — Talvez tenha sido só um acidente — disse Quinlan em um tom gentil.

— Vocês estavam em um cânion, brigaram, a coisa ficou agressiva, e Sutton simplesmente... caiu. Você não queria que isso acontecesse. Mas precisa me ajudar Emma. Precisa me contar a verdade.

Eu observava com cautela. Por causa das longas horas que passara no lugar dela, sabia o que ele estava fazendo. Ele tinha feito isso comigo mais de uma vez: *Deve ser muito difícil para você, Sutton, ser adotada, não saber quem é sua família. Por que não me conta a verdade?* Estava tentando manipular minha irmã para fazê-la falar.

Os olhos cinzentos como pedra de Quinlan eram implacáveis. Antes que Emma tivesse tempo de processar o que estava ouvindo, ele jogou as mãos para o alto como se tivesse tentado de tudo para ser razoável com ela.

— Tudo bem. Então vamos ver o que tem atrás da porta número um. — Seus joelhos estalaram quando ele se levantou lentamente, empurrando a cadeira para trás. Ele abriu uma fresta na porta e olhou para fora, falando em voz baixa com alguém no corredor. Emma esticou o pescoço, tentando ver quem era, mas o corpo dele obstruía sua visão.

Então a porta se abriu mais, e uma policial empurrou Alex Stokes para dentro.

Ela estava algemada.

O queixo de Emma caiu. Sua melhor amiga estava diante dela, sem jeito, olhando para os familiares Vans xadrez que usava todos os dias havia dois anos. Ela era uma garota baixa e delicada, minúscula ao lado da corpulenta policial que a escoltava. Ela havia chorado, e o delineador turquesa da Urban Decay, sua marca registrada, estava borrado sobre as bochechas. Ao levar um leve empurrão de Quinlan, ela cambaleou para a frente, erguendo os olhos cheios de lágrimas para encontrar os de Emma.

Um peso de chumbo caiu sobre o coração de Emma naquele momento. Alex estava encrencada por sua causa.

Os lábios de Quinlan se curvaram em um sorriso cruel.

– Podemos enquadrar sua amiga em meia dúzia de acusações. Cumplicidade, obstrução de justiça, encobrimento de um crime. Bom, se o juiz estiver se sentindo criativo, posso conseguir enquadrá-la como cúmplice de um homicídio qualificado. – Ele fez um som de *tsk-tsk*. – Arranjamos um mandado de busca e apreensão para o telefone dela, e parece que ela manteve contato com sua querida amiga Emma Paxton nos últimos *três* meses. E Emma tinha um monte de histórias interessantes sobre a vida em Tucson. Que era íntima de Sutton, que a vida com os Mercer era ótima. A mais recente tem... – ele fez questão de olhar uma pilha de papéis em suas mãos – ... um dia! Vejam só!

Emma se levantou de novo, com a raiva borbulhando por baixo do medo.

– Alex não teve nada a ver com isso. Deveria ser óbvio, se você leu as mensagens.

Quinlan deu de ombros.

– Talvez seja óbvio. Ou talvez vocês duas estejam conversando em código. Como posso saber se você não me contou a verdade?

Emma o encarou, de repente quente de fúria. Ela fechou os punhos, enfiando as unhas na pele macia das palmas das mãos.

– Eu tentei contar a verdade no dia em que cheguei aqui. – Ela nem precisava emular Sutton para ter aquela atitude;

uma fúria gélida comprimia seu peito. – Talvez, se for acusar a Alex de alguma coisa, deva acusar a si mesmo também... de negligência, por nem sequer se dar ao trabalho de investigar minha história em setembro.

A sala ficou silenciosa. Em algum ponto do corredor, um telefone tocava sem parar. A policial olhou para Quinlan, indecisa. O sorrisinho dele se desmanchou, mas ao falar não desgrudou os olhos de Emma.

– Tire-a daqui – murmurou ele, indicando Alex com a cabeça. A policial hesitou, mas como Quinlan não se moveu ela pegou Alex pelo braço e a guiou de volta para a porta. Emma queria mais do que tudo chamar a amiga, pedir perdão a ela, mas sabia que não podia demonstrar fraqueza diante de Quinlan naquele momento.

– Então, qual é a sua história? – perguntou Quinlan, enfim, cruzando os braços.

– Não vai ligar o seu gravadorzinho para esta parte da entrevista? – disparou ela. Ele franziu as sobrancelhas, estendendo a mão para ligar o gravador. Ela se recostou na cadeira. – Eu vim aqui para encontrar Sutton no final do verão. Mas foi ela quem me deu o bolo no Sabino Canyon, ou pelo menos foi o que eu pensei. Esperei um tempão, mas ela não apareceu. Madeline Vega e as gêmeas Fiorello me encontraram no banco e pensaram que eu era a Sutton. A mensagem tinha me alertado para não contar quem eu era, então entrei na delas. Achava que Sutton ia aparecer a qualquer momento e esclarecer tudo. – Um nó se formou na garganta de Emma quando ela relembrou as expectativas que tinha para aquela primeira noite, de conhecer Sutton, de encontrar alguém da família. De finalmente se encaixar em algum lugar. Lágrimas arderam em seus olhos, mas ela manteve o queixo erguido, recusando-se a desviar seu olhar do de Quinlan. – Então recebi um bilhete que dizia que Sutton estava morta e que eu tinha de cooperar. Ainda tenho o bilhete. Esse e os outros que o assassino deixou. Eu os costurei dentro da almofada roxa na cama de Sutton. Pode verificar.

Quinlan soltou um gemido impaciente. Seus olhos brilharam de forma sombria quando ele se inclinou sobre a mesa na direção dela.

– Deixe-me dizer o que eu acho. Acho que você estava perseguindo a sua irmã havia muito tempo. Acho que você a vigiava no Facebook e no Twitter. Talvez tenha até feito uma viagem a Tucson para observá-la. Ela tinha tudo o que você queria, tudo o que nunca teve: dinheiro, popularidade, uma boa casa, uma família amorosa. E você decidiu roubar isso. Veio para cá sem bagagem e sem identidade porque sabia que não ia precisar, porque planejava tomar a vida dela. – Ela balançou a cabeça violentamente, mas ele bateu nas fotos da cena do crime com o dedo indicador. – Você empurrou sua irmã pela ravina. E depois foi fácil. Só precisou tomar o lugar dela. Esperou uma noite e foi para a festa de Nisha Banerjee se fazendo passar por Sutton. Por sorte, sua irmã gêmea era conhecida por suas pegadinhas, então se alguém suspeitasse de alguma coisa, podia atribuir a algum tipo de trote. Você até veio aqui fingindo ser você mesma para poder ter algum álibi se fosse pega. Uma jogada inteligente, tentar fazer a verdade parecer mentira. Mas não inteligente o bastante.

– Você está errado – disse Emma, batendo as mãos na mesa. Ela quase se surpreendeu com a força de sua raiva. Como Emma Paxton, nunca tinha respondido a uma figura de autoridade. Sempre fora uma garota tranquila, alguém que não causava problemas no sistema de adoção, um camaleão que conseguia se transformar no tipo de pessoa que os adultos em sua vida precisassem que ela fosse. Mas agora estava possuída por uma fúria própria e justificada. — Enquanto você está ocupado me atormentando, o verdadeiro assassino está impune. Você não vê? Alguém está armando para mim.

Quinlan lançou um longo olhar de avaliação na direção de Emma. Depois contraiu o maxilar.

— Não vou mentir. Sutton Mercer era um pé no saco. — Sua voz áspera estava quase calma demais. De repente, a sala ficou tão quieta que ela ouvia o tique-taque do ponteiro dos segundos do relógio de Quinlan. — Mas era só uma garota. Não merecia o que aconteceu com ela. Não posso provar que você a matou. Pelo menos não por enquanto. Mas de agora em diante minha missão vai ser seguir seus passos até você cometer um deslize. Porque isso vai acontecer, Emma. Criminosos sempre cometem deslizes.

— Então eu posso ir? — perguntou Emma, com a voz trêmula, mas clara.

Quinlan assentiu.

— Claro. Mas precisamos tanto do seu BlackBerry quanto do iPhone de Sutton. E vamos recolher o carro dela para buscar pistas. Alguém da recepção vai lhe dar uma carona para onde quer que vá esta noite. Espero que seja desnecessário dizer que você não deve pensar em sair da cidade.

Emma assentiu com rapidez.

— E quanto à Alex? Vão acusá-la de alguma coisa?

— Ainda não decidimos. — Quinlan deu de ombros. — Vai depender do quanto você cooperar conosco. Esta noite ela deve voltar para a casa da mãe dela. Não planejamos acusá-la ainda. Mas vamos ficar de olho nela.

Outra onda de culpa tomou conta de Emma ao pensar na preocupação da mãe de Alex, em seu rosto contraído e ansioso. Ela se levantou e pegou a bolsa. Atrás dela, a voz de Quinlan soou outra vez, agora com um toque insultuoso.

— Srta. Paxton, acho que esta é a parte do trote em que todo mundo aparece e diz "Peguei você".

Ela se virou para encará-lo e viu que ele sorria outra vez.

— A verdade foi revelada. A cidade inteira está prestes a descobrir as mentiras que você tem contado, e isso inclui os Mercer. Seu joguinho acabou. — Ele abriu a porta da sala de interrogatórios e fez uma reverência, direcionando-a para o corredor.

Eu teria ficado quase emocionada com a determinação de Quinlan em levar meu assassino à justiça se ele não estivesse agindo como um completo idiota. Já era ruim o bastante estar morta. Agora, para completar, a polícia estava atrás da pessoa errada.

20

NÃO EXISTE LUGAR COMO O LAR

Emma não sabia como tinha chegado à recepção alguns minutos depois. Toda a fúria tinha se esvaído e seus membros pareciam feitos de pedra, tão pesados e rígidos que ela não conseguia acreditar que fora capaz de movê-los. Ficou em um torpor enquanto uma recepcionista de unhas roxas de acrílico chamava um policial pelo *pager* para levá-la em casa. Finalmente um policial alto e ruivo de cabelo raspado apareceu do nada. Sua identificação dizia CORCORAN.

– Emma Paxton?

Ela assentiu em silêncio. Com um gesto, ele pediu que ela o acompanhasse, e juntos passaram pela porta dupla de vidro. O sol tinha se posto. Fora do estacionamento, o tráfego da hora do rush passava devagar, e as lanternas traseiras brilhavam vermelhas na escuridão da noite.

Corcoran não falou muito enquanto levava Emma até a casa dos Mercer. Enquanto passavam pelas lojas e salões decorados de vermelho e verde para as festas de fim de ano, ela olhava pela janela, ouvindo vagamente a estática de conversa no rádio da polícia. "... relato de vandalismo no Snack 'n' Shack na Valencia", disse uma voz feminina abafada. "Unidade 53, por favor apresente-se."

— Então foi você?

Ela se virou para olhar o policial, fazendo uma cara de "está falando sério?". Será que ele pensava que ela ia confessar do nada para um patrulheiro, se *tivesse* sido ela, depois que Quinlan já a interrogara? Mas ele olhava direto para a estrada em frente com a testa franzida com seriedade, como se alguma parte da situação não fizesse sentido.

— Eu também fui do sistema de adoção — disse ele de um jeito direto. — Aqui em Tucson.

Ela assentiu em silêncio, sem saber aonde ele queria chegar.

— Não sei por quê, mas as pessoas não confiam em quem não tem família. Mesmo que não seja culpa sua. — Ele deu de ombros. — Você vira um bode expiatório para tudo o que acontece só porque não se encaixa na ordem natural das coisas.

Emma engoliu em seco. Ela voltou a olhar pela janela, sem confiar em si mesma para falar. Será que agora estavam tentando usar a tática do policial bonzinho com ela, tentando fazê-la confessar só porque um cara gatinho mais ou menos da sua idade agia como se entendesse o que ela estava passando? Mas Corcoran se calara, como se tivesse dito o que queria e aquilo fosse tudo.

Quando dobraram a esquina da rua dos Mercer, Emma ficou boquiaberta. O lugar estava lotado de repórteres. A rua inteira estava iluminada como um estádio, e havia uma dúzia de vans paradas de cada lado da estrada. Repórteres verificavam a maquiagem em retrovisores de carros e repassavam suas falas, seguidos por homens com a barba por fazer e câmeras gigantes apoiadas nos ombros. Parecia que o vizinho dos Mercer, o Sr. Paulson, estava sendo entrevistado na entrada de sua garagem por um homem com o cabelo emplastrado e um topete de boneco Ken. Outros repórteres pareciam estar em meio à transmissão, usando a casa dos Mercer como pano de fundo.

Eu sempre sonhara em ser famosa, em ter paparazzi me seguindo até em casa e me implorando por entrevistas. Mas não era nada daquilo que tinha em mente.

– Fique onde está – disse Corcoran a Emma, colocando o carro em ponto morto no meio da rua. Ele abriu sua porta. No momento em que o fez, uma cacofonia de dezenas de vozes preencheu a viatura.

– Você é Emma Paxton ou Sutton Mercer?

– Emma, por que você fez isso?

– Alguém a ajudou a matar sua irmã?

Corcoran nem sequer olhou para eles. Ele contornou o carro até a porta do carona e a abriu, ficando diante de Emma de forma protetora para manter os repórteres histéricos a certa distância.

Os olhos de Emma cruzaram com os do policial. Os dele eram calmos, azul-claros, e embora ela não soubesse se ele acreditava ou não em sua história, viu ali uma convicção teimosa. Percebeu que aquele cara queria que ela fosse tratada de forma justa. Sendo ou não inocente, tendo ou não mentido, ele queria que ela tivesse uma chance justa.

— Pronta? — perguntou ele. Ela assentiu, sentindo-se um pouco mais forte de repente. Ele podia não ser seu aliado, mas naquele momento era bom o bastante.

Ele a ajudou a se levantar, depois a conduziu rapidamente pela multidão.

— Emma! Você achou mesmo que ia se safar dessa?

— Acha que a doença mental da sua mãe é genética?

— A Sutton resistiu?

Corcoran parou na extremidade do jardim, com os braços cruzados.

— Vá em frente — disse ele. — Vou ficar aqui até você entrar.

Ela assentiu, olhando com tristeza a porta da frente dos Mercer. Tudo o que queria era estar lá dentro, sentar-se com sua família e contar tudo, como já tinham feito com ela. Enquanto percorria a entrada, ouvia os cliques contínuos das câmeras dos fotógrafos ao seu redor. Um homem de blazer vermelho-escuro tentou passar por Corcoran com o microfone esticado na direção de Emma, mas o policial o segurou pela gola e o empurrou de volta.

Emma chegou à varanda e ficou diante da porta de carvalho com sua aldrava em forma de leão. Ela pegou suas chaves, mas se atrapalhou e as deixou cair com um tilintar ressonante na varanda. Com as bochechas queimando, ela se abaixou para pegá-las.

Mas quando foi destrancar a porta a chave não entrou.

Seu coração se apertou no meio segundo que ela levou para entender conscientemente. As fechaduras haviam sido trocadas. Ela não era bem-vinda ali.

Olhei as chaves na mão de minha irmã. Minha chave de casa era pintada de esmalte roxo na parte de cima para que eu sempre conseguisse diferenciá-la das outras. Quantas vezes a usara sem sequer me dar conta do quanto era sortuda por ter uma casa para onde ir? Quantas vezes entrara sem perceber como era privilegiada?

Com a mão tremendo, Emma tocou a campainha. Lá dentro ela ouviu Drake latir, grave e áspero. As persianas haviam sido fechadas, mas parecia que todas as luzes da casa estavam acesas; tiras amarelas surgiam por entre as frestas.

Algo se moveu atrás da porta. Ela esperou. Atrás dela, os repórteres gritavam perguntas, umas por cima das outras, gerando um urro alto e indeterminado. Corcoran continuava no meio-fio com os braços cruzados, olhando estoicamente para a multidão.

De repente, uma voz veio de trás da porta.

– Você não pode ficar aqui. – A voz da Sra. Mercer, nasalada e congestionada. Era óbvio que havia chorado.

– Por favor, Sra. Mercer, só quero explicar. – Ela não queria se defender ali na porta, com a imprensa olhando e tirando fotos. Ela se inclinou para a porta, tentando esconder o rosto das câmeras. – Por favor, só me dê uma chance de explicar.

A porta se abriu com força e de forma brusca.

Meu coração se apertou diante da imagem de minha mãe parada no vestíbulo iluminado, com o rosto inchado de lágrimas. Uma expressão agitada e selvagem contorcia seus traços, tristeza e raiva misturadas. Ela ainda vestia as roupas de trabalho, calça cinza de tweed e uma blusa rosa sem mangas, mas estava descalça e desgrenhada. Ela olhou para Emma como se mal a reconhecesse.

— Quero que você vá embora — disse ela em um tom agudo, com os olhos ardentes.

— Sra. Mercer, por favor...

— Você é igual a sua mãe — sussurrou a mulher mais velha. Emma deu um passo involuntário para trás. — As duas são mentirosas. As duas são loucas. Vocês não se importam com quem magoam, desde que consigam o que querem.

— Eu não sou como a Becky! — Emma respirou fundo. Uma sensação de desespero apertava seu peito. Ela precisava fazer a avó entender. — Desculpe por ter mentido para vocês. Sinto muito, mas não tive escolha!

A Sra. Mercer soltou um soluço estrangulado e lágrimas se acumularam nos cantos de seus olhos.

— Você teve uma escolha e a fez.

Uma sombra escura se deslocou no fim do corredor, como se alguém estivesse ali perto, ouvindo. Emma esticou o pescoço para ver quem era.

— Onde está o pap... Onde está o Sr. Mercer? Posso falar com ele?

Sua avó balançou a cabeça violentamente.

— Não, não pode. Ele não quer falar com *você*. Não depois do que fez conosco.

— Mas se vocês me escutarem só por um...

A respiração da Sra. Mercer estava acelerada e trêmula. Ela se moveu rápido, avançando para Emma, que se retraiu, quase antecipando um soco. Mas em vez de bater nela, a Sra. Mercer arrancou a bolsa Kate Spade de seu ombro.

— Essa bolsa é da minha filha. — Ela soluçou, com lágrimas caindo pelas bochechas. Depois segurou a jaqueta de Emma com os punhos fechados, tirando-a por seus braços. — E o casaco é dela. Não seu.

Emma ficou imóvel, com os lábios tremendo. Ela não lutou. Não tinha forças para isso. A Sra. Mercer estava certa. Nada daquilo pertencia a ela. Nem as roupas, nem a casa... e nem a família. Ela não tinha nada.

— Agora saia da porra da minha propriedade — cuspiu a Sra. Mercer.

Eu nunca tinha ouvido minha mãe falar um palavrão, nem mesmo quando estava muito frustrada. O som da palavra me encheu de medo. Ela agia como uma pessoa diferente. Era como se minha antiga mãe, a que eu tanto amara, que tinha me levado para tomar sorvete no dia da minha primeira menstruação e que havia assistido a velhas comédias românticas comigo em domingos chuvosos e preguiçosos, tivesse desaparecido. Tudo o que restava era aquela casca amarga e raivosa de mulher. Então, de repente, percebi que era isso que minha morte significaria para minha família; que aquilo não era uma fantasia adolescente na qual eu ia ouvir todo mundo dizer coisas boas a meu respeito em meu funeral e depois ir para o céu em uma nuvem. Minha mãe acabara de perceber que tinha me perdido e estava desmoronando. Aquele era o legado de meu assassino, o legado de Garrett.

A Sra. Mercer ia fechando a porta na cara de Emma, mas, antes de chegar ao fim, fez uma pausa.

— Diga-me uma coisa. — Sua voz estava baixa, muito suave.

— Qualquer coisa — sussurrou Emma.

Os olhos de sua avó flutuaram pelo rosto de Emma, procurando por alguma coisa. Emma não sabia o quê.

— Foi você? Fez o que estão dizendo?

Emma inspirou trêmula e profundamente.

— Não.

A Sra. Mercer a encarou em silêncio. Seus olhos azuis, tão parecidos com os dela, de repente ficaram suaves. Emma queria dizer mais, mas nem sequer sabia por onde começar. Queria contar à Sra. Mercer o quanto desejara conhecer Sutton. O quanto sentia, como tivera medo, como quisera desesperadamente dizer a verdade por todo aquele tempo. Mais do que tudo, queria contar que os últimos meses tinham parecido o sonho de outra pessoa; que ela nunca tivera uma família como aquela e que isso significara mais do que tudo. Mas antes que ela pudesse falar a expressão da Sra. Mercer se endureceu de novo, e ela soltou um grito estrangulado.

— Não sei se consigo acreditar em você. — Ela lançou a Emma um olhar longo e penetrante, com os olhos demonstrando mágoa. Depois bateu a porta. A fechadura fez um clique ao ser trancada.

Lentamente, Emma se virou para a rua. Corcoran vigiava os repórteres, resoluto. Eles estavam em um frenesi, os microfones destacavam-se da multidão, seu nome era a única palavra que ela conseguia distinguir em meio aos berros. Passo a passo, ela voltou pelo caminho de ardósia. Parecia andar através de águas profundas, seu corpo estava lento e pesado.

Um microfone surgiu sob o queixo de Emma. Ela ergueu o rosto e viu a repórter local que vinha cobrindo a morte de Nisha e de Sutton, agora em um terninho azul-cobalto. Seu cabelo era ainda mais cheio pessoalmente do que na TV.

— Tricia Melendez do Canal Cinco. Poderia me dizer se os boatos são verdadeiros? Você é a garota que acreditavam estar morta?

Corcoran abriu caminho por entre a multidão, lançando uma expressão ameaçadora aos repórteres que o cercavam. Eles se afastavam ao ver o uniforme. Ele colocou uma das mãos nas costas de Emma e a guiou com delicadeza em direção ao carro.

Quando se viram em segurança lá dentro, ele olhou para ela.

— Para onde posso levá-la?

Ela hesitou. O rosto de Ethan apareceu em sua mente, mas envolvê-lo naquilo tudo era a última coisa que ela queria. Ela já havia arranjado problemas para Alex. Não queria que ninguém mais sofresse por sua causa.

Mas Emma não tinha mais para onde ir. Ela deu o endereço de Ethan a Corcoran.

Olhei pelo vidro traseiro. Minha casa foi se afastando, ficando cada vez menor até que enfim dobramos a esquina... e ela desapareceu. Uma sensação de angústia e vazio se abriu dentro de mim. Minha mãe não sabia que ao expulsar Emma, também estava me expulsando. Já tinha sido muito difícil não poder ter contato físico ou conversar com minha família. Agora eu não podia nem observá-la.

Foi como perdê-los de novo.

21

ABRIGO DA TEMPESTADE

Emma segurou as laterais do banco do carona da viatura quando o policial acelerou para fazer a curva. Ela esticou o pescoço para olhar os repórteres que os seguiam em vans de noticiários e carros baratos alugados, avançando sobre o para-choque do policial como uma alcateia de lobos famintos. Ela olhou para Corcoran. Sua boca estava contraída em uma linha tensa e estoica.

– Existe alguma maneira de evitar que nos sigam? – perguntou ela em um tom que mal chegava a ser um sussurro.

Corcoran não respondeu, passando os olhos pelo espelho retrovisor. Depois, sem aviso, ele virou o volante, fazendo uma curva em U, entrando por uma viela que passava atrás de uma Starbucks e de uma delicatéssen mediterrânea. Emma viu três vans passarem direto. Com as mãos firmes no volante, ele pisou no acelerador, e cantando pneus com fúria, a viatura disparou pelo cruzamento no instante em que o sinal fechou.

De repente, pensei nas vezes em que Mads, Thayer e eu jogávamos *GTA* em nosso velho PlayStation, quando eu ainda nem achava Thayer gatinho. Aquilo era ainda melhor. Mas Emma não parecia muito feliz. Sua pulsação latejava desesperadamente nos ouvidos, e ela segurava a maçaneta com os olhos arregalados.

– Isso é que é dirigir – murmurou ela.

Um pequeno sorriso cruzou a boca de Corcoran, mas ele não disse uma palavra.

Pelo restante do caminho até a casa de Ethan, eles tomaram uma rota tortuosa, fazendo uma grande volta para retornar ao sopé das Catalinas, onde ele morava. Emma observou Corcoran com o canto do olho enquanto ele dirigia. Não sabia o que pensar a seu respeito, mas sem dúvida ele tinha se esforçado para protegê-la dos repórteres, o que era mais do que Quinlan fizera.

Corcoran parou diante da casa de Ethan e colocou o carro em ponto morto. Ele ficou ali por um instante, olhando a casa malcuidada, a luz da varanda lançando um brilho fraco sobre os degraus e o balanço.

– Vou esperar até você entrar – disse Corcoran.

– Obrigada – disse ela suavemente, saindo do carro e indo até a casa.

Antes que chegasse à metade do caminho, a porta se abriu com força. Ethan desceu a escada correndo para encontrá-la, com o rosto contorcido de preocupação. Seu cabelo parecia preto como nanquim no escuro, mas seu rosto estava pálido.

— O que está acontecendo?

— A polícia sabe. — Ela cambaleou, sentindo-se repentinamente tonta. Ele a pegou nos braços e a equilibrou. — Quinlan descobriu que não sou Sutton pelo meu registro dentário. Ele está com a minha amiga Alex, de Henderson; sabe que passei esse tempo todo enviando mensagens para ela como Emma.

Ethan inspirou com força.

— E eles acham que você é culpada?

Ela assentiu, esfregando os olhos com o punho. Os braços dele estavam fortes ao seu redor, enquanto ela pressionava a bochecha contra seu peito. A camiseta dele tinha a figura de uma caveira mexicana impressa na frente, e ela se viu encarando os olhos ocos. Aquilo a fez lembrar das fotos da cena do crime, do corpo de sua irmã destruído pelo tempo. Ela fechou os olhos com força para afastar o pensamento, aspirando o cheiro quente de baunilha de Ethan.

— Quem é aquele?

Ela ergueu o rosto e viu que o carro de Corcoran ainda estava ali, fazendo-a sentir uma leve onda de gratidão pelo policial. Estava escuro demais para ver o rosto do homem por trás do para-brisa, mas ela sabia que ele estava esperando para ver se ela estava bem.

— Eles ficaram com o carro de Sutton para procurar provas, então ele tentou me levar para casa. Mas... os Mercer... — O lábio dela tremeu. — Eles estão furiosos, Ethan. Acham que matei Sutton.

Ela sentiu o peito de Ethan subir e descer sob ela quando ele suspirou.

— Venha — disse ele, conduzindo-a pelos degraus e até a porta.

A casa de Ethan tinha uma aura de negligência distinta. O piso de madeira era desgastado, mas limpíssimo. A decoração era datada (o papel de parede floral dava um ar de "casa de avó") e o ar tinha um cheiro embolorado, como se as janelas tivessem ficado fechadas por muito tempo. Não havia bagunça em lugar algum, nenhuma carta empilhada ou pilha de roupas para dobrar. Emma se sentia tonta e seus joelhos cederam.

– Vamos para a cozinha – disse Ethan rapidamente, segurando-a. – Parece que você precisa de um copo de água.

Ele a guiou por um corredor curto até a cozinha dos Landry. Ao contrário da cozinha alegre com tema de abacaxis dos Mercer, aquela era vazia e sem alma; com alguns panos de prato que não combinavam e uma bancada cinza. Um calendário de dois anos antes com a foto de um gato persa pendia na parede, aberto no mês de março.

Eles não notaram a presença da mãe de Ethan até acenderem a luz. Ela estava sentada no escuro a uma mesa quadrada perto da janela, imóvel e silenciosa. Era esquálida, tinha o cabelo lambido e opaco, e os cantos de seus olhos eram enrugados como um pergaminho. Quando eles entraram, ela deu um leve salto de surpresa.

– Oi, Sra. Landry – disse Emma, nervosa. Ela não tinha certeza de quanto a mãe de Ethan sabia. Será que acompanhava os noticiários? Ia receber bem em sua casa uma pessoa envolvida em tanto drama?

A mulher não disse nada, mas encarou Emma em silêncio por vários segundos. Emma não sabia se era sua imaginação, mas pensou ter detectado um sinal de medo nos olhos da mulher. *Ela sabe*, pensou Emma, com o coração apertado. *Ou ao menos sabe do que fui acusada.*

Após um instante, a Sra. Landry se levantou devagar e saiu para o corredor sem dizer uma palavra. Ethan nem sequer olhou a mãe quando ela passou. Ele puxou uma cadeira para Emma e a empurrou delicadamente até ela.

— A minha presença vai lhe causar problemas? — perguntou ela, hesitante.

— Não se preocupe — disse ele. — É que a minha mãe... não está acostumada a receber visitas. Ela vai superar.

Embora raramente falassem do assunto, Emma sabia que Ethan tinha um relacionamento complicado com a mãe. Seu pai praticamente tinha ido embora quando a Sra. Landry tivera câncer, e Ethan havia cuidado dela durante toda a doença. Mas quando o pai começou a ser violento com a Sra. Landry, e Ethan bateu nele para fazê-lo parar, ela chamara a polícia para prender Ethan e não o pai. Emma só sabia de tudo isso porque tinha encontrado a ficha psiquiátrica de Ethan algumas semanas antes enquanto procurava pela de Becky, e ele confessara a história toda. *Tantas famílias infelizes*, pensou ela com tristeza.

Quando Ethan começou a servir um copo de água, Emma se virou e viu o fantasma de Sutton olhando para ela. Quase pulou da cadeira.

Mas então olhou de novo, e é claro que não era o fantasma de Sutton. Era seu reflexo, atormentado e pálido no vidro da janela que dava para a noite escura. Seu cabelo estava desgrenhado, e o rosto, molhado de lágrimas.

Ethan lhe entregou a água. Estava em um copo de brinde com um desenho da Miss Piggy em uma moto.

— Tem mais — disse Emma. — Ethan, Garrett estava no cânion naquela noite, eu vi a pasta do caso do assassinato enquanto Quinlan estava fora da sala. O carro dele estava no estacionamento.

Os olhos de Ethan se arregalaram.

— Tem certeza de que era o carro dele?

— Tenho. — Ela respirou fundo. — E hoje à tarde, antes de ir até a delegacia, fui à casa dele.

Ethan tossiu, cuspindo o gole que tinha acabado de tomar.

— Você fez *o quê*?

— Desculpe por não ter contado antes — disse ela às pressas. — Mas cansei de jogar pelas regras de Garrett. Está na hora de partir para a ofensiva. Enfim, conversei com Louisa. Ela disse que ele voltou para casa muito nervoso na noite da morte de Sutton, que estava descontrolado. E, Ethan... ele tinha um frasco de Valium. — Ela baixou a voz outra vez. — Era o que estava na corrente sanguínea de Nisha quando ela morreu.

Minha mente relembrou a expressão de ódio de Garrett naquela noite no cânion. Eu sabia por que ele tinha me matado: tivera um ataque de ciúmes depois de me pegar no flagra com Thayer. Mas a morte de Nisha não parecia tanto um crime passional; drogá-la e empurrá-la na piscina teria exigido intenção e planejamento. O que o fez decidir que ela devia morrer?

A testa de Ethan estava franzida de preocupação.

— Você não deveria ter ido à casa dele. Ele a tem alertado para parar de procurar respostas. O que vai fazer quando a mãe ou a irmã contarem que você esteve lá?

Emma bateu com a palma da mão na mesa, frustrada.

— Ethan, o que mais ele pode fazer comigo? Já sou suspeita do assassinato de Sutton. Se não conseguir provar logo que ele a matou, vou para a cadeia... e ele vai ficar livre. Não posso permitir que isso aconteça.

– Eu sei – disse ele, esfregando o rosto com força. – É que odeio vê-la correndo riscos assim. – Ele olhou para seu copo de água. – Tudo aponta para Garrett, não é?

Emma assentiu. Todas as peças se encaixavam, e pelo que ela vira do temperamento de Garrett, era fácil acreditar que ele era capaz de cometer um assassinato.

– Mas ainda não tenho nada para levar à polícia.

– E quanto à chave? – perguntou ele, recostando-se em sua cadeira. Emma apalpou o bolso da calça jeans, onde a pequena chave prateada encontrava-se junto ao seu quadril. Ela a segurou na palma da mão, estreitando os olhos para tentar enxergar o que estava gravado no chaveiro de metal.

– É pequena demais para um carro ou uma casa. Do que poderia ser? – Ela suspirou. – Até onde sabemos, pode ser do cadeado da bicicleta dele ou algo do tipo.

– Não sei, não, Emma. – Ethan tocou na parte de trás da plaquinha de identificação, onde um inegável S.M. fora arranhado. – São as iniciais dela.

Eles ficaram em silêncio por um instante, com a chave na mesa entre os dois. Os eventos da noite rodopiavam furiosamente na cabeça de Emma. Em poucas horas, ela havia perdido o lugar que aprendera a chamar de casa e a família que passara a amar.

– O que eu vou fazer? – perguntou ela suavemente, acompanhando uma linha de condensação em seu copo. – Não tenho dinheiro nem lugar para onde ir. As poucas coisas que trouxe de Tucson agora são provas de um crime, e tudo o mais era de Sutton. Não tenho nem uma muda de roupa.

Ethan colocou uma das mãos em seu joelho, apertando-o quase até doer.

— Você vai ficar aqui. Pelo menos até resolvermos isso.

— Ethan, não. Não posso colocar você em perigo. Alex já está encrencada por me ajudar. E quanto à sua mãe? Ela não me quer aqui.

Ethan colocou o copo na mesa e olhou-a com uma expressão séria e carinhosa.

— Emma, eu amo você. Sei que ninguém nunca ficou ao seu lado quando você precisou, mas, custe o que custar, vou fazê-la acreditar que eu ficarei. Não vou abandonar você.

O coração dela deu um violento solavanco. Ethan estava certo, ela nunca tinha confiado em ninguém na vida. Depois de ser abandonada por Becky e sobreviver aos vários pais provisórios decepcionantes que se seguiram, Emma tinha aprendido cedo a não depender de ninguém além de si mesma. No geral, suas amizades e seus relacionamentos haviam sido curtos e superficiais, começados e terminados com facilidade. Até conhecer Ethan.

— Não quero que você se envolva — sussurrou ela. — Vão acusar Alex de cumplicidade, talvez até de conspiração. Podem enquadrar você pelas mesmas coisas.

Ele a puxou para perto.

— Não vai acontecer nada comigo. — Ele ergueu o queixo dela gentilmente, encarando-a. — Fique comigo. Deixe-me protegê-la e ajudá-la a passar por isso.

Emma suspirou e se aninhou no peito dele, satisfeita.

— Não sei o que eu faria sem você.

— Sério? Não sei o que eu faria sem *você*. Nossa, Emma... — Os olhos azul-escuros de Ethan estavam arregalados e sérios. — Acho que nunca entendi o amor até encontrar você.

Ela entrelaçou os dedos nos dele, com o coração feliz no peito.

— E então, vai ficar? — perguntou ele, acariciando o pulso dela com a ponta dos dedos. Ela se arrepiou e, pela primeira vez em dias, não sentiu medo.

— Vou — murmurou ela.

— Então está combinado. — Um sorriso enviesado se abriu no rosto dele, e ele pegou sua mão. — Quer ir assistir à TV para esquecer um pouco as coisas?

Quando o seguiu pelo corredor, Emma de repente se perguntou: onde ia dormir naquela noite? Suas bochechas ficaram quentes quando ela imaginou a cama de casal de Ethan com suas cobertas lisas e bem-arrumadas. Será que iam compartilhá-la?

As paredes da sala haviam sido pintadas com um tom de rosa seco, e na parte superior havia uma intricada estampa verde de trepadeiras feita com estêncil. Um relógio com fotos de diferentes pássaros americanos no lugar dos números pendia sobre a TV, e um ornamentado espelho folhado ficava acima da lareira, duplicando o cômodo com seu reflexo. Como o restante da casa, a sala era extremamente limpa, embora os braços do sofá de chintz azul estivessem rasgados e o tapete florido fosse salpicado de manchas.

Emma se sentou ao lado de Ethan, enrolando as pernas sob o corpo e aninhando-se ao ombro dele. A TV foi ligada com um zumbido alto, e quase imediatamente as fotos de Nisha Banerjee entraram em foco na tela. A respiração de Emma ficou presa no peito diante da imagem. "A polícia diz que o invasor sabia o código do alarme da casa dos Banerjee, de forma que o alarme não foi disparado. Entretanto, o Sr. Banerjee estava em casa na hora e viu o invasor mascarado antes que este conseguisse escapar", disse uma familiar voz enérgica. Era Tricia Melendez, com as notícias da noite.

Ethan franziu a testa.

– Eu queria distrair sua cabeça *disso* – murmurou ele, mexendo no controle remoto. Ela segurou seu braço.

– Espere – sussurrou ela.

Tricia Melendez continuou: "Policiais compareceram ao local em minutos, mas o criminoso já tinha fugido. A única informação que o Dr. Banerjee conseguiu fornecer foi que a pessoa tinha mais de um metro e oitenta e usava um moletom escuro com capuz."

A câmera cortou para Quinlan, cujo rosto ficava profundamente marcado de rugas sob as luzes fortes da câmera. "É possível que tenha sido algum tipo de trote. A morte da Srta. Banerjee foi um caso que atraiu muita cobertura da imprensa, e isso às vezes, infelizmente, pode atrair ocorrências de menor importância. Por sorte, nada foi roubado ou revirado."

Emma olhava boquiaberta para a tela, depois se levantou de repente, correndo para a janela e se atrapalhando com as cortinas cor de abacate. A casa dos Banerjee ficava ali ao lado, silenciosa e escura. Ela via a janela de Nisha, com as cortinas claras e fantasmagóricas ao luar.

– Sabe o que isso significa?! – exclamou Emma. Seu reflexo a encarava, animado. Ela sentiu Ethan se mover atrás dela e se virou para encontrar seus olhos. – Significa que Garrett ainda não está com o que quer que Nisha estivesse escondendo. – Ela agarrou a manga da camisa de Ethan. – A prova ainda está lá.

Ethan empalideceu, a cor se esvaiu de suas bochechas.

– Meu Deus – murmurou ele. – Emma, espero que não esteja pensando em invadir a casa, também. O Dr. Banerjee nunca vai deixá-la entrar agora que sabe quem você é.

Mas uma onda de energia tomou conta de Emma. Finalmente, depois de ficar indefesa por tanto tempo, ela havia encontrado a chance que vinha procurando. O que quer que Nisha tivesse motivara Garrett a assassiná-la. Isso com certeza provaria que ele tinha matado Sutton, se não as duas.

– Temos de ir até lá – disse ela. – Devíamos ir agora, antes que Garrett descubra um jeito de entrar outra vez na casa.

Ela estava a caminho da porta quando a mão de Ethan agarrou seu pulso, girando-a para ele.

– Você está louca? – perguntou ele, a voz áspera por conta do nervosismo. – Emma, Garrett esteve aqui. A uma casa de distância. Ele fugiu quando percebeu que o Dr. Banerjee estava em casa, mas não vai cometer o mesmo erro outra vez. Se ele a vir tentando entrar na casa de Nisha, imagine o que ele vai fazer.

Ela o encarou, incrédula.

– Tem uma coisa na casa de Nisha que pode acabar com tudo isso. É um risco que vale a pena correr! – Ela apertou as mãos dele contra as suas. – Se eu puder solucionar este caso, ficarei livre. Você e eu poderemos ficar juntos sem tudo isso... sem essa loucura pairando sobre nós.

A boca de Ethan se curvou para baixo quando ele a segurou pelos ombros.

– Se Garrett a vir lá, vai *matá-la*. Emma, *por favor*. – Ele inspirou trêmula e profundamente, e depois soltou o ar. – Além do mais, não é só Garrett que está de olho em você. Se a polícia pegá-la tentando invadir a casa, vai encontrar um jeito de colocá-la na cadeia. Você mesma disse que eles estão procurando um motivo.

Emma olhou novamente para a janela enquanto a frustração se acumulava dentro dela. As respostas estavam muito perto, e mesmo assim ela não conseguia chegar até elas. Mas talvez Ethan tivesse razão. Ela estava sendo vigiada com muita atenção. Relutante, ela se deixou afundar no sofá, com os punhos fechados.

Mas ao menos havia esperança.

Na janela, o fantasma de Sutton piscou para ela, esperançoso e apavorado. *Eu prometi que vamos solucionar isto*, pensou ela com desespero, torcendo para que a irmã pudesse ouvir. E então, enquanto observava, pequenos pedaços do rosto de Sutton começaram a desaparecer, como se ela estivesse se decompondo.

Emma se levantou e deu um passo em direção à janela. Estava chovendo. As gotas de chuva batiam na janela, quebrando seu reflexo no vidro e destruindo o incerto momento de conexão que ela sentira com a gêmea morta. *Você está sendo boba, Sutton não estava aqui*, ela tentou dizer a si mesma, embora não conseguisse se livrar da repentina e aguda sensação de perda.

"Estou com você", sussurrei. Como sempre, minha voz desapareceu no grande abismo entre nós. Mas eu me sentia melhor por dizer aquilo em voz alta. Agora que não podia mais entrar em minha casa, Emma era tudo o que eu tinha. Estávamos juntas, mesmo que ela não soubesse disso.

22
EMMA *NON GRATA*

Emma e Ethan passaram a maior parte do fim de semana escondidos. Parecia que a direção defensiva de Corcoran tinha dado certo. Ninguém da imprensa apareceu na porta de Ethan. Mesmo assim, eles não quiseram abusar da sorte, então fecharam as cortinas e evitaram as janelas, enroscando-se no sofá para assistir a uma maratona de *Star Trek* na TV a cabo. De vez em quando, paravam para examinar os detalhes do caso ou comer alguma coisa. A despensa não estava muito farta, mas tinham o bastante para lanches e sanduíches, e, no sábado, Emma ensinou a Ethan sua receita secreta para deixar o molho de tomate em lata com sabor de molho caseiro: azeite de oliva, uma pitada de açúcar e um pouquinho de vodca.

No domingo, eles disfarçaram Emma com um vestido florido antigo da mãe de Ethan para poderem ir ao brechó de caridade sem ser reconhecidos. Ethan arranjou até uma peruca loura estilo Farrah Fawcett no fundo do armário da Sra. Landry. Ambos riram do reflexo de Emma no espelho: parecia ter ficado presa em um abrigo antibombas desde o final dos anos 1970. Mas, quando saíram, ela se sentiu aliviada por estar usando o disfarce. Pela primeira vez em muito tempo, ninguém prestou a menor atenção nela, nem como a superpopular Sutton ou como a acusada de assassinato Emma.

Mas, na segunda-feira, Emma sabia que nenhum disfarce a faria suportar o dia no Hollier. Ela ficou diante do espelho do banheiro no corredor dos Landry, fazendo uma longa trança lateral, um penteado que nunca teria usado como Sutton. Pela primeira vez em meses, estava vestida como ela mesma, em uma camiseta raglan azul e branca desbotada e uma calça jeans Rag & Bone perfeitamente gasta que ela comprara por apenas cinco dólares. Enquanto olhava seu reflexo, sentiu-se um pouco vulnerável e exposta. Ela passara meses se escondendo atrás da personalidade de Sutton, mantendo seu verdadeiro eu em segredo, revelado apenas para Ethan. Agora todos o veriam. A ideia era estranhamente assustadora.

Ela não tinha coragem de entrar em contato com nenhuma das amigas de Sutton. Seu relacionamento fora construído com base em uma mentira, e agora elas sabiam de tudo.

Alguém bateu de leve à porta.

— Está pronta? — perguntou Ethan.

— Não vou ficar mais pronta do que isso — respondeu Emma, abrindo a porta. Ele sorriu, segurando a ponta de sua trança e puxando-a de leve.

— É meio estranho ver você assim. É como ver a Sutton fantasiada de Emma.

— Eu sei — admitiu ela. — Parece que ainda estou interpretando.

Ethan deu de ombros.

— Todos nós interpretamos papéis. Você só precisa encontrar aquele de que mais gosta.

Ela cutucou as costelas dele.

— Que papel você está desempenhando?

Ele fingiu uma expressão de mágoa.

— Príncipe Encantado, óbvio.

Rindo, Emma seguiu Ethan pelo corredor até a porta da frente. Ficar com Ethan fora a parte boa de todo aquele pesadelo. Ela nunca passara tanto tempo com um garoto, mas aquilo parecia... certo. Uma combinação perfeita.

A caminho da escola, Ethan colocou para tocar um álbum antigo do Arcade Fire, cantando baixo junto com as músicas. Emma abria e fechava o porta-luvas ociosamente. Tentava se preparar para o que viria em seguida.

A área que cercava o estacionamento dos alunos estava lotada de vans de noticiários. Emma previra aquilo. Ela colocou óculos escuros e vestiu o capuz do casaco.

— Você está parecendo o Unabomber — disse Ethan.

— Pelo menos não vão conseguir ver meu rosto — respondeu ela.

Dezenas de alunos moviam-se entre os repórteres, tentando aparecer na TV. Emma gemeu alto ao ver Celeste Echols falando em um microfone que Tricia Melendez segurava sob seu queixo. Celeste dizia que havia algo errado com a "aura" dela desde que tinham se conhecido. Agora ela ia ficar insuportável.

Ethan estacionou o carro e eles saíram na pálida manhã de inverno. Uma lua crescente ainda aparecia baixa no horizonte. Ela respondeu ao olhar questionador de Ethan assentindo de forma determinada, como quem diz "vamos terminar logo com isso".

Os alunos que vadiavam pelo estacionamento a encararam sem a menor discrição. Um bando de caras musculosos em volta de um Ford F-250 parou de se empurrar para ver Emma passar. Duas calouras muito magras saíram do caminho como se ela as tivesse ameaçado. Ela viu meia dúzia de garotas da equipe de tênis aglomeradas perto do mastro da bandeira. Elas se calaram quando Emma se aproximou, todas com o rosto pálido e os olhos arregalados. Ethan pegou a mão dela, que também apertou a dele, tentando não olhar para nenhum dos lados. Emma se concentrou em andar lenta e atentamente, embora parte dela só quisesse correr em direção à porta dupla de vidro da escola.

Então viu quem esperava na entrada. A diretora Ambrose estava ali com os braços cruzados e as pernas plantadas no chão. Ela usava um blazer de zebrinha e uma calça roxa. Em geral sua pele parecia flácida e opaca, mas naquele dia ela usava sombra turquesa até as sobrancelhas.

Tive a clara impressão de que Ambrose estava vestida para a atenção da imprensa. Conseguia até ouvi-la dizer, com lágrimas nos olhos: *Sutton Mercer era uma garota tão especial. Tão cheia de vida! Gosto de pensar que fui uma espécie de mentora para ela.* Não importava que Ambrose só tivesse falado comigo nas poucas vezes que eu fora apanhada por alguma pegadinha do Jogo da Mentira.

Emma parou insegura a alguns metros diante da diretora. Ela olhou para Ethan, que ficara estranhamente pálido, depois voltou a encarar a Sra. Ambrose. Os lábios da diretora estavam contraídos, formando uma linha fina.

— Você não tem permissão para entrar — disse ela em um tom arrogante. — Emma Paxton não está matriculada no Hollier.

Emma ficou perplexa.

— Mas... e a aula?

A Sra. Ambrose deu de ombros.

— Imagino que eles a deixem concluir os estudos na prisão. Agora vá embora, por favor, antes que eu a denuncie por invasão de propriedade.

A multidão que cercava Emma ficou completamente silenciosa, uma centena de ouvidos se esforçando para depois contar tudo o que tinha escutado.

— Posso pelo menos tirar minhas coisas do armário? — perguntou Emma em voz baixa. De repente, as palmas de suas mãos ficaram molhadas de suor. Ela soltou Ethan e segurou as tiras da mochila com ambas as mãos.

— Aquelas coisas não são suas — disse a Sra. Ambrose de maneira direta. — A polícia confiscou o conteúdo do armário da Srta. Mercer.

Emma deu dois passos para trás com lágrimas ardendo nos olhos. Como pudera ser tão idiota? Deveria ter esperado por aquilo. Ela se virou para correr quando Ethan segurou sua mão.

— Aqui — disse ele, colocando a chave do carro na palma de sua mão. — Vá para casa. Ligue se precisar de alguma coisa. — Com isso, ele deu um beijo firme e ostensivo em sua boca. Depois se afastou, lançando um sorriso desafiador à diretora, e passou por ela, abrindo caminho para entrar na escola.

Encorajada pelo beijo de Ethan, Emma se virou e andou com o máximo de dignidade que conseguiu até o Civic dele. Estava tão concentrada em sair dali que, quando Madeline e Charlotte apareceram, ela precisou de um instante para processar o que estava acontecendo. Emma parou de repente.

Emma nunca vira Madeline tão desleixada. Seu cabelo estava solto, e embora no geral a silhueta de balé fosse esbelta e graciosa, as olheiras lhe davam uma aparência esquelética. Charlotte estava a seu lado com o rosto pálido sob as sardas. Ela não estava usando maquiagem alguma.

– Diga que isso é um trote – disse Madeline, com a voz trêmula. – Por favor. Diga que é o melhor até hoje.

Emma encarou as melhores amigas de Sutton, desejando com desespero poder dizer o que elas queriam ouvir. Embora a amizade delas fosse construída sobre uma mentira, Emma tinha passado a gostar genuinamente das garotas. Sob os ciúmes mesquinhos e os trotes, as garotas do Jogo da Mentira eram ferozmente leais umas às outras. Emma não sabia quando parara de pensar nelas como amigas de Sutton e começara a considerá-las suas amigas, mas, como tudo o mais que era de Sutton, elas não lhe pertenciam.

Emma baixou os olhos, encarando os sapatos, evitando o olhar de Madeline.

– Não é um trote – disse ela suavemente.

Uma dor aguda atravessou sua bochecha quando Madeline lhe deu um tapa.

– Sua vagabunda! – guinchou ela, com a voz uma oitava mais aguda que o normal. – O que você fez com a minha melhor amiga?

Emma levou uma das mãos à bochecha dolorida, piscando para conter as lágrimas. As duas garotas oscilaram em sua visão por um momento antes que uma lágrima finalmente rolasse.

– Vocês precisam acreditar em mim – implorou Emma. – Eu não fiz o que estão dizendo. Não queria que isso acontecesse... nunca quis mentir para vocês.

Charlotte tinha ficado ainda mais pálida sob as sardas. Suas sobrancelhas tinham um tom louro-avermelhado intenso sem maquiagem e deixavam seus olhos com uma aparência insana.

– Nós confiamos em você – sussurrou ela. – Contamos todo tipo de segredo, a deixamos andar no nosso carro, frequentar nossa casa... depois de *matar* nossa melhor amiga!

– Eu não matei ninguém! – A voz de Emma saiu mais alta do que ela pretendera, reverberando pelo estacionamento. A alguns metros de distância, uma revoada de pombos saiu pelo ar por causa do barulho repentino. Ela respirou fundo e falou em um tom mais suave: – Tenho tentado descobrir o que aconteceu com Sutton desde que cheguei aqui. Se vocês me ajudarem, talvez possamos descobrir juntas.

Madeline soltou uma risada amarga que mais pareceu um latido.

– Ajudar você? Mas é muita audácia. O que a faz pensar que ajudaríamos alguém que passou meses mentindo para nós?

"Madeline, nós criamos um jogo inteiro baseado em mentiras!", gritei, irritada. "E você *precisa* ajudá-la! Ela é minha única esperança!" Mas, obviamente, meu voto não contava dessa vez.

— Espero que você apodreça na cadeia — disse Charlotte, com o lábio se curvando para cima. — E espero que sonhe com Sutton todas as noites pelo resto da sua vida. Espero que ela a assombre até você morrer. — Em seguida, Madeline voltou para a entrada da escola sem olhar para trás.

Madeline lançou um último olhar cheio de ódio a Emma, e depois se virou para seguir Char.

Emma ficou paralisada, vendo-as ir embora, até perceber que o estacionamento inteiro cheio de alunos a observava. Lançando um olhar nervoso ao redor, ela entrou rapidamente no carro de Ethan e trancou as portas.

Pelo espelho retrovisor, ela via a entrada da escola. A diretora Ambrose continuava parada ali, lançando olhares cortantes a Emma. A maioria dos alunos começou a se dirigir para a porta agora que o show tinha terminado. O relógio do painel do carro marcava 7:58. O sinal estava prestes a tocar.

De repente, Emma viu um rosto na multidão que parecia iluminado por um holofote. Garrett estava sozinho à sombra de um cacto saguaro de três metros que crescia no canteiro desértico que separava a escola do estacionamento.

Seus olhos estavam cravados em minha irmã como um feixe de laser. Ele a encarou por um bom tempo com o rosto impassível.

Eu também o encarei, desejando poder liberar toda a minha raiva nele. Eu podia ter me deixado levar por aqueles olhos quando estava viva, mas agora que estava morta sabia a verdade: eles eram as janelas para uma alma tão morta e podre quanto meu corpo.

23

UM PASSEIO NO PARQUE

Emma ligou o carro de Ethan, atrapalhando-se com a marcha e causando alguns solavancos antes de engatar. Ela deu uma guinada em direção à saída, por pouco não atropelando uma garota atarracada com uma mochila em forma de panda. A alguns metros, Tricia Melendez estava parada perto de seu cameraman. Emma cerrou os dentes. Sem olhar para a pista, pisou no acelerador com força, chegando ao asfalto bem na hora em que a repórter se aproximava correndo. Quando o carro se afastou da multidão, ela ouviu Tricia gritar:

— Emma! Emma! Emma, o que você planeja fazer agora?

Ela nunca odiara tanto o som do próprio nome.

Seus olhos se embaçaram de lágrimas quando ela entrou em um bairro cheio de casinhas em tons pastel. Em um jardim, um cachorro corria ao longo de uma cerca de arame, latindo enquanto ela passava. Em outro, um velho bamboleante com uma tesoura de poda em uma das mãos a encarou desconfiado.

Seu coração ficou apertado quando ela olhou pelo espelho retrovisor. Uma BMW azul-marinho a seguia de perto. Ela reconheceu o veículo de imediato: era o carro de Thayer. Ele buzinou de leve, sinalizando para ela encostar. O coração de Emma acelerou. Se Madeline e Charlotte estavam irritadas, ele estaria furioso.

Mesmo assim, Emma respirou fundo e parou o carro. A culpa por ter escondido dele a morte de Sutton a estava consumindo. Ele merecia a verdade, e uma parte dela acreditava que ela merecia o que estava prestes a receber.

Emma abriu a janela. Thayer a encarou por um bom tempo antes de falar.

– Eu sabia que tinha algo estranho com você – disse ele, enfim. – Sabia.

Emma engoliu em seco. Sua pulsação latejava nos ouvidos.

– Eu tentei contar para todo mundo no começo. Mas ninguém quis ouvir. – Ela estremeceu, preparando-se para o ataque de acusações.

Mas Thayer se limitou a assentir, sinistramente calmo.

– Eu sei. A Laurel me contou.

Com um suspiro de alívio, Emma saiu do carro e foi com ele até um parquinho vazio na esquina. Um gira-gira enferrujado se movia lentamente à brisa. O trepa-trepa infantil tinha a forma de uma gigantesca aranha vermelha, com as longas pernas de metal cobertas com apoios de pé para subir. Emma se sentou em um dos balanços, sem energia, oscilando languidamente para a frente e para trás.

Thayer se apoiou contra uma das barras do balanço, cruzando os braços.

— Você era boazinha demais — disse Thayer.

Emma ergueu o rosto para ele, franzindo a testa.

— O quê?

— Foi o que a Laurel disse: você era boazinha demais para ser a Sutton. Não se saiu muito bem se fazendo passar por ela. — Thayer deu de ombros. — Bom, eu acho que você fez um ótimo trabalho. Todo mundo acreditou. Mas, enfim, seria uma loucura não acreditar. Quer dizer, *eu* achei que estava ficando louco.

— Thayer, eu sinto muito... — começou Emma, mas ele a interrompeu.

— Não precisa falar nada — disse ele em um tom seco. Seus olhos se estreitaram para Emma. — Só me conte... você matou a Sutton?

— Não. — Emma baixou os olhos, balançando a cabeça. Embora o mundo inteiro achasse que tinha sido ela, doía ainda mais o fato de Thayer pensar que ela podia ferir a própria irmã. — Passei todo esse tempo tentando descobrir quem foi. — Ela olhou para Thayer, que olhava para o outro lado da rua. — Pergunte a Laurel... na minha primeira manhã aqui, havia um bilhete para mim no carro dela. Ela achou que fosse uma carta de amor. Mas era uma ameaça do assassino. Dizia que se eu não continuasse fingindo ser Sutton, seria a próxima. Está no quarto dela, se a polícia não tiver levado. — Uma nuvem passou sobre o sol, e as cores do mundo se desbotaram como se alguém estivesse girando um botão. — Recebi três bilhetes desde que cheguei aqui. Contei isso ao Quinlan. Havia uma almofada roxa com a bainha rasgada no quarto de Sutton; escondi todos lá dentro e costurei. Pergunte para Laurel se a polícia já foi pegá-la. – Emma olhou para as próprias pernas. – E não fui a única a ser ameaçada. Ele disse que machucaria o resto de vocês se eu não fizesse o que ele mandava. Você. Laurel. Os pais de Laurel. Todo mundo.

Thayer segurou a barra.

– Então algum maníaco passou meses vigiando você, garantindo que continuasse se passando por Sutton para todo mundo? – Havia uma inevitável nota de ceticismo na voz dele.

– Olha, sei que parece loucura. *É* loucura. Mas sim. O assassino de Sutton tem observado todos os meus passos. – Emma fez uma pausa. – Na minha primeira semana aqui, alguém me estrangulou com o relicário dela em um dia que dormi na casa de Charlotte, avisando-me para manter a atuação. Depois aquele refletor quase caiu em cima de mim no ensaio da Corte de Boas-Vindas, com outro bilhete de alerta. E... – A voz de Emma ficou baixa, mas ela seguiu em frente. – E acho que a pessoa que matou Sutton também matou Nisha. Tenho quase certeza de que Nisha descobriu alguma coisa sobre a morte de Sutton naquela noite, e morreu por causa disso.

O rosto de Thayer ficou pálido, mas ele não se retraiu. Encarou Emma com os olhos verdes firmes.

– Acho que isso explica por que você fez tantas perguntas estranhas quando eu estava preso. Durante um tempo você achou que tinha sido eu, não foi?

Emma hesitou, depois assentiu.

– Agora sei que você não seria capaz de fazer nada do tipo. Mas quando cheguei aqui não sabia nada sobre ninguém.

Todos eram suspeitos. Você, Mads, Charlotte, Gabby e Lili. – Ela fez uma pausa. – Até mesmo Laurel.

Emma se calou, tremendo à brisa da manhã. Por alguns minutos, os únicos sons foram os dos pássaros cantando das copas baixas das árvores. Uma babá jovem usando macacão e meia-calça empurrava um carrinho pela rua. Ela ia entrar no parquinho, mas mudou de ideia ao ver dois adolescentes ali durante o horário escolar. Emma oscilava levemente no balanço, e as correntes rangiam acima dela.

– E então? – perguntou Thayer após um momento de silêncio. – Quem são seus suspeitos agora? Você tem alguma pista?

Emma cutucou uma de suas cutículas, com a mente em disparada. Thayer podia ter informações de que ela precisava, algo que pudesse ajudá-la a derrotar Garrett antes que ele conseguisse enquadrá-la. Aí aquele pesadelo poderia acabar.

Mas pensou nos bilhetes que recebera. Ela estava um passo atrás de Garrett desde que chegara a Tucson. Ethan já estava em perigo só por ajudá-la. Ela não queria arriscar mais nenhuma vida.

– Não – mentiu ela. – E, de qualquer forma, não quero que você se envolva nisso. É perigoso demais.

Thayer deu um passo rápido à frente, ficando bem diante de Emma.

– Eu não sou idiota. Sei que você tem um suspeito. – Ele baixou a voz. – Acha que foi Garrett, não é? Foi por isso que me fez todas aquelas perguntas sobre ele no outro dia.

Emma hesitou.

Thayer parecia ver o medo em sua expressão. Ele balançou a cabeça, impaciente.

— Não vou desistir desse assunto. — A tristeza brilhou em seus olhos, tão viva que ela precisou desviá-los. A voz dele falhou. — Alguém tirou Sutton de mim — disse ele em um tom feroz. — E quero que essa pessoa pague.

A dor na voz de Thayer me feriu; medo e amor lutaram pelo controle de meu coração. O que eu mais queria era que ele ficasse a salvo, fora do alcance de Garrett. Mas, ao mesmo tempo, a violência de seus sentimentos me causou um leve arrepio. Thayer me amava, e não deixaria Garrett se safar do que fizera.

Emma segurou as correntes do balanço, baixando a cabeça com um suspiro. Um instante depois, Thayer se agachou ao lado dela.

— Emma? — encorajou ele.

— Tudo bem — disse ela em voz baixa. — Mas não faça nenhuma idiotice, Thayer. Você não pode ir atrás do Garrett. Vai acabar na prisão ou coisa pior.

— Eu não me importo — disparou ele, com as mãos contraídas sobre as coxas. Ela puxou a manga dele com força, obrigando-o a se virar e olhar para ela.

—*Sutton* se importaria — disse ela suavemente.

Ela estava certa. A imagem de Thayer na prisão, olhando para blocos de concreto pelo resto da vida, revirava minhas entranhas. Mas ainda pior era a possibilidade de Thayer acabar como eu: morto, perdido para seus amigos e família para sempre.

Emma sustentou o olhar de Thayer.

— Prometa. Pela Sutton.

O maxilar de Thayer se contraiu e ele virou as costas para Emma. Depois de um instante, ele assentiu brevemente. Ela olhou para as montanhas amareladas, onde nuvens fofas flutuavam contra o azul-profundo.

— Sem sombra de dúvida, Garrett estava no cânion na noite em que Sutton morreu — disse ela em voz baixa, abraçando os próprios joelhos. — Quando a polícia me levou para interrogatório, vi a foto da segurança que mostrava o carro dele no estacionamento. E Louisa mencionou que ele voltou para casa de madrugada. Ela se lembrava disso porque ele estava muito nervoso. Algo realmente o apavorou. Ela achou que ele e Sutton deviam ter terminado.

Thayer continuou totalmente imóvel, mas ela viu os músculos de seus ombros se contraírem.

— Mas não tenho como provar isso. Tudo é circunstancial. Você não viu nada suspeito no cânion naquela noite, viu? — Emma olhou-o com o canto do olho. O rosto dele assumiu uma expressão tempestuosa. Um medo repentino surgiu dentro dela: E se tivesse superestimado o autocontrole de Thayer? E se ele não *conseguisse* manter sua promessa? Antes de ir para a reabilitação, seu temperamento era quase tão difícil quanto o de Garrett. A julgar pela expressão dele naquele momento, não dava para saber se ele iria atrás de Garrett para destroçá-lo.

— Além dos faróis vindo direto na minha direção? Não. — Os olhos de Thayer se estreitaram. — Então você acha que Garrett também me atropelou?

Emma assentiu, cutucando um dos furos criados em seu jeans pelo desgaste do uso.

— Ele é violento. A princípio atribuí isso ao término. Mas acho que é mais profundo que isso. — Ela o encarou. — Todo mundo insinua que alguma coisa aconteceu com Louisa, algo muito traumático. Você sabe do que estão falando?

Thayer se surpreendeu.

— Sim, eu sei. Foi muito grave.

Apurei os ouvidos. Thayer respirou fundo.

— No ano passado, Garrett levou Louisa para uma festa. Era quase uma piada, ela era só uma caloura ingênua e desengonçada. Acho que ele enfiou na cabeça que ia iniciá-la na vida do ensino médio ou coisa do tipo. Sabe, deixá-la bêbada pela primeira vez, apresentá-la a todos os amigos. Mas a festa saiu totalmente do controle. — Thayer estremeceu. — Eu estava lá. Não que me lembre de muita coisa, estava muito chapado. Enfim, em algum momento da noite, Garrett perdeu Louisa de vista. Acho que a princípio ele não se preocupou muito. Assim, era uma festa. Ele imaginou que ela estava na piscina, dançando ou algo do tipo. Mas depois de um tempo ele começou a entrar em pânico. Ninguém a via há horas, e as pessoas estavam começando a ir embora. Ele revirou a casa inteira procurando por ela. Finalmente, acabou chamando a polícia.

De repente, Emma percebeu que estava prendendo a respiração e inspirou fundo. Parte dela sabia o que estava por vir e não queria escutar, mas precisava saber a verdade.

Os olhos de Thayer estavam distantes e vidrados quando ele voltou a falar:

— Eles a encontraram inconsciente na casa da piscina. Muito machucada. — O lábio dele se curvou de desprezo. — Ela tinha sido estuprada.

— Ah, meu Deus — sussurrou Emma. Uma sensação de náusea se espalhou por seu corpo.

— Pegaram o cara — continuou Thayer. — O nome dele era Daniel Preuss. Ele já tinha se formado, mas tinha feito parte do time de futebol. Era um grande amigo de Garrett.

A lembrança surgiu para mim enquanto Thayer falava. Eu não fora àquela festa; tinha sido na semana do campeonato estadual, e eu estava em Glendale com o resto da equipe de tênis. Garrett e Louisa passaram algumas semanas sem ir à escola, mas eu me lembrava de quando voltaram. Ele estava muito vulnerável, muito perdido. Aquilo tornava fácil ignorar suas alterações de humor, seus ataques, porque após cada explosão de violência ele ficava muito angustiado. Eu inventava desculpas para ele toda vez.

Mas ele estava pior do que eu imaginara. Visualizei seu rosto naquela noite no cânion, contorcido em uma máscara de fúria, as coisas terríveis que gritara para mim. Como tinha ficado com ciúmes por eu estar lá com Thayer e me chamara de vadia por usar um short, com o hálito inflamado e quente de uísque. Ele detestava o fato de que eu quisera dormir com ele e se odiava por também querer dormir comigo. O que acontecera com Louisa o tinha destroçado, e ele havia me punido movido pelo próprio medo e pelo ódio que sentia de si mesmo por não ter conseguido protegê-la.

O estômago de Emma se contraiu em uma pequena bola. Sua cabeça girava.

— Isso é... terrível — ofegou ela.

Thayer assentiu.

— É. Garrett nunca se recuperou totalmente.

Apesar de tudo, uma pontada de pena passou pelo peito de Emma. Ela não conseguia sequer imaginar o tipo de dor pelo qual Louisa e Garrett tinham passado. Mas ao mesmo tempo, pensou, a mesma coisa acontecera com ela: alguém tinha ferido sua irmã de um jeito inacreditável, e ela precisava viver com isso. Nem Sutton nem Louisa mereceram o que tinha acontecido com elas.

Ela ergueu o rosto e viu que Thayer a observava com atenção.

– Então você acha que o que aconteceu com Louisa fez Garrett pirar? – perguntou ele.

Emma se endireitou, esticando as pernas diante de si.

– Talvez. Mas não importa, não é? Ele matou a minha irmã, e não quero saber qual é a desculpa. Ele é perigoso, e preciso encontrar um jeito de provar isso.

Thayer ficou em silêncio por um bom tempo, analisando o rosto dela.

– Sabe, você é muito parecida com ela. – Ele abriu um sorriso triste. – Quer dizer, não só na aparência. Quando fica com esse brilho determinado nos olhos, me faz lembrar muito dela.

Emma percebeu que estava se apoiando de leve no ombro dele e que seus braços se tocavam de leve. Ela sabia que devia deslocar o peso, aumentar a distância entre eles, mas não conseguia se mover. Só por um segundo, algo magnético a atraiu na direção de Thayer.

– Mas eu não sou ela – disse em um tom suave, forçando-se a se distanciar. – E você precisa manter sua promessa. Não sei o que eu faria se Garrett também o machucasse.

O maxilar de Thayer se contraiu, e seus punhos se fecharam. Mas ele respirou fundo e se levantou, com os olhos límpidos de uma hora para outra.

— Eu prometo. Você sabe onde me encontrar se precisar de alguma coisa... *Emma*. — Então ele se virou e foi a passos largos para o carro.

Eu o observei se afastar, esperando, contra toda lógica, que Emma tivesse feito a escolha certa ao contar para ele, e torcendo, contra todas as probabilidades, para que Garrett não o matasse também.

24

USE O GOOGLE

Emma dirigiu lentamente até a casa dos Landry, relutando em passar o dia confinada e sozinha. Ela ficou ao volante por algum tempo, passando por mercados orgânicos e lojas de luxo decoradas para o Natal com guirlandas, laços e pisca-piscas. Por um instante, ela pensou em ir para a biblioteca pública, onde poderia entrar na internet e fazer pesquisas de lá, mas a lembrança dos repórteres gritando seu nome a fez estremecer. A qualquer lugar público que ela fosse, corria o risco de atrair a imprensa.

Logo as vitrines ficaram para trás, substituídas por casas grandes e elegantes e depois pelas montanhas Santa Catalina. Ela entrou no condomínio de Ethan e estacionou sob a garagem coberta dos Landry. Do outro lado da rua, a entrada para o cânion continuava bloqueada, com fita de isolamento policial presa diante da entrada. Ela se perguntou se os investigadores estavam lá naquele momento, peneirando a terra do local devagar. A pele de sua nuca se arrepiou como sempre acontecia quando ela via o banco onde esperara Sutton naquele primeiro dia. Às vezes, ela sentia que o cânion tinha olhos.

Uma movimentação do outro lado do gramado chamou a sua atenção. Ela parou ao sair do carro de Ethan, com a chave congelada na mão. Na casa vizinha, o Dr. Banerjee enfiava uma mala velha no porta-malas do carro. Parecia já haver um monte de bagagens empilhadas de qualquer jeito no banco traseiro. O pai de Nisha ainda estava abatido, com os olhos inchados de exaustão, mas parecia mais ereto desde a última vez que ela o vira. Seu cabelo fora penteado, e ele usava uma camisa social amarrotada, mas limpa.

Quando o Dr. Banerjee se sentou no banco do motorista, os olhos de Emma cruzaram com os seus. Ela ergueu a mão para acenar, dando um passo na direção dele. Por um momento, quase gritou para que ele parasse. Se Nisha tinha deixado provas de que Garrett matara Sutton, o Dr. Banerjee era o único que podia ajudá-la a encontrá-las. Então ela viu sua expressão. Seus olhos eram fendas duras, sua boca se contorcia de aversão. A mão dela caiu para o lado do corpo, sem vida. Ele achava que ela era a assassina, assim como todos os outros. Ele saiu de ré da entrada da garagem, balançando lentamente a cabeça. Sua boca se movia como se estivesse murmurando para si mesmo. Depois pegou a rua e saiu cantando pneus.

Com os ombros caídos, Emma virou as costas, derrotada. Parecia que o Dr. Banerjee estava saindo da cidade e, junto com ele, sua última chance de descobrir o segredo pelo qual Nisha morrera.

Ela entrou na casa dos Landry com a chave de Ethan. Quando abriu a porta, perguntou-se se deveria ter batido. Mas do lado de dentro tudo estava escuro e silencioso. Os sons de um *talk show* diurno passavam por baixo da porta fechada do quarto da Sra. Landry, e Emma suspirou de alívio. Ela detestava admitir isso, mas encontrar a mãe de Ethan, ver a expressão surpresa e nervosa em seus olhos pequenos, a deixava nervosa.

Emma pegou uma Coca Zero na geladeira e foi para o quarto de Ethan. A cama estava feita com perfeição, com as extremidades das cobertas dobradas para dentro e tudo o mais, e os travesseiros brancos lisos bem empilhados. Ela o observara fazer a cama naquela manhã, mordendo o lábio de concentração. Aquele lado obsessivamente organizado dele era meio fofo. Ela corou um pouco quando se acomodou na cama, lembrando que poucas horas antes ela e Ethan estavam aninhados ali.

Recostando-se contra a cabeceira com alguns travesseiros, ela colocou o laptop dele sobre as pernas. Mastigou a ponta de uma mecha de cabelo, depois digitou "Emma Paxton" no campo de busca e se arrependeu quase de imediato de ter feito aquilo. O caso estava em todo lugar, e Emma era a estrela do show. Era como uma terrível versão de pesadelo das manchetes que ela escrevia sobre si mesma: só que agora elas eram reais. *Do lixo ao luxo*, proclamava um dos sites em letras garrafais, e abaixo: *Emma Paxton vivia na miséria e sonhava em escapar. Até que ponto iria para conseguir o que queria?* Todas as fotos ruins que alguém já tirara dela agora estavam na internet, com um ar sinistro. Ela reconheceu a casa de Clarice em diversas delas: estava na cara que Travis a fotografava escondido. Uma delas até mesmo a mostrava dormindo, com a boca aberta e uma das alças da camiseta caída em um dos ombros.

Um site chamado Na Encolha tinha entrevistado a própria Clarice. Emma rolou a página para baixo, cheia de fotos de seu antigo quarto e histórias do quanto Emma parecia perturbada. *Ela me disse que estava trabalhando em uma montanha--russa, mas depois ouvi um boato de que estava envolvida com algum tipo de trupe de striptease. Ela andava pela casa com shorts curtos e tops de frente única, mas eu sou tão ingênua que não percebi o que estava acontecendo.*

Emma foi clicando em link após link, com o coração cada vez mais apertado. Ninguém parecia nem sequer *considerar* que ela podia ser inocente. Uma força-tarefa chamada CGI (Coalizão das Gêmeas Idênticas) a chamava de monstro e exigia sua prisão imediata. Ex-colegas de turma de Vegas, a maioria dos quais Emma nem sequer se lembrava de falar, a retratavam como uma assassina perversa e calculista. Outro blog entrevistou alunos do Hollier, que juraram por tudo que era mais sagrado que tinham suspeitado dela desde o começo.

Enquanto isso, alguém do Hollier fizera uma página em memória de Sutton, cheia de fotos, com "Candle in the Wind", de Elton John, tocando ao fundo. Um livro de visitas já estava cheio de comentários dos colegas de Sutton.

Li a página por cima do ombro de Emma. Será que todo mundo falaria de como eu era cruel? Diriam que recebi o que merecia? Alguém ia ao menos sentir minha falta? Mas a maioria dos comentários era superficial. *Eu sempre vou me lembrar de como ela estava linda no baile de formatura do primeiro ano*, postara alguém chamado *garota-wildcat*. *Eu era apaixonado por ela no oitavo ano*, dizia outro comentário; e *Lembram-se da festa de 16 anos dela?. Aquela noite entrou para a história do Hollier!* Parecia que ninguém me conhecia de verdade sob a fachada reluzente e popular. Mas, enfim, eu não tinha exatamente permitido que muita gente visse essa parte de mim.

Emma pareceu perceber a mesma coisa. Ela abriu o Twitter, certa de que ia encontrar alguma coisa de Gabby e Lili. Como era de esperar, elas tinham comentado a situação inteira.

@LILI_FIORELLO: *Digo logo: É um trote. É loucura demais para ser verdade.*

@GABBY_FIORELLO: *Sutton Mercer não se deixaria matar por uma cópia pirata vagabunda e insignificante.*

@LILI_FIORELLO: *A piada está ficando cansativa. Jura solenemente pela sua vida?*

E então, algumas horas depois, apenas:

@GABBY_FIORELLO: *Sutton, nós amamos você e sentiremos sua falta para sempre.*

Ambas tinham alterado suas fotos de usuárias para quadrados pretos. O coração de Emma estava aflito. Ela sabia que Sutton e suas amigas nunca tinham sido melosas, mas também sabia que por baixo da superfície elas se adoravam. Então de repente percebeu: Gabby e Lili também eram gêmeas. Ela se perguntou se acreditavam nos boatos de que Emma tinha matado a própria irmã. Talvez estivessem se juntando à CGI naquele exato momento.

Emma passou horas debruçada sobre o computador, lendo matéria atrás de matéria e procurando pistas. Quando a porta de um carro bateu lá fora, Emma ficou chocada ao perceber que já eram quase três da tarde. Indo na ponta dos pés até a janela que dava para a frente da casa, ela abriu uma fresta nas venezianas de Ethan e congelou.

Uma viatura de polícia parara na entrada da garagem, e Ethan saía pela porta do carona. Ele parou para dizer alguma coisa ao policial à sua frente; outra vez Corcoran. Ela reconheceu o cabelo vermelho raspado. Depois Ethan assentiu e foi em direção à porta.

Ela o encontrou na entrada. Ele parecia cansado, porém calmo, com a mochila pendurada em um dos ombros.

– O que aconteceu?! – exclamou Emma.

– Está tudo bem. – Ele foi até ela, largando a mochila no chão a seu lado. Quando Ethan endireitou as costas, Emma viu uma cicatriz em sua têmpora que nunca tinha notado antes, formando uma curva a partir da linha do cabelo. De repente, quis beijá-la. – Eu me apresentei por vontade própria.

Emma ficou boquiaberta.

– O quê?

– Eu não podia ficar sem fazer nada. Eles precisam saber que você é inocente. – Ele ergueu a mão e cobriu a bochecha dela com a palma. – Eu disse a eles que fui surpreendido pela notícia de que você na verdade era Emma, mas que não liguei. Disse que amo você, seja quem for... e que acreditei que você era inocente.

O toque dele em seu rosto a deixou imediatamente tonta. O calafrio que percorrera sua pele quando ela vira a viatura foi substituído por um formigar morno.

Ethan baixou a voz.

— E disse que tinha visto Garrett correndo até o cânion na noite em que Sutton foi morta.

Ela se sobressaltou.

— Espere, o quê? Se você viu Garrett na noite do assassinato, por que não me contou antes?

Ele olhou de um lado para outro, embora eles parecessem estar completamente sozinhos na entrada.

— Na verdade, não vi. Mas foi a única maneira que consegui pensar para fazer com que a polícia o investigue mais a fundo. Você viu o carro dele nas fotos de segurança do estacionamento, não foi? Eu posso não tê-lo visto, mas ele estava lá.

— Ethan, você entende o tamanho do buraco que está cavando para si mesmo? — sussurrou ela. — Não minta mais para a polícia... não por mim. Já não é ruim o bastante *eu* ter mentido para todo mundo?

Ele tirou a mão da bochecha dela e olhou para baixo.

— Desculpe. Eu só... pensei que isso ia ajudar.

Uma porta se abriu em algum lugar da casa, a batida rápida do comercial de uma revendedora de carros usados local flutuou para fora. Ethan olhou furtivamente para o corredor. Após um momento, ouviu-se uma descarga, e então a porta voltou a se fechar e a TV ficou abafada e distante outra vez. A Sra. Landry tinha voltado para sua caverna.

Emma respirou fundo. Afinal de contas, Garrett *estivera* no cânion. Talvez Ethan estivesse certo; agora a polícia ia investigar o ex-namorado de Sutton.

— Você está certo — disse ela, tocando o ombro dele. — Obrigada. Desculpe por perder a calma. É que estou com muito medo de que a polícia também arraste você para isso tudo.

Ele balançou a cabeça.

— Emma, eu faria qualquer coisa por você. Quero mantê-la protegida. — Ele se abaixou para abrir a mochila e, quando se levantou, colocou algo nas mãos dela. Ela olhou para baixo e viu um celular pré-pago, ainda na embalagem. — Também passei na Radio Shack e comprei isto para você.

Ela passou o peso de um pé para outro. A caixa era estranhamente pesada em suas mãos.

— Você já gastou dinheiro demais comigo, Ethan.

— É, mas você precisa de um telefone — disse ele. — Agora estou a apenas uma ligação de distância. Se precisar de mim, virei correndo. — Ele passou os braços em torno da cintura dela, puxando-a mais para perto. O contato espalhou uma sensação morna pelo corpo dela, e ela envolveu o pescoço dele com os braços.

— Então, preciso muito estudar a matéria de cálculo — disse ele, encostando a testa contra a dela. — Mas, quando terminar, que tal comprarmos comida para viagem e fazermos um piquenique? Conheço um lugar ótimo a poucos metros daqui onde os paparazzi nunca vão nos encontrar. Fica bem atrás da minha casa, na verdade.

Emma sorriu.

— Está falando do seu quintal?

— Você já ouviu falar! — brincou ele. — Qual é... Você, eu, o brilho aconchegante de uma vela de citronela. O melhor *tom kha gai* da cidade...

— Conte comigo — disse ela, rindo.

Enquanto eu os observava, foi quase como se meu coração relaxasse por um momento. Apesar de toda a loucura de sua vida, minha irmã tinha encontrado alguém que realmente gostava dela. Quando eu via o jeito como ele a olhava, tinha esperança de que algum dia, quando tudo isso tivesse terminado, eles conseguiriam seguir em frente.

E eu fico feliz porque eles terão um ao outro quando (e *se*) esse momento chegar.

25

EMMA PAXTON: MESTRE DO DISFARCE

— Tenha uma boa tarde, senhorita. — Um homem magro de barba branca usando camisa de flanela e avental entregou a Emma seu saco de compras e lhe lançou um olhar enigmático.

Emma ajeitou a saia, envergonhada. Era quarta-feira, e ela se disfarçara outra vez com a peruca loura da Sra. Landry, uma jardineira jeans bordada com borboletas e um suéter vermelho de gola alta que comprara num brechó de caridade. Óculos baratos de plástico completavam o visual: Emma estava idêntica à professora da escola dominical que tivera durante as poucas semanas que havia passado com os Morgan, uma família temporária particularmente religiosa de Nevada. Ela nem acreditava que precisara chegar a tal ponto só para comprar leite; mas os repórteres, ou Garrett, podiam estar em qualquer lugar.

Emma saiu da loja e atravessou o estacionamento em direção ao carro de Ethan. Sua sombra tremulou no asfalto a seus pés. Ao lado da loja de materiais de construção ficava um Burger King, e havia uma fila de carros saindo do drive-through. Quando ela colocou as compras no carro, ouviu alguém buzinar, impaciente para fazer o pedido.

O que ela viu em seguida a fez congelar.

Travis tinha acabado de sair do Burger King, com um refrigerante de quase um litro na mão. Ele parou na porta, colocando óculos baratos estilo aviador antes de sair andando pela rua na direção oposta.

Emma não perdeu tempo. Bateu a porta do carro e começou a segui-lo a pé.

A área era uma zona comercial barata, cheia de grandes cadeias de lojas e restaurantes. Uma fina tira de grama entre a rua e a calçada, pontilhada de latas de lixo transbordando. Ela andava devagar, deixando Travis ficar vários metros à frente, mas mantendo-o ao alcance da vista. Ele usava um boné de beisebol virado para trás e jeans largo quase caindo do traseiro. Uma corrente de carteira pendia do passador de cinto da calça, indo até o bolso de trás. Quando ele olhou para trás, ela se escondeu entre um grupo de pessoas em um ponto de ônibus, tentando manter a expressão tão entediada quanto a de todos os outros que aguardavam. Quando teve certeza de que ele tinha se virado, voltou a segui-lo.

Travis passou por uma oficina mecânica abandonada e pichada, depois cortou caminho pelo estacionamento até um Days Inn Hotel. A piscina brilhava atrás de um portão de ferro fundido, e três crianças pequenas com boias de braços gritavam na parte rasa. Emma ficou para trás e observou Travis subir os degraus e entrar em um dos quartos.

Ela permaneceu à sombra de uma árvore, sentindo a incerteza rodopiar dentro de si. Por que ele ainda estava ali? Ele não sabia nada sobre o assassino... sabia?

Mas ela ergueu a cabeça de repente ao relembrar as palavras de Ethan. *Se tivéssemos acesso às mensagens ou ao e-mail do Garrett, poderíamos ver se ele enviou o link.*

Eles não tinham o telefone de Garrett. Mas a mensagem ainda podia estar em algum lugar no de Travis.

Com outra olhada em volta, ela subiu a escada até a porta dele e bateu. Por um momento nada aconteceu. Ela bateu de novo, mais alto. No estacionamento, um casal de meia-idade com camisas havaianas combinando parou antes de entrar em seu quarto, olhando para ela. Emma engoliu em seco enquanto o suor se acumulava em sua nuca. Ela levantou a mão para bater mais uma vez, mas antes que pudesse fazê-lo a porta se abriu.

Travis estava parado no vão da porta, sem boné. Usava uma regata branca apertada sobre o peito largo, e uma grossa corrente dourada pendia de seu pescoço. Seu queixo se projetou de forma agressiva para ela. Atrás dele, Arnold Schwarzenegger preenchia a tela da TV, urrando pela autoestrada em uma moto.

– O que você quer, moça?

Por um instante, ela não se deu conta de que estava fantasiada. Emma piscou, depois tirou os óculos.

– Sou eu. Emma.

O queixo de Travis caiu. Ele a olhou de cima a baixo vagarosamente, com seus olhinhos de porco arregalados. O cheiro de cigarro e de suor velho pairavam ao seu redor.

— Preciso da sua ajuda — disse ela, fazendo a expressão mais doce que conseguiu. — Todo mundo acha que eu matei a minha irmã.

— É, eu sei — disse ele, sorrindo. — Aquele policial, o Quinlan ou algo do tipo. Ele está tentando me fazer contar tudo sobre você.

Emma mordeu a unha do polegar, sabendo que precisava jogar muito bem naquele momento.

— O que você contou a ele até agora?

Travis deu de ombros, apoiando-se no batente da porta de modo intimidador.

— Até agora, só sobre o seu hábito bizarro — disse ele.

— Está falando daquele vídeo que alguém *mandou* para você? — disse ela, escolhendo as palavras com cuidado.

— Isso mesmo — disse ele. — Cara, eu gostei de assistir àquilo. Pena que tiraram do ar.

Bingo. Garrett *tinha* enviado aquele link para ele. O coração dela inflou de empolgação. Se conseguisse botar as mãos no telefone dele, poderia provar isso. Ela respirou fundo.

— Eu não matei Sutton — disse ela, deixando uma nota suave e suplicante penetrar sua voz. — Você acredita em mim, não é?

Ele deu um sorriso malicioso.

— Não sei, Emma. Você era muito violenta comigo. Sempre teve um temperamento horrível.

Emma ficou tensa, reprimindo a resposta raivosa que surgia em seu peito. Uma vez, chutara o saco de Travis por tentar passar a mão nela. Isso o levara a armar para culpá-la do roubo do dinheiro de Clarice.

Travis baixou a voz em um tom conspiratório.

— Além disso, Tucson é um lugar ótimo. Os policiais me colocaram aqui pela semana toda: HBO grátis, serviço de quarto. Tudo para contar qualquer coisa que souber sobre você.

Ela ergueu o rosto para ele, piscando com os cílios densos e os olhos arregalados e vulneráveis. Eu fiquei impressionada: na minha época, eu era a rainha do olhar "filhote de cachorro abandonado na chuva". Se conseguisse chorar de propósito, Emma ia me dar uma surra.

— Por que está fazendo isso comigo? — Ela imprimiu um leve tremor à voz, fingindo enxugar o canto do olho.

Travis olhou para os lados como se procurasse bisbilhoteiros. Depois se inclinou para a frente, colocando a boca bem perto do ouvido dela como se fosse compartilhar um segredo. Seu hálito era rançoso de açúcar e maconha.

— O problema, Emma, é que você é uma verdadeira vadia.

Emma precisou de toda a sua força de vontade para não dar um tapa na cara de Travis. Mas tinha de se fazer de boazinha. Seus lábios se entreabriram de leve, ela apoiou a mão no bíceps exposto dele. Os olhos de Travis se voltaram para o ponto onde ela o tocava.

— Estou desesperada — sussurrou ela, ignorando a onda de bile no fundo de sua garganta. — Faço qualquer coisa. Você precisa me ajudar, Travis. Você é o único que pode fazer isso.

Ele a olhou com uma expressão vazia por um instante, a malícia superada pela surpresa. Ela correu os olhos pelo corpo dele, avaliando-o, tentando parecer sedutora, procurando a característica silhueta retangular de seu telefone. *Ali*. Estava no bolso da frente, pressionado contra o quadril.

Um leve sorriso se abriu no rosto dele.

— Qualquer coisa, hein? — Ele se afastou um pouco da porta, deixando-a aberta para Emma entrar. Quando ela passou, ele lhe deu um tapa na bunda e ela se sobressaltou. Seu estômago se revirou. Por um momento, ela se perguntou se estava cometendo um grande erro. Travis era perigoso.

Mas Emma também era forte. E ela precisava daquele telefone.

Ela ergueu a mão para tirar a peruca que coçava da cabeça, mas Travis a segurou.

— Deixe — murmurou ele, com o hálito quente no rosto de Emma. — Eu gosto.

Emma baixou as mãos para os quadris de Travis, deixando a peruca loura onde estava. Lentamente, enfiou as mãos nos bolsos de Travis. Os olhos dele se fecharam, sua respiração se acelerou. Os dedos dela passaram por moedas e por um saquinho com algo que ela teve certeza de que era maconha antes de se fecharem sobre o plástico duro do telefone. Quando ela o arrancou do bolso, os olhos de Travis se abriram.

— O quê... — Mas ele não conseguiu terminar a pergunta. Emma deu uma joelhada na virilha dele com toda a força. Ele ficou vesgo e caiu para trás na cama, com a mão entre as pernas.

Emma estava do lado de fora e batendo a porta atrás de si antes que ele nem sequer conseguisse se mover, descendo a escada de três em três degraus, com a adrenalina correndo pelas veias. Quando ele abriu a porta, ela já estava no térreo.

— Sua vadia louca! — gritou Travis, mancando em direção a ela. — Eu vou matar você!

— Pode entrar na fila! — gritou Emma por cima do ombro enquanto saía correndo. Ela contornou um homem com marcas de acne que usava o blazer de poliéster de funcionário do hotel, depois atravessou correndo o estacionamento, pulando sobre canteiros e desviando-se de carros. Os músculos de suas pernas ardiam, mas ela mal percebeu. Por um instante, sentiu-se capaz de voar.

E eu voava bem ao lado dela, entoando seu nome como um grito de guerra. Finalmente, minha irmã colocara as mãos em algo que podia limpar seu nome. E, finalmente, conseguira atingir Travis *exatamente* onde doía.

26

MOSTRE-NOS SUAS MENSAGENS

Emma entrou correndo no quarto de Ethan meia hora depois, segurando com força o celular de Travis. Ele se levantou sobressaltado da cadeira à escrivaninha, a boca aberta em sinal de surpresa. Ela arrancou a peruca da cabeça e a jogou no chão, vitoriosa, incapaz de tirar o sorriso do rosto.

Ethan fixou os olhos no BlackBerry que Emma segurava, depois ergueu o rosto para ela com uma expressão questionadora.

– O quê...

– É o telefone de Travis! – Ela explicou rapidamente o que tinha acontecido, deixando de fora o fato de que tivera de fingir seduzi-lo.

– Emma, você é incrível! – Ethan pegou o celular, abrindo um sorriso. Ela se deixou cair na ponta da cama dele, passando os dedos pelo cabelo despenteado. Não havia sabão suficiente no mundo para apagar a lembrança de Travis de sua pele, mas tinha valido a pena. Ela conseguira o telefone.

Os dedos de Ethan dançaram sobre as teclas do BlackBerry, e ela prendeu a respiração, observando-o com cuidado. Após um instante, ele balançou a cabeça.

— Parece que o histórico de mensagens e de e-mails foi deletado recentemente.

O coração de Emma ficou apertado

— Então foi tudo em vão?

— Não necessariamente. — Ethan tirou o cartão de memória da fenda no telefone e o segurou entre o polegar e o indicador. — Essas coisas ficam gravadas para sempre, se você souber como procurar. E por acaso seu namorado é uma espécie de gênio da tecnologia. — Ele abriu um sorriso para ela quando se aproximou do computador.

— O que você está fazendo? — disse Emma.

Ethan parou.

— Conectando ao computador. Não quer ver o que tem dentro?

— Mas... não seria melhor levarmos para a biblioteca ou algo assim? — A ansiedade tomou conta de Emma. — E se alguém puder rastrear seu computador? Não quero que pareça que você teve algo a ver com esse roubo.

Ele balançou a cabeça, impaciente.

— A biblioteca mais próxima está fechada até amanhã. Não podemos esperar até lá. Emma, isso pode responder a toda as nossas perguntas. Pode ser a solução que estamos procurando!

Ela esfregou os olhos com as palmas das mãos. Depois assentiu.

— Tubo bem. Você está certo. Conecte.

Ethan se voltou para o laptop, inseriu o cartão em um pequeno aparelho e o plugou na entrada USB. Na mesma hora, uma janela apareceu na tela, listando o conteúdo do telefone. Ethan clicou para ver todos os arquivos de uma só vez: e ficou vermelho vivo quando toda a coleção de pornografia de Travis se abriu na tela.

Ele se jogou para a frente, cobrindo o monitor com o torso para escondê-lo dos olhos dela.

— Desculpe — murmurou ele, tentando fechar todas as imagens. O rosto de Emma também queimava, mas ela não conseguiu conter uma risada nervosa.

— Tudo isso estava no *telefone* dele?! — exclamou ela. — Tipo, é isso que ele leva para onde vai?

— Só me deixe... — Ethan continuava escondendo o monitor com o corpo, digitando furiosamente. Sua nuca estava escarlate. E, de repente, Emma não conseguiu se segurar e riu. Depois de tudo o que ela havia passado, depois de tudo o que tinha acontecido, eles estavam muito perto da verdade. Só o que os impedia eram algumas centenas de fotos de peitos.

Quando Ethan conseguiu fechar todas as fotos, Emma tinha controlado o riso. Ela se aproximou da escrivaninha e colocou a mão no ombro dele. Ele ainda estava muito vermelho de constrangimento e evitava olhar para ela.

— Foi como se meu pior pesadelo tivesse se tornado realidade — murmurou ele.

Ela olhou o monitor por cima do ombro dele.

— Havia espaço para mais alguma coisa no telefone dele?

— Vamos descobrir agora. — Os dedos de Ethan voaram habilmente sobre o teclado. Ele digitou vários comandos que ela não entendia, depois parou por um instante antes de pressionar "enter" com força com o dedo indicador. Páginas de mensagens e e-mails se abriram de imediato. Emma ficou surpresa.

— Então, quem é incrível? — ofegou ela, inclinando-se para beijar a bochecha dele. A vermelhidão em seu rosto, que tinha começado a diminuir, voltou.

As mensagens mais recentes incluíam uma conversa entre Travis e uma garota chamada "Safira", que começara com a frase E AÍ, GATA, O Q VC TÁ USANDO?. Ethan fez uma cara enojada.

— Você morou com esse cara?

— O Serviço de Proteção à Criança e ao Adolescente não me deu muita escolha — disse Emma, aproximando-se. — O que tem no e-mail dele em agosto?

Ethan hesitou.

— Não vamos acidentalmente encontrar fotos dele pelado aqui, não é?

Emma fez uma careta.

— Eu nunca disse que ia ser fácil.

Emma observou Ethan rolar os e-mails até o mês de agosto. Todos os amigos de Travis tinham endereços de e-mail como *markcachorrao69* ou *chefedobagulho*. Ela revirou os olhos. Depois viu. No dia 29 de agosto, alguém chamado *diabo_hollier* enviara uma mensagem com o assunto *Dê uma olhada nisso*.

Ela ergueu um dedo trêmulo para apontar. Os olhos de Ethan se arregalaram.

— Diabo_hollier?

Ela enfiou o cabelo atrás das orelhas, pegando uma mecha e enrolando-a no dedo.

— Abra.

Ethan deu um clique duplo na mensagem.

E aí, cara, achei que você ia gostar desse vídeo da sua doce irmã temporária. Me faça um favor e mostre para ela.

Abaixo havia um link. Emma apostava que agora estava fora do ar, mas tinha certeza de que em agosto ia direto para o vídeo *Sutton no Arizona* que começara tudo aquilo.

— Foi dois dias antes do assassinato — disse ela, com uma sensação congelante descendo sobre o corpo. Aquilo significava que o assassinato de Sutton tinha sido *premeditado*, e não um crime passional ou um acidente. E isso significava que Garrett também estava vigiando Emma; sabia onde ela morava e com quem. Ou seja, ela sempre fora parte do plano.

Travis respondera: *Que parada louca, cara. Valeu pelo link. Mas o que eu ganho se mostrar pra ela?*

Diabo_hollier respondera: *Cinco mil dólares está bom pra você? Mas não conte pra ninguém. Delete estas mensagens. Se Emma sair da cidade, você fez bem seu trabalho. Aí me encontre na rua Speedway, 5784, em Tucson, em quinze de setembro. Estarei lá com o dinheiro.*

O último e-mail era de Travis: *Estou dentro. 15 de setembro. Esteja lá.*

Emma fechou os punhos, enfiando as unhas na pele. Travis a vendera para o assassino de sua irmã por cinco mil dólares.

— Ethan. Você conhece esse endereço?

— Estou pesquisando. — Um mapa se abriu no navegador quando ele procurou o endereço. Ficava nos limites de

Tucson, no lado oeste da cidade. Quando Ethan selecionou a marca no mapa, o nome de um estabelecimento comercial apareceu.

– Que merda – murmurou Ethan.

O endereço que o assassino dera a Travis era do Armazém Rosa Linda.

Lentamente, Emma estendeu a mão por cima de Ethan. Ela abriu a gaveta da escrivaninha e pegou o pequeno chaveiro prateado que eles tinham encontrado no armário de Garrett, colocando-o ao lado do monitor. Ela observou a segunda palavra outra vez.

Foi como se o sangue de Emma se congelasse nas veias. A chave reluzente pendia imóvel entre ela e Ethan, capturando a luz forte do teto. Ali estava: sob os arranhões e os riscos do metal, a segunda palavra de repente ficara clara. Não podia ser nada além de LINDA.

Emma tirou seu celular pré-pago da bolsa. Sem falar, ela discou o número que o site mostrava. Ethan abriu a boca para perguntar o que ela estava fazendo, mas Emma levou um dedo aos lábios. A linha tocou cinco vezes antes que alguém finalmente atendesse.

– Armazém Rosa Linda – disse a voz áspera de um homem no fone. Emma respirou fundo.

– Oi, aqui é a locatária da unidade três-cinco-meia – disse ela, usando um tom de voz enérgico e importante. – Estou ligando para saber quando preciso pagar.

Um silêncio com estática veio do outro lado da linha. Após um momento, a voz áspera respondeu, cheia de ceticismo:

– É o Arthur Smith?

O coração de Emma se desesperou. Tinha a esperança de que estivesse no nome de Garrett; se fosse o caso, só precisava entregar a chave e o telefone de Travis à polícia. Mas é claro que ele tinha coberto seus rastros.

Ela pigarreou.

– Aqui é a *Sra*. Arthur Smith, sim.

– Ah, desculpe, Sra. Smith. – Houve um farfalhar de papéis. – Parece que sua conta está paga até o fim do mês. Vai pagar em dinheiro outra vez?

Emma finalizou a ligação, recolocando o telefone na bolsa. Depois olhou para Ethan, que estava com os olhos arregalados e interrogativos.

– Pegue o seu casaco – disse ela. – Vamos ao Rosa Linda.

Se eu ainda tivesse punhos, teria socado o ar de animação.

Finalmente íamos descobrir o que havia atrás da porta número dois.

27

MEMENTO MORI

O Armazém Rosa Linda ficava em uma parte desolada da estrada, nos limites de Tucson, entre um hotel malcuidado chamado Flamingo e uma loja de bebidas fechada com tábuas nas portas. Na frente do lugar havia uma placa de neon com várias letras queimadas, de forma que só era possível ler ARMA OS LIN. Uma cerca de arame circundava a propriedade, e o arame farpado fora pontilhado de incongruentes laços vermelhos para as festas de fim de ano.

Emma traçava as iniciais da irmã no chaveiro quando Ethan parou no estacionamento. Ela sabia que não iam encontrar móveis velhos ou equipamento de futebol no depósito. O que quer que fosse tinha alguma coisa a ver com Sutton.

Eu também sabia disso. Sentia a verdade quase a meu alcance, como um sonho que se perde da memória ao acordar.

Ethan estacionou o carro e eles saíram para o pátio de terra batida. Fileiras de depósitos fechados e silenciosos espalhavam-se em quatro direções para dentro da escuridão. Não havia mais ninguém lá àquela hora.

— Está pronta? — perguntou Ethan em voz baixa.

— Não sei — admitiu Emma. Ela respirou fundo e o ar seco do deserto encheu seus pulmões, acalmando-a. — Venha — disse ela, apertando a mão dele. — Vamos acabar logo com isto.

Eles começaram a percorrer o corredor de mãos dadas. Os refletores que iluminavam cada depósito faziam sua sombra tremeluzir de forma grotesca pelo chão, deformada e sinistra. Seus passos ecoavam no silêncio. Lá no deserto, um coiote soltou um ganido agudo.

Os números das unidades eram pintados nas portas em laranja vivo, começando no número 100. Emma contou em voz alta enquanto andavam pelos corredores.

— Cento e cinquenta — sussurrou ela. — Duzentos... trezentos... trezentos e cinquenta... deve ser por aqui, Ethan. — Ela enfiou a cabeça por uma curva que dava para outro corredor.

A unidade 356 era igual a todas as outras, com números gravados sobre as articulações da porta de garagem. Emma tinha se inclinado para mexer com o cadeado quando Ethan segurou seu cotovelo.

— Espere — disse ele, entregando-lhe um par de luvas de tricô cor-de-rosa que tirara de um dos bolsos da calça cargo, e que sem dúvida pertenciam a sua mãe. Ele tirou um par de luvas pretas de escalada do outro bolso e as calçou.

— Bem pensado — disse Emma, colocando suas luvas e segurando novamente o cadeado. A chave se encaixou perfeitamente. Com um clique quase inaudível, o cadeado se abriu.

Emma segurou a maçaneta da porta e a puxou para cima com força.

O interior do lugar estava completamente escuro. Ela tateou a parede para encontrar o interruptor, e uma única lâmpada fluorescente no meio da unidade se acendeu. O depósito era grande o suficiente para comportar toda a mobília de um apartamento ou algumas centenas de caixas, mas estava quase vazio.

Quase.

No meio do espaço cavernoso havia um único envelope de papel pardo no chão, bem embaixo da luz. Ao lado dele, um polvo de pelúcia no qual faltava um dos olhos pretos de botão. Emma conhecia aquele polvo. Ela abraçara aquelas pernas azuis de tricô incontáveis vezes quando era pequena, sempre que precisava se reconfortar. Era Socktopus, uma das únicas coisas que ela trouxera consigo de Vegas.

Ela se aproximou devagar, pegando o bicho de pelúcia e olhando para ele. Socktopus estava dentro da sacola que fora roubada do banco do Sabino Canyon na primeira noite de Emma em Tucson. Quem quer que a tivesse pegado agira com rapidez; ela só ficou sozinha por alguns minutos antes que Emma voltasse para procurá-la.

Ethan ficou mais atrás, olhando para a porta aberta de vez em quando, como se temesse que alguém os atacasse.

– O que é isso? – perguntou ele, franzindo a testa.

– Minha mãe comprou para mim – disse Emma. Sua voz estava distante, até para si mesma. – Quando eu era pequena.

Por um instante, o sombrio depósito tinha desaparecido, e ela sentia Becky prendendo duas das pernas do polvo em volta de seu pescoço na loja, deixando-o pendurado como uma pequena capa. *Para proteger você*, explicara Becky, com um raro sorriso iluminando seu rosto bonito.

Emma piscou para afastar as lágrimas e o depósito empoeirado voltou ao foco. Ela enfiou Socktopus debaixo do braço, abaixando-se para pegar o envelope. Por um momento, atrapalhou-se com o fecho; seus dedos estavam duros e desajeitados por causa das luvas. Depois, uma grande pilha de papéis e fotos deslizou para fora. Em cima havia um disco em uma caixa transparente, com o título SUTTON NO ARIZONA escrito em vermelho.

– O vídeo – sussurrou Ethan.

Emma assentiu, mas já estava folheando as páginas sob o disco. Havia uma impressão da primeira mensagem que Emma enviara a Sutton. *Isso vai parecer loucura, mas acho que somos parentes. Temos exatamente a mesma aparência e fazemos aniversário no mesmo dia.* Atrás dessa havia uma página com as senhas do e-mail e do Facebook de Sutton. E depois fotos; uma grossa pilha de fotos em preto e branco.

Emma tinha se acostumado tanto a ver o rosto de Sutton em todo lugar que, por um instante, achou que as fotos eram de sua irmã gêmea. Mas não eram; na primeira, a garota estava atrás de uma bilheteria. O coração de Emma parou por um segundo. Era a montanha-russa New York-New York em Vegas, onde ela trabalhara no verão, antes de ir para Tucson. Na foto, ela contava o troco de um cliente, completamente alheia ao fato de que a lente de alguém estava apontada para ela.

A segunda foto capturara ela e Alex correndo lado a lado em uma trilha do Red Rock Canyon. Outra a mostrava erguendo a mão para pegar alguma coisa na prateleira de cima da biblioteca pública. Em uma quarta, ela entrava na casa de

Clarice, com uma expressão de desânimo completo. As fotos eram granuladas, tiradas clandestinamente em ângulos estranhos, mas ela estava nítida em todas.

A velha Emma era especialista em ficar anônima e invisível, em ser discreta para não se ferir. A velha Emma teria ficado envergonhada ao perceber que alguém a observara por todo aquele tempo.

Mas a nova Emma? A nova Emma estava furiosa.

E eu também.

Emma passou as fotos para trás da pilha de papéis e folheou o restante das páginas. Ela franziu a testa ao ver uma página que era apenas uma lista de números. Por um tempo, ficou sem entender o que estava olhando. Depois reconheceu um dos números.

Era o código do alarme da casa dos Mercer.

Emma ficou perplexa. Abaixo desse estava o código do alarme dos Chamberlain. E, abaixo, outro conjunto de números que ela reconhecia: 0709.

Sete de setembro. O aniversário da Sra. Banerjee.

Nisha dera aquele mesmo código a Emma quase um mês antes, para que ela pudesse acessar os arquivos psiquiátricos do hospital. Emma apostava que também era o código do alarme da casa deles. Garrett o usara para invadir a casa de Nisha, para descobrir o que ela estava escondendo lá, mas o Dr. Banerjee o assustara.

Só que o Dr. Banerjee não estava na cidade.

— Ethan. — Emma ofegou, erguendo a folha de papel. — Podemos entrar na casa de Nisha. Podemos encontrar a prova!

Ethan a encarou.

— Emma, precisamos ir direto à polícia. As coisas que estão aqui são suficientes para prender Garrett.

— Não são, não — argumentou ela. — Não há nada aqui que aponte para Garrett. Esse depósito foi alugado com um nome falso, pago em dinheiro, e aposto que não há nenhuma impressão digital em nada disso — acrescentou ela amargamente. — A única coisa que liga Garrett a esta unidade é a chave que encontramos, e é a nossa palavra contra a dele. Mas o que quer que Nisha tivesse era incriminatório o suficiente para Garrett matá-la.

Ethan suspirou, correu os olhos pelo depósito e, depois, voltou a olhá-la.

— Tudo bem. Você está certa. Passamos na casa de Nisha e procuramos mais uma vez. Depois vamos até a polícia e entregamos o que temos.

Emma assentiu com uma empolgação borbulhando no peito como a água de uma fonte. Ela não se sentia tão leve havia semanas. Eles estavam muito perto; faltavam apenas mais algumas provas para conseguirem provar o que Garrett fizera com sua irmã.

— É melhor deixarmos essas coisas aqui, como as encontramos. O lugar agora é uma cena do crime. — Ela recolocou os papéis e as fotos no envelope de papel pardo e o reposicionou com cuidado no chão. Depois pegou Socktopus, apertando-o contra o peito mais uma vez antes de colocá-lo ao lado do envelope.

Eles trancaram o depósito e voltaram ao carro. Ethan pegou a autoestrada, dirigindo rápido, mas com cuidado. O deserto se espalhava de ambos os lados, sumindo na escuridão a poucos metros da estrada. Emma apertava a chave do depósito.

É isso aí!, gritei em silêncio, desejando poder cumprimentar minha irmã. Finalmente, *finalmente* Garrett ia se dar mal.

28

UMA MENSAGEM DO ALÉM-TÚMULO

Emma empurrou o portão de ferro fundido que levava ao quintal dos Banerjee, seguida por Ethan. A casa estava completamente escura, e as janelas pareciam cavidades oculares vazias. A única luz era a da lua, refletindo na água da piscina, trêmula e cintilante. A imagem a deixou enjoada. Era fácil imaginar Nisha, de barriga para baixo, com o cabelo longo flutuando ao redor.

– Eu detesto este lugar – sussurrou ela. Ethan assentiu. Ele entrelaçou seus dedos aos dela e os apertou.

Duas enormes portas de vidro ligavam o pátio à cozinha. À esquerda, um painel de alarme brilhava com um vermelho suave. Emma se aproximou dele com cautela e os nervos à flor da pele. Não podia se arriscar a cometer um erro. Se o alarme disparasse, o Dr. Banerjee mudaria o código de novo, e como saber qual seria? Por um instante, seus dedos pairaram sobre os números, prestes a digitar 0709. Então ela se lembrou de Garrett, e que ele já tinha invadido a casa.

– O Dr. Banerjee trocou o código – sussurrou ela. – É claro que trocaria, depois de encontrar Garrett na casa. Não existe mais a menor chance de ser o aniversário da Sra. Banerjee.

Ethan ficou aturdido.

– Você está certa. Não podemos... – Mas sua voz morreu quando ela se virou outra vez para o painel. Antes que pudesse duvidar de si mesma, Emma digitou o número 2004. O aniversário de Nisha. Por um instante, nada aconteceu. Ela prendeu a respiração, preparando-se para as sirenes dos alarmes cortando a noite silenciosa, pronta para correr o mais rápido que pudesse e voltar à casa de Ethan.

Mas então, após o que pareceu uma eternidade, a luz verde se acendeu. Ela ouviu um clique suave do lado de dentro da porta. Eles tinham conseguido.

Ela se voltou para Ethan, abrindo um sorriso triunfante. Ele ainda estava boquiaberto, sua cabeça ia do painel para ela e voltava.

– Como você sabia o código certo?

Ela deu de ombros.

– Um palpite.

– Nossa, Emma, você podia ter disparado o alarme.

– Uma garota precisa ter sorte às vezes. Até mesmo eu. – Ela abriu a porta sem fazer barulho e entrou. Seus olhos se ajustaram à escuridão mais profunda da cozinha.

O cômodo fora limpo do piso ao teto desde que ela o vira pela última vez. Um cheiro forte de desinfetante pairava no ar, e os lustres de bronze reluziam à luz fraca. No chão, ao lado da porta, havia uma tigela transbordando de ração de gato.

Segui o olhar de Emma pela cozinha, lembrando-me das festas e dos jantares da equipe de tênis aos quais eu fora na casa de Nisha, ficando na cozinha com meus amigos, comendo palitos de cenoura e fofocando. Agora a casa estava silenciosa e vazia, como se as próprias paredes estivessem de luto.

Uma pequena esfera de luz apareceu do nada. Emma se virou e viu Ethan, segurando uma lanterna de bolso que estava presa a seu chaveiro. Ele a entregou a ela.

– É melhor não acendermos as luzes – sussurrou ele. – Não podemos deixar ninguém nos ver da rua. Vou olhar a sala e o escritório do Dr. Banerjee. Você fica com o quarto dela. Me encontra aqui em cinco minutos?

– Tudo bem – disse Emma, erguendo-se para beijar a bochecha dele. Em seguida ela se virou e desapareceu corredor adentro, lançando o feixe da lanterna à sua frente.

Partículas de poeira rodopiavam à luz clara. Os quadros no corredor pareciam olhá-la de soslaio, grotescos no escuro. Ela se retraiu ao pisar em uma tábua rangente do piso, o som baixo parecendo alto como um alarme no denso silêncio. E se Garrett escolhesse aquele momento para invadir de novo a casa? E se ele chegasse e descobrisse que ela e Ethan tinham sido mais rápidos? Ela estremeceu ao pensar no que ele podia fazer.

Ao chegar ao quarto de Nisha, ela parou. Embora já tivesse revistado aquele quarto uma vez, não conseguia se livrar da sensação de que a prova estava ali. Por causa dos anos que passara no sistema de adoção, ela sabia que o único esconderijo seguro é algo pessoal, próximo a você.

Com o coração batendo contra as costelas, Emma ficou no vão da porta, passando o feixe de luz lentamente sobre os pertences de Nisha, mas tendo o cuidado de evitar a janela. Tudo estava exatamente como da última vez que ela visitara. Frascos cristalinos de perfume ficavam em cima da cômoda, perto de uma pequena coleção de troféus de tênis. As lombadas enrugadas dos livros estavam viradas para fora nas prateleiras, os exemplares organizados e em ordem alfabética, e a colcha estava lisa e arrumada. Ao lado do laptop da Compaq na escrivaninha havia uma caixa de DVD da minissérie *Orgulho e preconceito*; Nisha devia estar assistindo antes de morrer.

Nada parecia fora do lugar. Emma socou as coxas com os punhos, frustrada, perfurando as palmas das mãos com as unhas. Nisha tinha encontrado algo importante, e ainda estava *ali*. Emma sentia. Mas onde teria escondido algo assim?

A ideia lhe ocorreu lentamente, como uma lente se focando aos poucos. A própria Emma tinha escondido muitas coisas; passara a infância protegendo seus poucos tesouros de pais temporários bisbilhoteiros e colegas de quarto cleptomaníacos. Ela inspirou bruscamente, parecia uma resposta muito improvável, muito simples. Mas valia a pena tentar. Movendo-se na ponta dos pés, ela empurrou a porta do banheiro de Nisha. Uma pequena luz noturna brilhava no interruptor ao lado do espelho. Ela se ajoelhou perto do armário e começou a abrir as gavetas.

Ali, no escuro sob a pia, havia uma gigantesca embalagem de Tampax.

Ela congelou, quase temendo se mover. Temendo que sua última esperança decente fosse destruída. Caixas de absorventes internos tinham sido seus esconderijos preferidos durante anos. Mas Nisha não teria o mesmo lugar secreto... ou teria?

Lentamente, ela pegou a caixa. Seu coração parecia ter parado dentro do peito. Ela tateou lá dentro, passando pelas fileiras de caixas individuais, e no fundo seus dedos agarraram alguma coisa que parecia um tubo.

Era uma pasta de papel pardo simples, enrolada em uma espiral firme e presa várias vezes com elástico. A cabeça de Emma girava quando ela retirou os elásticos e alisou a pasta no chão. Preso com um clipe do lado de fora da pasta estava um pedaço de papel de caderno rosa da Hello Kitty. Ela reconheceu a letra bonita de Nisha na hora.

Sutton, sinto muito. Tive um mau pressentimento em relação a isso depois que conversamos e precisei checar. Você precisa saber a verdade.

Prendendo a respiração, ela abriu a pasta.

Na primeira página, as palavras ARQUIVO DO CENTRO MÉDICO DA UNIVERSIDADE DO ARIZONA estavam datilografadas em uma fonte grande em negrito. Sob "departamento", alguém escrevera a palavra *Psiquiátrico* em caneta preta.

Quando vi o nome escrito no formulário ao lado de PACIENTE, a princípio não o registrei. As letras eram como hieróglifos, estranhas e ilegíveis. Mas então a palavra ganhou um doloroso e aterrorizante foco.

O nome acendeu algo em minha memória, com um urro ensurdecedor começou a me puxar de volta para aquela noite no cânion. E eu sabia com uma certeza enjoativa que finalmente, *finalmente*, ia reviver os últimos momentos de minha vida.

29
A ÚLTIMA LEMBRANÇA

Não consigo respirar. A gola aperta minha garganta, esmagando a traqueia. Chuto furiosamente, mas já vejo pontos, e Garrett é forte demais para que eu possa me defender. Muito abaixo de meus pés, o vento corre pela ravina com um uivo perdido e solitário. O rosto de Garrett está a centímetros do meu, contorcido em uma máscara de ira que é quase irreconhecível sob o luar. Eu mal percebo que minha camisa está se rasgando enquanto ele me balança para a frente e para trás. Vou morrer aqui, neste cânion onde acampava com meu pai, onde Thayer e eu tivemos alguns de nossos primeiros beijos, onde Laurel e eu contávamos histórias de terror.

Finalmente, Garrett me solta, e um grito áspero explode das profundezas de meus pulmões, ecoando pelas paredes do cânion.

Mas eu não caio muito longe.

Acabo no chão, jogada aos pés de Garrett. Centímetros atrás de mim, sinto o grande bocejo da ravina. Meu coração urra nos ouvidos, a adrenalina zumbe por meu corpo. Estou viva. Meus dedos agarram a terra, machucados e ardendo. Meu rosto está molhado, e percebo que estou chorando.

Garrett paira acima de mim, estremecendo violentamente como se a força de sua raiva pudesse literalmente parti-lo ao meio. Então ele me olha, com o rosto vermelho e molhado de lágrimas como o meu. Ele também está chorando.

Olho para ele, repentinamente incapaz de me mover, com o coração dilacerado. Ficamos assim por alguns minutos: eu, sentada imóvel na beirada do abismo, Garrett parado ali, ferido e destroçado pela própria raiva. E, apesar de tudo o que aconteceu, sinto pena dele.

Enfim, ele se senta na terra ao meu lado, com as bochechas brilhando pelas lágrimas.

– Desculpe. – Ele estica a mão para me tocar, mas eu me retraio. Ele afasta a mão com uma expressão magoada, como se eu tivesse lhe dado um tapa.

Enxugo meus olhos. O vento incomoda minhas bochechas molhadas de lágrimas.

– Você ia me jogar do abismo? – pergunto, ouvindo minha voz baixa. Garrett me olha com perplexidade.

– Sutton, eu nunca... – Ele se cala. Lentamente, ergue as mãos diante do rosto. O horror toma conta de seu olhar, e é como se ele estivesse vendo as mãos de outra pessoa, como se tivesse acabado de perceber o quanto são fortes e como estão fora de seu controle. Quão perto esteve de me machucar... Ele ergue o rosto de novo, e desta vez é o medo que contrai seus traços. – Não quero machucar ninguém – sussurra ele.

Não digo nada. Não importa mais o que ele quer. Garrett passou muito tempo sendo volátil demais. O ataque a sua irmã desencadeou algo dentro dele, e desde então tem estado descontrolado.

O brilho das estrelas é branco-azulado no céu. Garrett demora a recuperar o fôlego, e mesmo depois que consegue, às vezes um soluço contrai seus pulmões. Em algum lugar próximo ouço galhos se quebrando; provavelmente um gambá ou guaxinim, algum bicho noturno atravessando desajeitado os arbustos.

— Garrett, eu preciso saber. Você... roubou meu carro e me... perseguiu? — pergunto, sem dizer o nome de Thayer por medo de irritá-lo outra vez.

Garrett fica boquiaberto, e já vejo a resposta em seu rosto chocado.

— Alguém roubou seu carro e perseguiu você?

Minha cabeça gira com os mistérios dessa noite interminável.

— É... mais ou menos.

Garrett parece enojado.

— Acha mesmo que eu faria algo assim?

Nossos olhares se encontram. Eu me obrigo a não desviar o meu.

— Não sei mais, Garrett.

Ele morde o lábio com tanta força que uma gota de sangue aparece. Depois, devagar, aproxima-se da ravina até seus pés ficarem pendurados sobre a borda. Seu corpo oscila de leve por causa do álcool que ainda confunde seu cérebro.

— Cuidado, Garrett — digo em um tom nervoso. — É uma queda grande.

Ele olha para mim, e no escuro seus olhos parecem poços insondáveis. Seu rosto estremece em agonia, adquirindo uma expressão agitada e infeliz. De repente, sinto o coração na boca, não sei por quê.

— Não seria mais fácil se a única pessoa que eu machucasse fosse a mim mesmo? — sussurra ele. Outro calafrio o percorre. Seu cabelo está arrepiado como um halo louro ao redor da cabeça, claro contra a ampla escuridão além dele.

— Garrett. — Eu me ajoelho e minhas pernas nuas doem. Os arranhões nos joelhos ardem contra o chão pedregoso. — As coisas vão melhorar. Eu prometo. Mas você precisa sair daí, por mim.

Ele balança a cabeça.

— As coisas não vão melhorar — diz ele suavemente. — Não para mim. — Ele se inclina para a frente com os olhos arregalados fixos no abismo. — Mas talvez eu pudesse torná-las melhores para todos.

O medo que senti instantes antes retorna, mas agora é diferente; agora não temo por mim mesma. Eu me aproximo dele aos poucos.

— Você realmente acredita que Louisa acharia isso? Ou a sua mãe? — O vento vem rodopiando da ravina, passando direto por meu capuz, tão cortante que o sinto nos ossos. — Como acha que se sentiriam se perdessem você? — Engulo em seco. — Como acha que eu me sentiria?

Ouço o leve eco de minha própria voz dançando pelo abismo lá embaixo. Como eu me sentiria? Sei que não amo Garrett. Mas eu me importo com ele. Quando ficamos juntos, achei que podia ajudá-lo a superar as coisas que o tinham ferido. Pensei que se fosse bonita o bastante, charmosa o bastante, engraçada o bastante, eu poderia distraí-lo tanto que ele simplesmente melhoraria.

Agora isso parece um narcisismo insano, até mesmo para mim.

— Por favor, Garrett — digo com a voz trêmula, estendendo a mão para ele. — Saia da beirada, ok? Por favor.

Ele olha para minha mão com uma expressão estranha e distante. Seus olhos parecem ter dificuldade de permanecer focados, sua cabeça oscila sobre o pescoço. Por um momento, ficamos congelados no mesmo lugar, e não consigo respirar.

Então a mão dele segura a minha e meus ombros relaxam de alívio.

A mão dele está úmida, e o sal de seu suor faz arder as picadas e os cortes que acumulei ao longo da noite. Eu o puxo em minha direção, para longe daquele abismo aterrorizante. Garrett cai contra mim. Eu o abraço para equilibrá-lo, e ficamos assim por um tempo. Contra o peito, sinto o tremor que tomou conta do corpo dele.

— É melhor sairmos daqui — sussurra Garrett. O medo parece tê-lo deixado um pouco mais sóbrio. Suas pupilas estão enormes na escuridão, e agora os olhos têm mais foco.

Eu o solto. De repente, sinto-me exausta, meu corpo está mole como o de uma boneca de pano. Por um instante, penso em descer com Garrett. Seu carro deve estar no estacionamento e ele pode me levar em casa. Agora parece estar consciente o bastante para dirigir, e vejo que se sente muito mal, tanto por me maltratar quanto por quase me deixar cair do abismo.

Mas não me sinto segura com ele. Sei o quanto está magoado, e sei que não tem a intenção de ser agressivo, mas venho arranjando desculpas para ele há meses.

— Vá na frente — digo. Minha voz é suave, porém firme. — Quero ficar um tempo sozinha, ok?

Ele franze a testa.

— É perigoso ficar aqui à noite. Acho melhor não deixar você sozinha.

Eu balanço a cabeça.

— Olhe, a noite foi uma loucura. Preciso de um tempo para assimilar tudo, ok? Vou ficar bem. Desço para a casa de Nisha quando estiver pronta para sair daqui. Mas agora preciso de um pouco de espaço.

Garrett não solta minha mão. Só por um instante, ele me encara, e vejo tudo o que quer dizer: o quanto está arrependido, o quanto está triste, o quanto me ama. Desvio os olhos para as luzes brilhantes da cidade.

— Vai me ligar amanhã? — pergunta ele, com um leve tremor na voz.

Hesito. Quero tanto terminar com ele de uma vez por todas. Quero um recomeço quando sair desta montanha. Mas, se o irritar de novo, quem sabe o que ele pode fazer?

— Sim — digo. — Vou ligar amanhã.

Amanhã, quando ele estiver sóbrio, quando não estivermos mais no meio do nada, vou terminar tudo de uma vez. Vou terminar com ele e dizer que a decisão é definitiva. Mas por enquanto isso é o melhor que posso fazer.

Ele estende a mão para segurar a minha. Ficamos assim por um minuto, com ele segurando meus dedos em sua mão. Algo em sua atitude, a doçura que ele demonstra e até mesmo seu arrependimento, mexe com o meu coração. Em seguida ele se afasta, ainda um pouco cambaleante, e vira as costas sem dizer uma palavra, descendo a trilha devagar até o estacionamento. Consigo ouvi-lo mesmo depois que desaparece de vista, quebrando galhos e tropeçando.

Um profundo silêncio recai sobre o cânion quando ele vai embora. Todos os sons da cidade — cachorros latindo, sirenes e motos — se calaram.

É uma sensação estranha. Passo o dia inteiro cercada de vozes que me dizem qual é o meu lugar, o que eu deveria fazer, quem eu sou. Mas nesta noite, neste profundo e escuro silêncio, posso decidir isso por conta própria. Subo em uma pedra baixa e olho a cidade. Daqui de cima, é linda e calma. As pessoas dormem em suas camas, sem jamais suspeitar que uma garota solitária está observando as luzes intermitentes do lado de fora de suas casas.

Só estou aqui há algumas horas, mas parece que se passaram anos. Descobri muita coisa esta noite, sobre quem sou e de onde vim. Sobre quem quero ser. É difícil saber o que o amanhã trará; vou ter de encarar meu pai de novo, depois de descobrir seus segredos. Terei de encarar Laurel, que passou a noite na emergência com Thayer. Então penso no rascunho do e-mail em meu telefone. Abro-o rapidamente, mas, como eu suspeitava, no canto superior da tela as palavras SEM SERVIÇO *estão piscando. Eu o releio e sinto um pequeno calafrio. Cada palavra é verdadeira. Assim que tiver sinal outra vez, vou enviá-lo para Thayer. E minha irmã gêmea secreta... vou encontrá-la, mesmo que seja a última coisa que eu faça.*

E em meu corpo dolorido e rígido, tenho uma sensação de paz. Tudo vai ser diferente a partir de amanhã.

Eu me levanto, limpando a terra das coxas. Já chega de examinar minha consciência por esta noite. Está na hora de colocar o pijama e tomar uma xícara do chá de hortelã da mamãe. Hora de descer da montanha e achar uma carona para casa.

Mas alguém pigarreia atrás de mim.

Eu me viro devagar e vejo um cara parado ali. Ele é alto, tem maçãs do rosto proeminentes e cabelo escuro. Sua bermuda de caminhada desfiada exibe as panturrilhas musculosas. Nas mãos, usa luvas pretas de escalada, e um sorriso tímido brinca em seus lábios.

É Ethan Landry.

— Ah, oi — digo, olhando por cima do ombro, surpresa. — O que está fazendo aqui?

Mesmo sob o luar fraco, vejo-o corar. Ele chuta uma pedra com a ponta do tênis.

— Desculpe por assustá-la. Da minha casa dava para ver você na trilha — diz ele, apontando para a escuridão abaixo de nós. — Eu estava observando as estrelas. Hoje vai ter uma chuva de meteoros.

— *Ah.*

Ethan me observa atentamente, e de repente me sinto envergonhada. Há sangue seco na perna onde me ralei, e caí na terra uma meia dúzia de vezes. Passo os dedos pelo cabelo e acabo puxando uma folha.

Ethan se aproxima, e o vejo com mais clareza. Sua testa está franzida de preocupação. É estranho ele sair tão tarde, mas Ethan sempre foi meio esquisito; eu lembro que ele andava com uma tarântula dentro de um pote no nono ano e se encrencava durante a aula de educação física por ficar olhando as flores do lado de fora do campo quando deveria estar jogando beisebol. Ele não é exatamente do meu círculo de amigos; é bem gatinho, mas sempre foi muito tímido. Então, há pouco tempo, ele esbarrou em um trote do Jogo da Mentira que saíra de controle. Foi o maldito filme de assassinato de Laurel, e Ethan a afastara de mim e depois ficara comigo enquanto eu me acalmava.

Agora ele troca o peso de um pé para outro, enfiando as mãos nos bolsos.

— *Você está bem? Parece... hum, parece que teve uma longa noite.*

— *Ah, sim... eu estou bem.* — *Meu sorriso vacila um pouco, depois desaparece.* — *É que foi uma noite muito estranha, só isso.*

Ele toca meu ombro. Sinto sua mão quente através da camisa.

— *Quer conversar sobre isso?*

E, de repente, vejo que quero conversar. Com a voz trêmula e fraca, conto tudo a ele. A vinda de Thayer à cidade, nossa briga e o atropelamento dele. Conto que meu pai é meu avô e que Becky apareceu depois que eu passara tanto tempo querendo saber quem era minha mãe biológica. Falo que Garrett estava perdendo o controle, tão furioso e triste que atacava tudo à sua volta. Conto a ele tudo o que tem me incomodado. Ethan não tenta me interromper ou dar conselhos.

Apenas assente de vez em quando, observando-me atentamente através de seus cílios longos.

— Eu me sinto uma pessoa diferente da que subiu aqui — finalizo. — Sei que é ridículo. Mas aconteceu muita coisa.

— Não é ridículo — diz ele. — Você passou por muita coisa esta noite. — Os olhos dele estão focados no meu rosto. De repente, vejo que acabei de contar a ele coisas que não estou pronta para contar nem para minhas melhores amigas; e mal o conheço. Isso me deixa meio nervosa. Mas Ethan é um ótimo ouvinte, e nunca contou a ninguém sobre o filme de assassinato. Sinto que posso confiar nele, como se tivéssemos um acordo tácito. Quando ele coloca o braço em volta de meu ombro, eu me sinto segura pela primeira vez naquela noite.

— Por favor, não conte a ninguém — sussurro. — Ainda não quero que as pessoas saibam disso tudo.

— Claro — diz ele. — Vou guardar todos os seus segredos, Sutton.

Abro um sorriso. Estou muito mais leve depois de desabafar tudo o que aconteceu. Confiar em Ethan é tão natural, tão confortável, que me pergunto como estudamos juntos desde crianças e mesmo assim mal nos falamos durante todo esse tempo. Ele é sempre muito quieto, quase antissocial. Mas, enfim, eu também não devo ter parecido a pessoa mais amigável para ele.

Quanto mais penso nisso, mais percebo que não foi só na escola que vi Ethan. Já nos cruzamos inúmeras vezes em cafés, no cinema. Às vezes ele está sozinho no parque quando vou para as quadras de tênis, sentado em um banco lendo o jornal. Passamos anos orbitando os mesmos ambientes e nunca nos conectamos. Até esta noite.

Sorrio para ele.

— Nunca tive a chance de agradecer. Por, sabe, me ajudar naquela noite, quando as minhas amigas estavam me passando um trote.

Ele dá de ombros.

— *Vocês fazem umas brincadeiras pesadas umas com as outras.*

— *É.* — *Solto uma risada envergonhada.* — *Aquela saiu mesmo do controle.*

— *Amigos não devem machucar uns aos outros daquele jeito.* — *A voz dele sai estranhamente embargada. Coloco o braço ao redor de sua cintura e o abraço.*

— *Você está certo* — *digo suavemente.* — *Temos de poder contar com nossos amigos.*

Agora as estrelas estão vibrantes no céu. Ergo a cabeça para olhar sua luz brilhante. Uma em particular chama a minha atenção, é de um tom de branco puro e tão firme que não pisca como as outras. É tão linda que, por um instante, não noto a mão de Ethan em meu queixo. Então ele se inclina em minha direção, seus lábios são macios contra os meus.

Um choque de surpresa percorre meu corpo. Ethan Landry não é um garoto que já me imaginei beijando. Por um momento, fico tão perplexa que não me movo. Em seguida coloco as mãos em seu peito e o afasto com delicadeza.

— *Ah, Ethan, não. Sinto muito se fiz alguma coisa que lhe deu uma impressão errada, mas é que eu... eu gosto de você como amigo.* — *Minha voz é o mais suave possível.* — *Estou apaixonada pelo Thayer.*

— *Não diga isso, Sutton* — *murmura ele. Eu o encaro, e seus olhos estão cheios de uma doçura sincera.* — *Eu sou apaixonado por você há anos.*

— *Apaixonado por mim?* — *É inevitável. Começo a rir. É um riso agudo e cruel até mesmo para mim, e me sinto mal no mesmo instante.* — *Você nem me conhece* — *digo, baixando a voz.*

— *Conheço, sim. Sei tudo sobre você* — *diz ele. Sua voz está estranhamente calma e autoritária, como se não houvesse espaço para discussões. Como se ele pudesse me convencer a amá-lo ao debater comigo.* — Sei que você passou o verão inteiro tentando dormir com Garrett Austin. Sei que tem saído escondida com Thayer Vega. Nenhum dos dois a merece, mas parece que você não vê isso. Sei que é adotada e que sempre sentiu que sua família não podia amá-la tanto quanto ama Laurel. Sei que tem medo de que Nisha lhe tire o título estadual neste outono, porque você mal treinou no verão. Sei que precisa ser temida por suas amigas para não se aproximarem demais e você não precisar sofrer se elas um dia a abandonarem.

Fico boquiaberta. Em algum lugar de minha mente, um alarme soa. Só pode ser algum tipo de piada. Algum tipo de trote. Mas ele não terminou:

— E sei de algo que você não sabe. — *Um sorriso se insinua pelos cantos de sua boca, como se ele tivesse esperado muito tempo para me contar isso.* — Sei onde está sua irmã gêmea, Emma. Eu a observo há semanas. Eu a encontrei para você, Sutton.

Por um segundo, fico paralisada. Então vem a raiva, uma pontada rápida e selvagem. Eu nem sequer sabia da existência de Emma até horas antes. Como ele sabia?

— Você estava aqui me espionando? — *Minha voz ressoa com um tom duro. Eu me afasto dele, dando um passo para trás.* — Isso não é legal, Ethan.

Uma sombra passa por seu rosto.

— Você está me ouvindo? Eu encontrei Emma. Para você. Sabe como foi difícil fazer isso? Até fui a Las Vegas para ter certeza de que era a garota certa. É impressionante, vocês são absolutamente idênticas.

— Essa não é a questão! — *Meus músculos se tensionam. Há algo errado aqui.* — Ethan, não sei como você descobriu sobre Emma, mas...

— Eu já disse. — *A voz dele é calma, mas insistente, como se estivesse discutindo com uma criança.* — Eu a encontrei para você. Porque amo você.

Fico mais enjoada a cada vez que ele fala isso. Há quanto tempo está me seguindo? Ouvindo minhas conversas? Ele sabe coisas sobre mim que não contei nem a minhas melhores amigas. Coisas que não contei nem a Thayer. Como se estivesse planejando dar minha irmã a mim, como um presente; como se ela fosse um objeto. Mas talvez também seja assim que ele me vê. Como algo a ser conquistado.

— Minha nossa, Ethan. — *Eu balanço a cabeça, com a boca retorcida pela aversão.* — Acho que você não sabe o que é amor.

Então viro as costas, determinada a descer a montanha, mas a mão dele se estica com rapidez e segura meu pulso. Ele me puxa para si, aproximando-se para me beijar outra vez. Sua boca é quase enjoativamente doce. Sou tomada pelo pânico e, antes que consiga pensar, mordo seu lábio, com força. Ele me joga no chão, levando a mão à boca, com dor.

— Você está louco?! — *grito. Então vejo seus olhos, com os cílios longos e escuros. Vazios e implacáveis. E percebo: ele está.*

Eu me arrasto para longe dele, ficando de pé quando ele avança em minha direção, e começo a descer a trilha correndo, tentando nos distanciar. Cactos e arbustos espinhosos arranham meus tornozelos. Atrás de mim, sinto Ethan mais do que o escuto: seus pés quase não fazem barulho na terra batida, mas sinto sua presença atrás de mim, com as mãos a poucos centímetros de distância. Relembro os faróis na escuridão, vindo para cima de mim e de Thayer: meu carro. De repente, tenho certeza de que era Ethan atrás do volante.

Mas sou mais rápida que ele. Quando pulo com leveza por cima de uma pedra, faço uma nota mental para agradecer à treinadora Maggie por todos os exercícios de corrida que ela me obrigou a fazer.

Vou conseguir me livrar dele; vou voltar ao centro de visitantes e, no instante em que tiver sinal no celular, vou ligar para a polícia e jogar esse louco na cadeia. Vou voltar para minha família em casa, para Thayer, e vou esquecer esta noite horrível para sempre.

Meu tênis se prende em alguma coisa, vira, e meus pés dançam perigosamente enquanto tento manter o equilíbrio. À esquerda, a ravina se abre avidamente. Antes que eu consiga me mover, ele me segura pela cintura, colocando-me de pé. Sua respiração é quente contra minha orelha.

— Não entendo por que está lutando contra isso — vocifera ele, me apertando tanto que não consigo respirar. — Você deveria me amar! Deveríamos ficar juntos.

Ele me vira para si, com os dentes expostos em sinal de frustração. Abaixo de nós, ouço o vento uivando através do abismo. Meus pés derrapam no cascalho, lembrando o som de gotas de chuva ao cair. Eu grito, minha voz atravessa a noite. Uma explosão de raiva percorre meu corpo, mais quente que o medo. Ele é um mentiroso, um manipulador e tem me perseguido.

— Eu nunca vou amar você — sussurro, cuspindo em seu rosto.

Ethan solta um urro de raiva e torce meus pulsos com tanta força que espasmos de dor sobem por meu braço. Eu me contorço para me soltar, e por um momento ficamos imóveis, lutando em silêncio pelo controle.

Então meus pés escorregam, meu corpo se solta do domínio dele e começo a cair. A última coisa que vejo é seu rosto pálido e perplexo, sua mão ainda esticada para mim. Então a escuridão me engole, e o mundo torna-se apenas vento e pedra.

Eu caio. Ou melhor, eu giro pelo ar. Meu corpo bate em todas as protuberâncias de pedra e em todos os galhos. Eu me debato, tentando me segurar em qualquer coisa. Por um minuto, meus dedos se fecham sobre um aglomerado de raízes expostas. Então as raízes se desprendem da terra e a gravidade me pega outra vez.

Quando bato no chão, meus pulmões arranham meu peito pelo que parece uma eternidade antes que eu consiga respirar. O mundo brilha de agonia, cintilante e surreal. Quando meus olhos conseguem focar outra vez, vejo um fragmento de osso projetando-se de minha perna.

Em algum lugar próximo, ouço algo se mover. Tento me apoiar nos cotovelos, mas tudo ao redor fica branco com o esforço. Suor e sangue escorrem por meu rosto. E ali está ele, parado diante de mim. Ethan.

— Por favor, me ajude — peço em uma voz áspera. — Minha perna está quebrada. Não consigo andar.

Ethan se ajoelha ao meu lado. Por um instante, seu rosto fica escondido pelas sombras. Ele se movimenta ao meu redor; não consigo ver o que está fazendo. Toda vez que tento mover a cabeça, o mundo gira. Mas aí uma luz fria ilumina os ângulos do rosto dele. Ele tirou meu iPhone da bolsa; vejo as bolinhas da capa Kate Spade.

— Não tem sinal aqui embaixo — digo. A dor se propaga pela minha perna em ondas terríveis. — Por favor. Você precisa voltar até o estacionamento e ligar para a emergência.

Ethan olha para mim com o rosto estranhamente vazio, iluminado pelo brilho eletrônico do telefone. É quase como se não me reconhecesse. Por algum motivo, isso me assusta mais que qualquer coisa que aconteceu no topo do abismo. Começo a chorar, meu corpo se sacode em soluços engasgados e dolorosos.

— Não acredito que você me obrigou a fazer isso — diz ele em um tom vazio de decepção. — Depois de tudo o que fiz por você. Eu não queria isto. Achei que você era diferente, Sutton.

Então ele se ajoelha ao meu lado, mexendo na gola de minha camisa. Seus dedos seguram o relicário em meu pescoço, e ele puxa com tanta força que a corrente se rompe.

— *Devolva!* — *grito, com a respiração irregular.* — *Devolva, seu imbecil!* — *Mas ele já se afastou de mim, entrando nas sombras. O suave cintilar das estrelas se tornou pulsante e rítmico. Elas latejam junto com meu coração, acendendo e depois se apagando, acendendo e apagando.*

Então ele volta, surgindo acima de mim. Não passa de uma forma escura bloqueando as estrelas atrás dele. Há uma pedra irregular e pontiaguda em suas mãos. Ele a ergue bem no alto.

— *Se eu não posso ter você, então ninguém pode* — *diz ele.*

Fecho os olhos, mas mesmo assim ouço o assobio pelo ar quando ele golpeia minha cabeça.

Antes que eu nem sequer consiga gritar, o mundo explode em luz, o grand finale *de uma queima de fogos na praia, e então, com a mesma rapidez, o mundo repentina e finalmente escurece.*

30

O ENVELOPE, POR FAVOR

Emma olhou o registro em sua mão. Escrito em tinta preta na parte de cima do formulário estava o nome do paciente.

Ethan Landry.

Por um momento, pensou em recolocar os papéis no envelope e na caixa de Tampax debaixo da pia. Já tivera a chance de olhar uma vez, quando tinha entrado escondida no hospital, cerca de um mês antes. Mas escolhera não invadir a privacidade de Ethan; e continuava sem querer fazê-lo.

Ethan fora honesto com ela sobre tudo aquilo. Quando ela perguntara sobre a ficha, ele tinha contado a história: que seu pai vinha batendo na mãe, e que ele havia interferido, batendo na cabeça do pai com uma garrafa de cerveja; mas que a mãe ligara para a polícia denunciando Ethan e não o pai. Ela o descrevera como "violento" e o internara na ala psiquiátrica. O coração de Emma ficava apertado só de pensar nisso. De certa forma, Ethan fora abandonado pela família, assim como ela.

Mas ela passou os olhos mais uma vez pelo bilhete de Nisha. *Sutton, sinto muito.* Tinha certeza de que a evidência que Nisha encontrara era algum tipo de prova de que Garrett tinha matado Sutton. Mas era óbvio pelo bilhete que Nisha não fazia ideia de que Sutton estava morta. Então por que ligara e mandara mensagens de forma tão intensa? Por que Garrett tinha ido matá-la se ela não tinha provas contra ele? Os dedos de Emma seguraram a pasta com força. Ela não entendia nada naquela história.

Mas eu entendia.

"Saia daí!", gritei, tomada pelo terror. O mundo estava de cabeça para baixo. Minha irmã estava sozinha em uma casa com meu assassino e confiava nele. Ela *o amava*. Não suspeitava de nada.

Emma mordeu o lábio. O que quer que Nisha tivesse visto na ficha de Ethan claramente a deixara apavorada, mesmo que não tivesse nada a ver com o assassinato de Sutton. Ela olhou para o quarto. Era possível ouvir o movimento do outro lado da casa, com gavetas sendo abertas e fechadas enquanto Ethan vasculhava o escritório do Dr. Banerjee. Da maneira mais silenciosa que pôde, ela trancou a porta do banheiro e começou a ler.

MOTIVO PARA O TRATAMENTO: *O paciente foi trazido à nossa instituição para serviços psiquiátricos ordenados pela justiça após a mudança de sua família para Tucson. Foi uma condição para a absolvição de Ethan pela Vara de Família de San Diego.*

O sangue de Emma gelou. Ela olhou para a data no cabeçalho do registro. Fazia quase oito anos; Ethan tinha dez anos. Era uma criança. O que ele podia ter feito aos dez anos que exigisse absolvição?

Em abril, Ethan (com dez anos na época) foi visto brincando com uma menina da vizinhança (de oito anos) em um aqueduto perto da casa deles em San Diego. Um funcionário da prefeitura designado para limpar uma vala de escoamento próxima afirmou ter presenciado Ethan estrangulando a menina, mas quando conseguiu interferir ela já estava morta.

Ao ser entrevistado pela polícia, Ethan alegou que só estava brincando e que não tivera a intenção de matar a garota. Por conta de sua idade, ele foi julgado pela Vara de Família, onde foi absolvido por homicídio culposo. Percebeu-se que Ethan demonstrou remorso pelo que alegava ser um acidente e que não conhecia bem a própria força quando brincava com a vítima.

Emma sentia que algo tinha se fechado sobre seus pulmões. Algo frio, metálico e doloroso. Aquilo não era o que Ethan tinha lhe contado. Por um instante, ela pensou que devia ser um erro ou uma piada. Talvez Nisha estivesse tentando entrar no Jogo da Mentira e tivesse forjado aquilo para pregar uma peça nela. Mas em seu inconsciente Emma sabia que o registro era verdadeiro. Os papéis tremiam em seus dedos. Ela virou a página rapidamente, com a respiração entrecortada e pesada.

Ao longo de nossas sessões, Ethan me confidenciou que considerava a falecida sua "melhor amiga", mas que ela vinha brincando com outra criança da vizinhança antes de sua morte. Muitas vezes, ele me disse que "não se deve ter mais de um melhor amigo". No fim, Ethan me confessou que tinha matado Elizabeth Pascal de propósito e que depois teria mentido para as autoridades. Devido à cláusula de non bis in idem, *não posso fazer essa observação para a justiça, pois Ethan já foi absolvido.*

Com os pensamentos confusos, Emma balançou a cabeça como se alguém estivesse lendo aquelas observações em voz alta para ela. O psiquiatra só podia estar errado. Devia ter entendido mal o que Ethan lhe contara. A morte da menina fora um acidente, um erro. E Ethan vinha carregando essa culpa a vida inteira. Não era de estranhar que não quisera contar a verdade a Emma. Ele devia ser atormentado por aquela lembrança. Ela continuou lendo, agora mais rápido, procurando as palavras que refletissem *seu* Ethan, aquele garoto carinhoso e atencioso por quem tinha se apaixonado.

Ethan tem um incrível talento para manipular uma plateia. Eu o peguei em várias mentiras nos últimos seis meses, todas criadas para manipular minha opinião a respeito dele. Em nossas primeiras sessões, ele parecia confuso e triste pelo que fizera; mas quando teve certeza de que eu não podia fazer nada para indiciá-lo não conseguiu resistir e me contou os detalhes do que agora deveria ser chamado de assassinato. Ele tem uma necessidade de exibir e revelar a profundidade de sua própria inteligência, que neste caso levou à confissão de um crime pelo qual ele não pode mais ser acusado. Em minha opinião, Ethan tem um distúrbio de personalidade antissocial com tendências obsessivas, beirando a psicopatia. É provável que volte a exibir comportamento violento.

Ela passou as páginas do relatório, procurando uma observação que dissesse que aquilo obviamente fora um grande erro, que Ethan Landry não seria capaz de matar uma mosca. Tentou encontrar a palavra CURADO carimbada sobre a página em tinta verde. Mas as transcrições anexadas ao relatório não pareciam mudar a opinião do médico. *"Se ela não ia ser minha amiga, não importava mais. Ela mereceu o que aconteceu"*, disse Ethan em uma das sessões. Em outra, ele se gabou: *"Os policiais de San Diego são burros. É muito fácil enganá-los. Você também é muito burro, Dr. White, mas tudo bem. Eu gosto de conversar com você mesmo assim."*

O gosto de bile encheu a boca de Emma. Enquanto sua cabeça girava, criando uma série de desculpas e explicações (aquele não era *seu* Ethan, o psiquiatra estava errado, os relatórios eram falsos), em algum canto escuro de sua mente, pensamentos caíam uns sobre os outros como dominós.

Ethan era o único que sabia que ela não era Sutton. Ninguém entre os amigos e familiares de Sutton tinha descoberto. Mas Ethan, um garoto que Sutton mal conhecia, confrontara Emma na primeira semana em Tucson. *Você não é quem diz ser*, afirmara ele. *Você não é a Sutton. É outra pessoa.* Ela se lembrou, com um medo gélido e enjoativo, de que imediatamente o acusara de matar a irmã; de que outro jeito ele podia saber que Sutton estava morta? Ele tinha se retraído como se ela tivesse lhe dado um tapa, ficando pálido. *A Sutton está morta?*, repetira ele, claramente chocado. E Emma, a crédula e ingênua Emma, não o questionara outra vez. Ela simplesmente havia desabado e contado a ele a história toda, desesperada para ter um aliado.

Outro dominó caiu. Ethan morava de frente para o cânion. Tinha um telescópio que estava sempre virado naquela direção. Estava perfeitamente posicionado para observar Sutton na última noite de sua vida; e para ver Emma chegar e deixar sua bolsa no banco do parque.

O tempo congelou enquanto Emma repassava às pressas os últimos quatro meses, revendo cada momento, cada conversa com Ethan. Ele lhe dera informações e a encorajara a ir atrás de vários suspeitos. Havia tentado mantê-la longe de Thayer e depois de Garrett. Ficara desesperado para evitar que ela entrasse na casa de Nisha quando ela queria procurar provas. Ethan havia chegado tarde ao jantar dos Mercer na noite em que Nisha morrera e não fora à aula naquele dia. E ela sabia que ele era um excelente hacker.

Seu coração congelou dentro do peito, duro e metálico, carregado de certeza. Ethan tinha matado Nisha. Ethan tinha matado sua irmã.

E agora ela estava sozinha com ele em uma casa escura.

Passos ecoaram na cozinha, e Emma ficou paralisada.

– Aqui, gatinho. – Veio a voz de Ethan. Estava estranhamente distorcida, como se pertencesse a um estranho. Emma ouviu furtivamente, depois revirou a bolsa em busca do celular pré-pago.

Suas mãos tremiam tanto que ela precisou tentar algumas vezes antes de conseguir discar o número certo. Quando a linha começou a chamar, ela enfiou o punho na boca para controlar um soluço.

– Alô? – A voz de Laurel cortou o denso silêncio. Emma se retraiu, cobrindo o fone com uma das mãos. No final do corredor, ela ouviu algo cair sobre os ladrilhos. – Alô? Quem é?

– Sou eu – sussurrou. Ela colocou a mão ao redor da boca, com os nós dos dedos brancos ao redor do aparelho. – Emma.

– Emma? – A voz de Laurel se elevou uma oitava. – O que está acontecendo? Você está bem?

— Laurel — ofegou Emma, engolindo um soluço agitado. — É o Ethan. Foi ele, tem uns arquivos na casa de Nisha, e parece que ele já tinha matado alguém antes.

— Emma, espere, fale mais devagar — instruiu Laurel.

Mas Emma não podia parar, as palavras iam saindo de sua boca,

— Não sei o que fazer. Estou sozinha na casa de Nisha com ele...

Emma se calou quando passos ressoaram no corredor. Seu maxilar começou a tremer. Ela se atrapalhou com o telefone, depois apertou o botão de desligar e o enfiou no fundo da bolsa. A pasta ainda estava em suas mãos. Ela olhou desesperadamente ao redor do cômodo, procurando algum lugar para colocá-la. Do outro lado da porta, uma tábua do piso rangeu.

Rapidamente, ela recolocou a pasta embaixo da pia, atrás da caixa de Tampax. Quando se levantou e abriu a porta do banheiro, ficou cara a cara com Ethan.

— Você estava falando com alguém aí? — perguntou ele.

— Só... falando sozinha. Isso me ajuda a pensar — disse ela, entrelaçando os dedos nas costas para que ele não os visse tremer. Ela só conseguia pensar na pasta a centímetros dos dois. Ela se forçou a não olhar para a pia. — Encontrou alguma coisa?

Ele balançou a cabeça.

— Nada. E você?

— Não, nada. — Assim que falou, ela percebeu que tinha respondido rápido demais. Sua voz saiu aguda. Ele piscou, surpreso, olhando para ela de um jeito estranho. Depois expirou alto.

— O que quer que Nisha tivesse contra o Garrett, acho que escondeu muito bem. — Ele correu os olhos pelo cômodo.

Por um instante, ela pôde jurar que o olhar dele se demorou no armário. Depois ele voltou a olhar para ela. – Só precisamos torcer para que as coisas do depósito sejam suficientes para botar Garrett na cadeia.

Emma assentiu em silêncio. Suas entranhas pareciam expostas. Ethan estava diante dela, o mesmo Ethan de dez minutos antes. O mesmo Ethan que dizia que a amava, que cobria seu rosto de beijos carinhosos. O mesmo Ethan a quem ela havia entregado sua virgindade. Mas a verdade era que ele nunca fora aquele Ethan.

Ele entrelaçou os dedos nos dela, como já fizera mil vezes. Mas agora aquele toque causava nela uma onda de pânico. Aquela mão matara sua irmã. Ela lutou para controlar o tremor de medo que percorria seu corpo. Não podia deixá-lo perceber.

– Vamos – sussurrou Ethan. – Não tem nada para nós aqui.

– Você está certo – disse ela, deixando-o conduzi-la pelo corredor.

Agassi estava abaixado sobre sua tigela, comendo a ração com um som que parecia alto na cozinha silenciosa. Ethan abriu a porta do pátio, depois se virou para ela. Por um momento, as pernas de Emma se recusaram a andar. Ela ficou paralisada no meio da cozinha, com os olhos arregalados e fixos, o coração martelando no peito. Por uma fração de segundo, ela achou ter visto a expressão de Ethan se alterar, uma contração de incerteza passar por seu rosto. Ela engoliu em seco, depois saiu pela porta com ele.

Sua única esperança era continuar agindo como se nada tivesse acontecido até chegar à delegacia. Quando estivesse lá, quando estivesse a salvo, poderia começar a pensar em um plano melhor. Ela forçou um sorriso quando eles passaram outra vez pelo portão de ferro fundido, indo até onde Ethan estacionara o carro.

— Não acredito que está quase acabando — sussurrou ela.

— Nem eu. — Ele passou a ponta dos dedos de leve por seu braço. Ela estremeceu com o toque, e sua garganta se contraiu em uma onda de aversão.

Ethan abriu a porta do carona de seu Honda. Entrei em pânico quando percebi que minha irmã ia entrar com ele. Desejei poder segurar sua camisa e puxá-la para trás.

Emma pareceu pensar o mesmo; ela parou com um pé dentro do carro. O medo arranhava seu estômago, mas também havia outra coisa se agitando, uma emoção mais suave e triste. Ethan estava a seu lado, esperando para fechar a porta para ela como sempre fazia. Ele a olhou com uma expressão curiosa. Ela ergueu a mão e a colocou em sua bochecha.

— Obrigada, Ethan — disse ela. E, lentamente, ficou na ponta dos pés e deu um único e suave beijo na boca dele.

Ela não sabia ao certo se o tinha beijado para lhe dar uma falsa sensação de segurança ou para dizer adeus.

Ethan lhe lançou um longo olhar carinhoso, tocando seus lábios com a mão. Depois fechou a porta com cuidado atrás dela, contornando o carro até o lado do motorista. Emma segurou as laterais do banco quando eles se afastaram da casa, com os nós dos dedos brancos e doloridos.

As poucas casas pelas quais passaram estavam cobertas de pisca-piscas vermelhos e verdes, renas de plástico pousadas nos telhados ou nos jardins desérticos. Uma família havia pendurado uma gigantesca luminária de neon em forma de bengala de caramelo sobre a garagem para quatro carros. Ali, as ruas eram sinuosas, e ela se sentia desorientada na escuridão. O estômago de Emma se contraía a cada curva, sua respiração era entrecortada. Ela observava Ethan com o canto do olho. Ele dirigia com as mãos no volante e o rosto tingido pela luz azul-clara do painel. Aquilo lhe conferia uma aparência assustadora e estranha. Não muito humana.

Ela demorou a perceber que havia algo errado, que eles já deveriam estar na rua principal àquela altura. Olhou pela janela, tentando descobrir onde estavam. Quando viu a bengala de neon pela segunda vez, ela se virou para ele.

— Acho que você perdeu a saída — disse ela, com a voz tensa de ansiedade.

Minha mente entrou em alerta. Observei Ethan silenciosamente. Ele não tirava os olhos da estrada.

— Eu sei que você encontrou os registros, Emma. — A voz dele estava tão baixa que por um instante ela quase achou que a tinha imaginado. — Você sabe tão bem quanto eu que não estamos indo para a delegacia. — O carro engatou a marcha enquanto ele pisava devagar no acelerador.

Por um momento, os olhos de Emma perderam o foco e o mundo ficou embaçado ao seu redor. Ela sentia o veículo acelerando. À frente, viu a casa de Nisha e a de Ethan ao lado; mas eles não desaceleraram. Ele a estava levando direto para o deserto.

Ela não pensou. Tateou a porta do carro, finalmente tocando a maçaneta, e a abriu antes que ele conseguisse reagir. Tomando coragem, encostando a cabeça no peito e se enrolando como uma bola, ela pulou do carro em movimento.

O impacto fez seus dentes baterem, com as vibrações ressoando através de seu crânio. Cascalho e asfalto rasgaram sua pele quando ela rolou para a vala. Ela passou um instante sem conseguir respirar, com os pulmões apertados no peito. Ouviu os pneus do carro cantarem até parar, a metros de distância. Não havia tempo. Ela se levantou, tentando respirar. Depois, começou a correr, cega e desesperadamente.

Ethan tinha contornado o quarteirão; ela teria percebido se não estivesse tão apavorada. Agora a casa dele estava à sua frente. Ao lado, a casa dos Banerjee estava escura e silenciosa, mas um pouco mais à frente havia luzes nas janelas. Desconhecidos, porém sua única esperança. Ela acelerou ao máximo, gritando com todas as forças.

– Socorro! Socorro!

Com um ronco do motor, o carro de Ethan bloqueou seu caminho, colocando-se entre ela e as casas para onde estava correndo. Emma tropeçou, batendo contra a porta do carona antes de retomar o equilíbrio. O carro estava parado diante dela, e ela mal conseguia distinguir o rosto de Ethan, tenso e concentrado. Ele estava a centímetros de distância. Se quisesse, poderia pular e pegá-la em um segundo.

Ela não tinha a mínima chance.

Saiu correndo para longe dele; direto para o Sabino Canyon, com Ethan em seu encalço.

Exatamente como eu fizera na noite em que ele me matou.

31
FIM DE JOGO

Emma correu cegamente, lançando-se para as profundezas do cânion. Galhos arranhavam seus calcanhares, chicoteavam seu rosto. A porta do carro de Ethan bateu em algum lugar atrás dela, mas ela não se virou para olhar. A adrenalina aumentava em seu sangue, e ela voou para as árvores que ficavam depois do estacionamento. Um corvo gritou de cima de uma pedra, alertando a floresta da chegada dela.

A trilha era íngreme, e seus tênis deslocavam a terra enquanto ela subia. Atrás dela, dava para ouvir Ethan tentando se apoiar, aproximando-se cada vez mais. Ela gemeu, dominada pelo desespero. Era como um pesadelo, com a diferença de que não era possível acordar.

Quanto mais Emma entrava pelo cânion, mais eu sentia o domínio dele sobre mim, aquela atração terrível e magnética que o lugar exerce. Ali o mundo parecia mais nítido e aterrorizante. Mas eu também me sentia mais forte, as sensações que compartilhava com Emma eram um pouco mais claras. Fora ali que meu corpo se quebrara. E agora minha irmã corria em direção ao mesmo destino. "Emma, você precisa voltar!", gritei. "Você tem de sair daqui!"

Era possível ter uma visão de Tucson conforme ela chegava ao patamar. Ao longe, Emma ouvia o barulho do tráfego, o ruído do rádio de algum carro. Ela arriscou um olhar para trás e viu a silhueta de Ethan seguindo-a. Um soluço estrangulado contraiu seus pulmões, e ela voltou a correr, tentando ganhar velocidade.

O pé de Emma ficou preso em uma raiz meio enterrada na trilha. Ela manteve o equilíbrio por um instante, com as pernas dançando sob ela. Então Ethan caiu em cima dela, jogando-a no chão. Emma bateu a cabeça contra uma pedra e foi como se visse estrelas.

Quando sua visão clareou, ela olhava para Ethan. Ele estava ajoelhado a seu lado, com os olhos ardendo e os lábios contraídos em uma expressão tensa. Foi quando ela sentiu o metal contra o pescoço, olhou para baixo e viu a ponta de uma faca na mão dele.

O mundo girou ao meu redor, e por um momento fiquei sem saber onde minhas lembranças acabavam e onde começava o presente de Emma. Eles eram iguais. E agora ela ia morrer... do mesmo jeito que eu.

– Por que você está fazendo isso? – sussurrou ela. A mão de Ethan apertava seu ombro, pressionando-o contra a terra. Ela se perguntou se o mesmo acontecera com Sutton, se ele a tinha perseguido, prendido e jogado do penhasco. Um soluço fez sua garganta estremecer.

Ethan franziu a testa e cerrou os dentes.

— Eu fiz tudo, *tudo*, por você. Meu Deus, Emma! — Os músculos de seu pescoço se contraíram quando ele cuspiu essas palavras: — Eu a avisei tantas vezes para parar de investigar. E você não parou. Você tem uma espécie de compulsão doentia, não é? Por que não podia simplesmente ficar feliz com a vida que lhe dei? Por que tinha de estragar tudo?

Emma o encarou com um olhar de súplica. Em seu inconsciente, ela se perguntou se Laurel estaria procurando por ela naquele momento, mas Laurel achava que ela estava na casa dos Banerjee. Ninguém apareceria para ajudá-la.

— Por que você matou a minha irmã? — perguntou ela, desesperada para fazê-lo continuar falando, para ganhar todo tempo que pudesse. — Foi por causa do trote da feira de ciências? — As garotas do Jogo da Mentira tinham feito alguma coisa com Ethan no oitavo ano, o que lhe custara uma bolsa de estudos. Será que matar Sutton fora algum tipo de vingança tardia?

O som de desdém de Ethan ecoou pelo cânion. Ali perto, algum animal pequeno fugiu por entre os arbustos.

— Aquilo? Aquilo foi há anos. Não importa mais para mim.

— Então, o quê?

Por um segundo, a expressão de Ethan se alterou. Seus olhos se suavizaram, e ele pareceu triste, até mesmo arrependido. Ele balançou a cabeça.

— Não foi minha intenção — disse em um tom suave.

"Mentiroso!", gritei, sentindo um choque elétrico de raiva. O corpo de Emma se contraiu sob o dele, e ela fechou os olhos, como se tentasse ouvir alguma coisa ao longe. Eu já tinha conseguido me comunicar com ela uma vez, na noite em que encontrara Becky ali. Será que conseguiria fazer aquilo de novo?

Devagar, Ethan afastou a lâmina da garganta dela e se sentou, embora mantivesse a faca a seu lado. Emma conseguiu enxergar com clareza: uma faca de caça com cabo de couro e uma longa lâmina afiada, captando o luar no aço polido. Ela tentou não olhar.

— Eu a amava — disse ele de forma concisa, curvando os lábios de amargura. — Vim até aqui para dizer isso a ela. Achei que podia fazê-la enxergar que devíamos ficar juntos.

Uma nova onda de angústia recaiu sobre Emma. Confusão e traição rodopiavam em sua cabeça. Ele amava *Sutton*? Fora tudo o que ele vira em Emma? Será que só a queria como uma substituta para a irmã que não podia ter?

Ethan olhou para Emma, mas seus olhos estavam distantes e desfocados. Por um momento, ela pensou em se arriscar, tentar se desvencilhar dele e correr, mas a faca a manteve imóvel.

— Fui apaixonado por ela durante anos, embora ela me tratasse como lixo. Eu sabia que ela ainda não estava pronta, que eu tinha de ser paciente. Então vim para cá naquela noite, depois que todo mundo tinha ido embora. Depois que todo mundo a magoara, mentira para ela e a abandonara. — Os dedos dele apertavam o ombro de Emma enquanto ele falava, enfiando-se dolorosamente na pele. — Eu tinha certeza de que ela veria que eu era o único que estivera presente o tempo todo. Mas ela só queria Thayer Vega.

Pensei no vulto sem forma atrás do volante do meu carro, avançando sobre Thayer. Novamente, ouvi o som de ossos se quebrando.

— Então você o atropelou? — sussurrou Emma.

Os olhos de Ethan cintilaram.

— Queria tê-lo matado. Sempre odiei aquele cara. Eu o odiava quando Sutton gostava dele, e o odiei quando você gostou também. Ele não merecia estar na vida dela. Eu precisava mostrar isso a ela.

Lágrimas desciam pelo rosto de Emma, deixando linhas quentes e salgadas em sua pele.

— Então você e eu... sempre foi por causa da Sutton. Só porque eu sou igual a ela.

— Não, Emma! — ofegou ele, com os olhos suaves de repente. — Você precisa acreditar em mim. — Ele pareceu ficar sem palavras por um tempo, com os ombros contraídos de agitação. Então respirou fundo. A pressão de sua mão no ombro dela desapareceu. Devagar, ele a ajudou a se sentar, agachando-se a seu lado, mas a faca ainda brilhava perigosamente em sua mão.

Os olhos de Emma dispararam ao redor desesperadamente. A luz se infiltrava através das árvores, salpicando a clareira. Para além da vegetação, as luzes da cidade cintilavam. Havia uma grande pedra no meio da trilha, e depois dela o caminho parecia mais íngreme do que nunca. Não existia escapatória. Sua única esperança era fazê-lo continuar falando.

Um choque de reconhecimento me percorreu. Eu conhecia aquela pedra. Era o lugar onde eu e Garrett tínhamos brigado. A clareira mostrava sinais de movimento recente; os policiais que tinham vasculhado a área em busca de pistas de minha morte haviam deixado pegadas e galhos quebrados. Mas não havia sinal de ninguém por ali àquela hora. Mais alguns metros trilha acima, as árvores se separavam, revelando a abertura da ravina.

Ethan pegou a mão de Emma com a sua mão livre. Sua expressão era desolada.

– Nunca planejei me apaixonar por você – sussurrou ele. – Eu não imaginava que existia alguém que pudesse me fazer sentir assim.

Ele parecia tão honesto, tão magoado, que apesar de tudo ela sentiu uma pontada relutante no peito. Parte dela queria muito acreditar nele, queria esquecer tudo o que tinha acabado de descobrir e voltar a amar Ethan, ignorante e estupidamente. Se houvesse uma maneira de desfazer o que ela tinha descoberto, talvez Emma a aceitasse. Porque o amara, mais do que qualquer outra pessoa. E essa era a parte mais dolorosa.

Mas então pensou em tudo o que ele tinha feito nos últimos três meses. O refletor caindo a seu lado, os bilhetes ameaçadores, o relicário apertando seu pescoço enquanto a estrangulava. Ele tinha se certificado de que ela se sentisse assustada e sozinha, de que não tivesse ninguém a quem recorrer além dele. Ele a forçara a ficar quieta, a perder a própria identidade e a enganar a única família que tinha no mundo. Não era isso o que se fazia com alguém que se amava.

Emma olhou para a mão de Ethan na dela com a pele formigando de aversão. Mas não se atreveu a retirá-la. Uma vaga esperança se acendeu em sua mente. Talvez, se ela parecesse compreensiva, até mesmo amorosa, ele não a matasse. Pelo menos não ainda.

— Então, todas aquelas fotos minhas que encontramos no depósito... foi você que tirou? — perguntou ela.

Ele assentiu.

— A princípio eu estava tentando encontrar a sua mãe. Eu sabia que Sutton era adotada. Ainda me lembrava de quando ela tivera de ler o trabalho sobre a árvore genealógica no nono ano, de como estava chateada. — Seu olhar ficou distante outra vez quando ele reviu suas lembranças. — Ela estava tão linda naquele dia... era uma dessas garotas que ficam mais bonitas quando choram.

Emma suprimiu um calafrio.

— Então você começou a procurar a mãe biológica dela.

— É. Comecei a investigar os Mercer e quase imediatamente percebi que Becky devia ser filha deles. Hackeei os registros do hospital, e foi quando percebi que Becky tivera gêmeas.

— Registros de hospital são muito difíceis de conseguir — disse Emma. Ela tentou parecer impressionada, até mesmo um pouco admirada, mas por dentro tudo o que sentia era um terror frio e metálico.

Mas ele se animou facilmente com o tom dela, parecendo incentivado por sua aprovação. Seus olhos brilhavam enquanto ele falava.

— Depois disso foi muito fácil. Encontrei todas as suas informações na internet. Fiz algumas viagens a Vegas para ver você, ter certeza de que tinha encontrado a garota certa. Até andei na montanha-russa um dia. Fui direto até você e comprei uma entrada.

Emma o encarou, tentando relembrar uma imagem dele em seu quiosque. Parecia impossível não tê-lo notado; havia meses que o olhava todos os dias, absorta por sua beleza, obcecada pela curva de sua boca, pelos cachos de seu cabelo. Mas, enfim, por todo aquele tempo ela não vira quem ele realmente era: um assassino.

— Assim que percebi que Becky era louca, soube que não ia ser o presente romântico que eu tinha esperado. — Ele riu, depois olhou para ela e ficou sério. — Mas você? Você era *perfeita*. Eu mal podia esperar para contar a Sutton sobre você. Era a prova do quanto eu a amava, mais do que Thayer, Garrett ou qualquer outra pessoa: nenhum deles podia dar uma *irmã* a ela. — Ele suspirou. — Ela ficaria muito animada ao saber que eu podia levá-la até você, se ao menos tivesse me ouvido. Mas as coisas não deram certo, e tive de usar você de um jeito diferente.

Emma engoliu em seco.

— E quanto àqueles e-mails no telefone do Travis?

Ele abriu um meio sorriso, incapaz de esconder sua satisfação.

— Falsos. Eu tinha alterado aquele arquivo havia semanas e estava só esperando uma chance de usá-lo. Realmente enviei o link para ele, mas não precisei prometer nada. Caras como ele são muito previsíveis. Eu sabia que ele mostraria a você.

Emma assentiu. Uma pesada sensação de resignação recaiu sobre ela; uma por uma, todas as peças do quebra-cabeça estavam se juntando de forma implacavelmente decisiva. Enquanto seu coração se debatia no peito como um pássaro assustado, um peso aversivo e triste a pressionava. Ethan tinha pensado em tudo. Segurara as rédeas o tempo todo.

— E você sabia sobre o vídeo porque tinha visto o trote acontecer. Sabia que só podia estar no computador da Laurel e o hackeou. Exatamente como hackeou os códigos de alarme da casa de Charlotte para entrar e me devolver o relicário. – Ela umedeceu os lábios secos. Sua mão parecia feita de madeira sobre a dele, mas ele a apertou de leve, ainda com os olhos na faca que brilhava ao luar. – Foi genial, Ethan.

De imediato, ela soube que dissera a coisa certa. Ele piscou, surpreso, e uma onda de prazer tingiu suas bochechas, e ela se lembrou do que o psiquiatra tinha escrito sobre Ethan não resistir a se gabar de seus crimes.

– E quanto à Nisha?

Novamente a expressão dele se agitou, como se estivesse lutando contra algum sentimento no fundo de sua mente.

– Não tive escolha. Sabia que ela havia encontrado os registros. Depois que você me disse o que vira no hospital, tive a sensação de que ela ia procurar por eles. Naquela segunda-feira, ela estava agindo de forma estranha quando chegou de seu turno como voluntária: em geral, ela dizia "oi" quando me via na varanda, mas daquela vez nem olhou para mim. Ela apenas correu para dentro de casa agarrada à pasta de papel pardo. Liguei para o hospital e perguntei se podiam enviar minha ficha por fax para um novo psiquiatra, e me disseram que os registros tinham desaparecido. – Ele deu de ombros com tristeza. – Ela ia estragar tudo. Então coloquei o Valium da minha mãe na garrafa de água dela. Aí foi só dar um empurrãozinho.

Um empurrãozinho. Eu estremeci, imaginando Nisha rolando lentamente para dentro da piscina. Imaginando seus pulmões se enchendo de água. Imaginando-a abrindo os olhos e vendo a figura parada acima, através da água azul agitada, assistindo à sua morte.

— Vocês duas iam estragar tudo — disse ele. Seus olhos se estreitaram, e ele encarou Emma como se ela tivesse acabado de dizer algo errado. Ela estremeceu diante da alteração de humor repentina. — Eu tinha cuidado de tudo, mas você tinha de continuar investigando. — Ele ergueu a faca bem no alto, com os dentes expostos como os de um leão. Emma se retraiu, esperando para sentir a lâmina na carne, mas em vez disso ele a enfiou no chão, soltando um grunhido frustrado. — Você não tinha *nada* quando chegou aqui. Eu vi o conteúdo da sua mala. Um bicho de pelúcia e algumas roupas velhas? Ah, e o diário. Páginas e mais páginas e mais páginas sobre como você era triste, sobre o quanto queria uma família, como a pobre Emma era *solitária*. Como queria um namorado. — Emma o encarou. Seu coração murchou no peito, como se alguma doença o estivesse transformando em cinzas. Os olhos de Ethan cintilavam. — Eu lhe dei tudo o que sempre quis. Você deveria estar me *agradecendo*!

Emma manteve o rosto cuidadosamente imóvel, segurando as lágrimas e a tristeza que ameaçavam explodir a qualquer momento.

— Você não pode me matar — sussurrou ela. — Se fizer isso, vão saber que não matei Sutton. Vão descobrir e ir atrás de você. Você precisa de mim. Sou a sua proteção.

Ele balançou a cabeça.

— Você não entende? Eu não *quero* matá-la. *Nunca* quis matá-la. Só queria cuidar de você, Emma, e agora você vai me obrigar a machucá-la. Exatamente como ela fez. — Os dedos dele se soltaram dos dela e deslizaram para baixo, apertando seu pulso. — Vai ser uma história muito triste. Todos vão achar que você cometeu suicídio devido ao remorso pelo que fez com Sutton.

Um calafrio percorreu o corpo de Emma, e ela balançou a cabeça furiosamente.

– Não, Ethan. Não precisa ser assim. – Ela olhou profundamente nos olhos dele, enojada pelo que estava dizendo, torcendo para que ele acreditasse. – Você está certo. Eu deveria ser grata a você. Eu *sou* grata. É que tudo é muito confuso. Mas não me importo com o que fez. Quero ficar com você.

O maxilar dele relaxou, e toda a sua fúria se esvaiu de uma só vez. Ele franziu o cenho, em dúvida. Mas ela percebeu que ele estava ouvindo.

– É tarde demais, Emma. – Ele apertava seu pulso até doer, mas ela não desviou os olhos dos dele. – Agora que você sabe, é tarde demais.

– Por quê? – disse Emma suavemente. – Se você me ama de verdade como eu mesma, não como Sutton, nada mais importa. Podemos fugir juntos. Para algum lugar onde ninguém nos conheça. Podemos ir para qualquer lugar. – Ela girou a mão para poder acariciar de leve os dedos dele.

Ela via no rosto dele, no jeito com que ele se aproximou só um pouco, que ele queria acreditar. Mas a dúvida obscurecia seus traços. Ver o quanto estava esperançoso, o quanto queria o que ela estava propondo, quase a entristecia.

Quase.

– Você faria isso? – perguntou ele. Ethan soltou o cabo da faca, segurando o rosto dela com a mão livre. Sua mão estava fria e seca, mas o toque fez a pele dela formigar. De alguma maneira, ela conseguiu sorrir e assentir.

– Ethan, eu amo você. Iria para qualquer lugar com você.

Então ele soltou seu pulso, puxando-a para seus braços. Ela encostou a cabeça no peito dele, como já fizera dezenas de vezes, bem no espaço entre o pescoço e o ombro, no ponto que parecia ter sido feito para ela, e reprimiu um soluço. *Tinha* amado Ethan, muito.

Então golpeou as costelas dele com o cotovelo usando toda a força que tinha.

Os braços dele se abriram de repente, um gemido de dor escapou de seus pulmões. Ela tentou pegar a faca quando se afastou, mas seus dedos se fecharam no vazio. Não havia tempo. Sua única chance era se afastar dele. Seus dedos agarraram a terra, seus pés escorregaram pela trilha, desesperados para encontrar apoio. A mão dele segurou seu tornozelo, e ela rosnou de fúria. Chutou o mais forte que pôde, mas ele segurava com força demais. Então ela abriu a boca e soltou um grito gutural de gelar o sangue.

Eu gritei com ela, desejando que a cidade inteira conseguisse ouvir minha voz. Eu já tinha morrido nas mãos de Ethan, e agora a mesma coisa ia acontecer com minha irmã gêmea enquanto eu assistia, impotente.

Ethan tapou a boca de Emma com a mão. Suas pupilas estavam dilatadas e escuras.

— Achei que você era diferente — sussurrou ele. — Mas é igualzinha à sua irmã. Outra vadia mentirosa.

Emma mordeu a mão dele com força. O gosto metálico de sangue encheu sua boca. Ethan xingou, retraindo a mão, e ela gritou de novo.

— Você é um monstro! — guinchou ela, com a voz ecoando pelos paredões do cânion. — Achou que eu iria a algum lugar com você depois do que fez com a Sutton?

Ele soltou um urro sem palavras, contraindo os músculos ao empurrá-la com força para o chão. Dessa vez ele tirou uma bandana do bolso, amassando-a e enfiando-a tão fundo em sua boca que ela engasgou. E de repente a faca estava em sua garganta.

Emma o encarou, com lágrimas descendo pelas bochechas enquanto ele fazia um corte fino e superficial em seu pescoço. Uma fúria violenta me percorreu ao ver isso, tão pura e forte que senti que podia atravessar o véu entre a vida e a morte.

E então, de alguma forma, eu *era* Emma. Ou era parte dela, não exatamente a possuindo, mas de alguma maneira juntando minha alma à dela por um instante, emprestando-lhe a força de minha raiva. Em um movimento repentino, ela conseguiu tirar a perna direita debaixo da de Ethan, e chutamos a virilha dele com nossa força unida.

Ele gemeu, afrouxando a pressão nos pulsos de Emma por tempo suficiente para que ela saísse rolando de baixo dele. Então ela se levantou. Tentou respirar e, por uma fração de segundo, achou ter visto algo impossível.

Sua irmã, cintilante e translúcida ao luar, estava ao seu lado, parada ferozmente acima de Ethan com os punhos cerrados. E então, com a mesma rapidez, ela sumiu.

Ethan já tinha se levantado outra vez. Seu rosto estava tão distorcido que era irreconhecível, uma máscara de ódio completamente diferente do garoto por quem Emma tinha se apaixonado. Ela cambaleou para longe dele, virando as costas para fugir, mas perdeu o equilíbrio e caiu para a frente.

Ethan se avultava acima dela, com a faca na mão. Uma única gota de seu sangue pendia da lâmina.

— As garotas Mercer são todas iguais — disse ele, e avançou para ela, com a faca reluzindo.

Por uma fração de segundo, o tempo parou. Emma viu o próprio reflexo, pálido e paralisado, na lâmina.

Mas então um rosnado baixo soou em algum lugar atrás de Ethan, e de repente ele voou de cabeça na terra. Thayer caiu em cima dele, segurando seus braços nas costas.

De longe, o som de sirenes ecoava pela estrada da montanha. Thayer torceu o pulso de Ethan até a faca cair e tilintar no chão. Ethan se debateu, cuspindo sangue e terra.

Laurel saiu de trás deles, com os braços cruzados.

— Você está certo. As garotas Mercer são todas iguais — disse ela, com a voz fria. — É melhor não mexer conosco.

32

NA DELEGACIA

– Por favor, conte outra vez o que aconteceu depois que você desligou o telefone após falar com a Srta. Paxton. – O detetive Quinlan entregou a Laurel, Emma e Thayer um copo de chocolate quente, com os olhos brilhantes sobre as profundas linhas de exaustão esculpidas abaixo. Passava da meia-noite, mas o policial que fizera a prisão ligara para a casa de Quinlan. Ele tinha chegado à delegacia ainda abotoando a camisa, com o cabelo desgrenhado e a expressão alerta e tensa.

– Eu liguei para Thayer – disse Laurel. Suas bochechas estavam vermelhas por causa do frio. Ela lançou um olhar furtivo a Emma, depois voltou-se para Quinlan. – Ele me pegou e fomos para a casa do Dr. Banerjee, mas não vi o carro de Ethan em lugar nenhum. Olhamos por todas as janelas e não vimos ninguém lá dentro.

Os três estavam sentados em um sofá de vinil em uma sala que era claramente feita para crianças. Tigres e macacos desenhados sorriam no papel de parede com tema de selva. Havia uma caixa de brinquedos quebrados no chão ao lado de um tapete decorado com uma amarelinha. Emma olhava sem expressão para um jogo de labirinto de madeira em cima de uma pilha de revistas *Highlights*. Seus olhos percorriam os contornos do quebra-cabeça, seus pensamentos estavam tão perdidos e vagos quanto como se ela estivesse em um verdadeiro labirinto.

Até então, Quinlan tinha deixado Laurel e Thayer falarem quase tudo, e ela ficara grata por isso. Ela tentou tomar um gole do chocolate quente, mas sua mão tremia, então apoiou o copo com cuidado. Seu corpo doía até os ossos. Imagens disparavam aleatoriamente por sua mente, espontâneas e assustadoras. O brilho da faca na mão de Ethan. O corpo decomposto de Sutton, olhando para o céu com as cavidades oculares vazias. O rosto de Ethan se aproximando dela para um beijo, seus olhos pesados. Os dedos de Ethan entrelaçados nos dela. Ela estremecia a cada uma daquelas cenas. Tudo o que sabia, tudo em que tinha acreditado, era mentira, e agora não havia nada a que se agarrar.

– Como souberam que eles tinham ido para o cânion? – perguntou Quinlan, esfregando a barba malfeita do maxilar.

Laurel baixou os olhos para seu chocolate quente.

– Foi um palpite. Achamos que ele podia tê-la levado para o mesmo lugar onde matara Sutton. Soubemos que estávamos certos quando vimos o carro dele perto da entrada. Então chamamos a polícia e fomos atrás deles.

O bigode de Quinlan se repuxou.

— Depois que o atendente da polícia disse para não fazerem isso.

— Não íamos ficar ali parados sem fazer nada — interrompeu Thayer com raiva. — Não sabíamos quanto tempo ia levar para a polícia chegar.

— E ainda bem que fomos — acrescentou Laurel em um tom veemente. — Ele estava prestes a matá-la.

Então, Emma olhou para o detetive Quinlan. Seus olhos cinzentos, normalmente duros, tinham se suavizado e pousaram sobre ela. Ela engoliu em seco.

— Eles estão certos. Ethan teria me matado se eles não estivessem lá para impedi-lo. — Os paramédicos tinham feito um curativo no corte que ele abrira em sua garganta, o qual mal arranhara a pele, mas que agora parecia latejar junto com as batidas de seu coração.

Ela pegou o copo outra vez e tomou um gole do chocolate quente. Era do tipo barato que basta adicionar água, mas era calmante e doce. Os nós de seu estômago se afrouxaram um pouco com o calor. Thayer e Laurel estavam sentados de cada lado dela de forma protetora. A perna de Laurel tocava a de Emma, e a mão de Thayer se apoiava entre seus ombros, quente e delicada. Ela não se sentia exatamente segura; não sabia se algum dia voltaria a se sentir assim. Mas eles a haviam salvado e não a tinham deixado desde então. Através da confusão agitada e dolorosa de choque e tristeza, uma sensação de gratidão a preenchia. Ela havia perdido muito. Mas não os perdera.

Eu me concentrei em Thayer. Ele estava pálido e cansado. A expressão vulnerável de seus olhos em oposição à contração feroz do maxilar. Era isso o que eu sempre amara nele: sua força e a profundidade de seus sentimentos.

Quinlan entrelaçou as mãos sobre um dos joelhos, balançando o mocassim para cima e para baixo.

– Eu lhe devo desculpas, Srta. Paxton. A você e a Sutton. – Ele suspirou, abrindo uma pasta desorganizada. – Na verdade, já estávamos interessados em Ethan havia algum tempo. Passei os últimos meses revisando as fotos de vigilância do estacionamento. E ele aparece em dezenas delas. Estava sempre lá. Parecia...

– Coincidência demais – disse Emma com tristeza. Ele assentiu.

– Detetives não acreditam em coincidências – disse ele. – Então começamos a investigá-lo. A princípio achamos que ele era seu cúmplice. Que vocês tinham criado esse plano juntos, talvez, ou que ele tinha se apaixonado por você e fora envolvido nisso. Mas hoje de manhã descobrimos que ele tinha uma ficha lacrada. Pedimos uma intimação para abri-la, mas só foi finalizada hoje à noite, depois que já estávamos com ele sob custódia.

Laurel ergueu o queixo de forma desafiadora.

– Então ainda bem que Thayer e eu estávamos lá, já que vocês não estavam com a menor pressa.

Quinlan revirou os olhos.

– Por favor, não transforme a sua pequena gangue em um bando de justiceiros, Srta. Mercer. Essa é a última coisa de que eu preciso. – Ele se voltou para Emma. – Claro que a investigação está em andamento. Mas com o que aconteceu esta noite e o que vi na ficha médica dele temos uma causa provável para mantê-lo preso. Tenho uma equipe forense a caminho da casa dele agora e outra no depósito. Ethan é um garoto inteligente... imagino que tenha escondido muito bem as provas. Mas, se existirem, nós as encontraremos. Sempre encontramos.

Emma assentiu, sentindo-se a quilômetros da sala de interrogatório, a quilômetros de Quinlan, Laurel e Thayer. Ela se sentia oca por dentro. Ethan tinha mentido para ela desde o começo. Ela o amara, e o tempo todo ele mentira sem parar.

Mas estava acabado. Ethan fora pego, e era apenas uma questão de tempo até a polícia encontrar todas as provas de que precisava para acusá-lo. Então eu não conseguia evitar a pergunta: por que eu ainda estava ali? Não sabia o que esperar, mas sempre imaginara *alguma coisa* acontecendo nesse momento. Portões cintilantes, um longo túnel com uma luz forte no final ou uma escada rolante cósmica levando a algum shopping paradisíaco onde meu halo também faria as vezes de um cartão *platinum*. Mas eu continuava ali, ainda era a silenciosa sombra de minha irmã. Será que ficaria para sempre, assombrando-a até ela morrer e se juntar a mim na vida após a morte?

A porta se abriu, e a Sra. Mercer entrou de repente, seguida pelo marido. Ficou claro que eles tinham se vestido às pressas; o Sr. Mercer ainda usava a camiseta puída da UC Davis com a qual sempre dormia, e a Sra. Mercer vestira um moletom e uma blusa manchada de vinho que parecia estar no topo da pilha de roupa suja. Tanto Thayer quanto Laurel se levantaram para recebê-los. A avó de Emma abraçou Laurel com força, e seus lábios formaram uma linha ansiosa no rosto. Enquanto isso, o Sr. Mercer deu um abraço apertado em Thayer, que pareceu constrangido, mas deu um tapinha em suas costas e sorriu de leve.

Emma os observou do sofá, com dor no coração. Pela primeira vez, teve a impressão de entender como eles se sentiram depois de descobrir quem ela era. Ela havia feito com eles exatamente o que Ethan fizera com ela: tinha fingido ser alguém que não era. Não podia culpá-los por querê-la fora de suas vidas.

Mas então o Sr. Mercer soltou Thayer, sentando-se ao lado de Emma, com os olhos brilhantes, e puxou-a para um abraço.

Apenas por um momento, ela ficou rígida nos braços dele. Depois seu corpo começou a tremer, e ela passou os braços ao redor de seu pescoço. Lágrimas arderam em seus olhos.

– Desculpe por tudo – murmurou ela, com a voz abafada contra o ombro dele.

– Eu sei – sussurrou ele, embalando-a de um lado para outro. – Vai ficar tudo bem.

Emma não sabia se alguma coisa voltaria a ficar bem um dia. Ter o ombro do Sr. Mercer para chorar era um conforto que não merecia, mesmo assim não conseguia se afastar.

Esse era o problema da família. Eles eram um conforto que *nenhuma* de nós merecia. Pensei sobre as últimas palavras raivosas que dissera a meu pai e sobre as constantes brigas com a minha mãe enquanto ainda estava viva. Mas eles me amavam mesmo assim, sem se importar com o que eu tinha feito.

Finalmente, a Sra. Mercer se acomodou no sofá ao lado de Emma, apertando as mãos com nervosismo. Ela lançou a Emma um olhar longo e incerto, depois pegou sua mão. Seus olhos azuis estavam sérios e penetrantes.

– Não é justo você ter enfrentado tudo isso sozinha – disse ela com suavidade. – Ainda estou com dificuldades para entender o que aconteceu... mas sei que você deve ter ficado apavorada esse tempo todo.

Emma assentiu, outra vez com os olhos ardendo em lágrimas.

— Eu queria tanto contar para vocês.

A Sra. Mercer apertou sua mão.

— Vamos ter de nos acostumar com muita coisa. Acha que pode nos dar um tempo para processar todos esses sentimentos?

Emma a olhou com as sobrancelhas franzidas.

— Tempo?

— Perdemos duas filhas — disse o Sr. Mercer, com a voz falhando. — Não queremos perder outra.

— Gostaríamos que você ficasse conosco. Pelo menos por enquanto — disse a Sra. Mercer. — Sei que tem dezoito anos, e talvez depois de tudo isso esteja pronta para seguir em frente. Mas gostaríamos de ter a chance de conhecê-la, Emma. Como você mesma.

Emma abriu a boca para responder, mas as palavras se recusaram a sair. Ela olhou para o Sr. Mercer, e ele assentiu de forma encorajadora. Quinlan estava quieto em uma poltrona, com o rosto impassível como sempre, mas ela teve a impressão de ver um toque de compaixão no canto de sua boca.

— Claro que ela vai ficar com a gente — disse Laurel em um tom animado. — Eu não acabei de salvar a pele dela no meio do mato para ela fugir de novo. — Ela lançou um olhar firme para Emma.

Emma olhou para sua família, todos esperando a resposta. Talvez ainda não lhe tivessem perdoado, mas estavam dispostos a tentar. E se podiam fazer isso, talvez ela pudesse perdoar a si mesma.

— Eu adoraria — disse ela, sorrindo em meio às lágrimas.

Fiquei ali no meio, outra vez cercada por minha família. E senti o amor deles por mim, mesmo através da fronteira entre os vivos e os mortos.

33
LAR

"Houve mais uma guinada no sensacional caso do Assassino da Gêmea de Tucson", relatou a voz de Tricia Melendez saindo do laptop de Sutton. "Na noite de quarta-feira, Ethan Landry, de dezoito anos, foi preso por sequestro, agressão e tentativa de homicídio. A vítima? Emma Paxton, irmã gêmea de Sutton Mercer e, até quarta-feira, a principal suspeita do assassinato."

Emma estava enroscada na cama de Sutton na manhã de sábado, olhando entorpecida para a tela. Ela colocara o computador no criado-mudo de Sutton, onde o via do ninho de travesseiros. Estava assistindo desde que acordara, passando por blogs e agências de notícias para ouvir vinte diferentes versões do mesmo evento: o fato de que Emma Paxton fora inocentada de todas as acusações e que Ethan Landry supostamente assassinara Nisha Banerjee e Sutton Mercer.

Em poucos minutos, ela teria de sair dali. Teria de se levantar, embora seu corpo parecesse feito de chumbo, e descer para se juntar aos Mercer. Naquela tarde, Sutton finalmente seria enterrada, e finalmente ficaria em paz.

Será que eu ficaria? Eu vinha imaginando meu funeral havia meses, mas, agora que tinha chegado, eu não tinha tanta certeza. Será que com este último adeus de meus amigos e de minha família eu finalmente descansaria? Ou continuaria à sombra de Emma pelo resto da vida dela, muda, impotente e completamente sozinha?

"A polícia agora diz que Landry atraiu Paxton a Tucson sob o pretexto de que ela conheceria sua irmã perdida." Tricia Melendez não conseguia esconder a alegria em sua voz. Ela estava diante da delegacia, usando um terninho de tweed Armani que era um avanço considerando o poliéster habitual; parecia que recebera um aumento. "Quando ela chegou, Landry lhe mandou bilhetes e mensagens ameaçadores para forçá-la a ficar no lugar da irmã de forma a encobrir o próprio crime. A investigação ainda está em andamento, mas uma fonte contou ao Canal Cinco que um depósito nos arredores de Tucson foi invadido na noite de quarta-feira, e embora tivesse sido registrado sob um nome falso, o atendente identificou Landry como a pessoa que abriu a conta. Ainda não se sabe o que a unidade contínha, mas a esta altura é possível presumir que a polícia encontrou evidências comprometedoras lá dentro."

Emma sorriu de leve, perguntando-se o que Tricia Melendez diria se tivesse aberto a unidade e encontrado um bichinho de pelúcia puído esperando pacientemente lá dentro. Socktopus ainda estava retido como "evidência", mas ela queria tê-lo consigo. Sabia que era um comportamento infantil, mas queria enrolá-lo no pescoço para se sentir protegida, como Becky fazia tanto tempo antes. Parte dela ainda sentia que precisava de toda a proteção que conseguisse obter. Talvez parte dela fosse se sentir assim para sempre.

Ethan. Um abismo escuro e impenetrável se abria em seu peito toda vez que Emma pensava nele: seus sérios olhos azuis como um lago; sua risada; sua boca junto à dela. Toda vez que um fragmento da conversa deles flutuava por sua mente, seus flertes e suas promessas, um vão frio e vazio se abria dentro dela no ponto onde algo se dilacerara; algo puro, ingênuo e frágil. Ela não sabia se voltaria a confiar em alguém.

"Ontem, conversei com Beverly Landry, mãe do acusado, quando ela deixava o tribunal", continuou Tricia Melendez. Emma se endireitou na cama, olhando para a tela. A Sra. Landry equilibrava-se sem firmeza nos degraus do tribunal, com o cabelo ralo preso em um coque torto. Sob a luz forte do dia, parecia mais assustada que hostil, com os olhos arregalados e vulneráveis em um rosto fino e sulcado. "Eu o vi do outro lado do quintal na casa da garota Banerjee por volta das três da tarde do dia em que ela morreu", disse a Sra. Landry, inclinando-se de forma nervosa na direção do microfone. "E há algumas semanas encontrei uma sacola verde enfiada em um canto do sótão. Tinha um diário e algumas roupas femininas dentro. Tentei me convencer de que ele apenas a roubara. Mas... aquilo me assustou. Tive medo de perguntar o que mais ele tinha feito."

Emma sentiu uma relutante onda de compaixão pela mulher. Não era de estranhar que a Sra. Landry ficasse desconfortável na sua presença. Ela sabia o tempo todo quem Emma era, do que seu filho era capaz... e não queria acreditar naquilo ou tinha medo demais para interferir.

A câmera voltou para a repórter. "A promotoria de justiça de Tucson planeja processar Landry com duas acusações de assassinato e uma de tentativa de homicídio, juntamente com fraude, conspiração, chantagem, sequestro e agressão", disse ela. "O pedido de fiança foi negado. Quem fala é Tricia Melendez."

Emma foi até o criado-mudo de Sutton e fechou o laptop. No dia anterior, ela havia encontrado a promotora de justiça de Tucson, uma mulher enérgica de terninho vermelho. Ela concordara em dar seu depoimento no tribunal para fornecer quaisquer evidências que pudesse para o caso. Eles haviam lhe oferecido imunidade; a promotora disse que poderiam tê-la acusado de fraude e roubo de identidade se quisessem, mas não foi por isso que ela concordara em testemunhar. Tinha jurado levar o assassino da irmã à justiça e planejava ir até o fim. A ideia de estar no mesmo lugar que Ethan outra vez, mesmo que separados pelo banco dos réus e por vários meirinhos corpulentos, deixava o vazio dentro dela ainda mais dolorido. Mas ainda faltavam meses para o julgamento. Até lá ela teria tempo de se preparar, de tentar se curar.

Segundo a promotora de justiça, o laptop de Ethan mostrava invasões às informações pessoais de Sutton e Emma; seus telefones, computadores, fichas médicas. Também havia cópias de todas as fotos que ele tirara de Emma em sua viagem a Las Vegas, e dezenas e mais dezenas de Sutton. Ele havia criptografado tudo, mas o laboratório forense tinha um cara que era um crânio e que conseguira recuperar tudo.

Ela se deitou no ninho de travesseiros, repentinamente exausta outra vez. Ethan tivera muita facilidade de enganá-la, para fazer com que o amasse. Fora o namorado perfeito, engraçado, sensível e atencioso. Será que tudo tinha sido uma atuação para mantê-la em Tucson? Haveria alguma pequena parte que fora real? E será que ela ao menos queria que fosse? Emma não sabia o que era pior: ser manipulada por um monstro ou se apaixonar por um assassino.

Alguém bateu de leve à porta. Emma se sobressaltou de mansinho e olhou para o relógio em forma de feijão sobre a janela de Sutton. Passava pouco da uma da tarde; logo eles teriam de ir.

– Entre.

A Sra. Mercer abriu um pouco a porta e olhou para dentro. Seu sorriso era quase tímido, mas seus olhos azuis estavam calorosos.

– Como você está?

– Quase pronta – disse Emma. Elas ficaram em um silêncio constrangedor por um instante, com o rosto da Sra. Mercer emoldurado pela fresta da porta.

– Posso entrar? – perguntou ela finalmente. Emma se surpreendeu. Não tinha percebido que a avó estava esperando um convite.

– Claro! Desculpe, eu... claro. Entre.

A Sra. Mercer abriu a porta e entrou no quarto, sentando-se com cuidado na cama. Ela usava um belo terninho preto, e seu cabelo chanel fora cuidadosamente penteado para trás. Se não fosse pelas rugas nos cantos dos olhos, ela poderia ser a irmã mais velha de Becky. Ela cruzou os tornozelos e olhou o quarto, com a sugestão de um sorriso brincando em seus lábios.

– É tão estranho estar aqui. É como se ela estivesse muito perto; no banheiro ou no closet. Mas você está aqui, exatamente igual a ela.

Emma não sabia o que dizer. Nos últimos dias, ela e os Mercer tinham sido hesitantes e educados uns com os outros, como se estivessem se aproximando lentamente a partir de uma grande distância. Emma sabia que eles precisavam de espaço para lidar com a perda de Sutton e tentara não se intrometer. Mas ao mesmo tempo eles pareciam querer conhecê-la. No dia anterior, a Sra. Mercer tinha perguntado qual era sua comida preferida, e no jantar daquela noite uma torta de frango fumegante fora colocada no centro da mesa, juntamente com uma salada de folhas e uma garrafa de chá gelado. O Sr. Mercer a convidara para dar um passeio com ele e Drake e, enquanto andavam, fizera perguntas sobre sua vida antes de Tucson. Todos pareciam evitar delicadamente o tópico envolvendo Sutton ou Ethan; Emma presumiu que a tristeza e a raiva deles ainda eram recentes demais, mas sua abertura era sincera, e isso era um começo.

O único problema era a vovó Mercer, que tinha chegado à noite anterior para o funeral. Ao entrar, ela havia encarado Emma por um bom tempo, com os olhos vermelhos e vidrados, antes de subir a escada para o quarto de hóspedes com fria dignidade. "Ela adorava Sutton", sussurrou o Sr. Mercer para Emma. "Tudo isso é um choque para ela. Mas ela vai melhorar." Mas, até então, a vovó Mercer não tinha demonstrado nenhum sinal de "melhora". Ela só se referia a Emma como "aquela garota" e tinha feito questão de se sentar o mais longe possível dela durante o jantar. Emma tentou não levar para o lado pessoal, mas foi difícil.

— Sei que também é difícil para você — disse a Sra. Mercer naquele momento, encarando Emma. — Você não imagina o quanto eu queria que a tivéssemos conhecido antes de tudo isso. Teríamos ido buscá-la há muito tempo. — Ela deu um sorriso triste. — Mas não faz sentido desejar o que não pode ser mudado.

— Eu queria tê-la conhecido — disparou Emma. Ela abraçou a si mesma, segurando o cardigã de lã cinza que vestira para o funeral. Quando ergueu os olhos, a Sra. Mercer enxugava uma única lágrima.

— Eu sei. — Ela deu um tapinha no colchão a seu lado, e Emma se sentou ali. Sua avó pegou sua mão e a apertou. — E espero que você saiba que isso foi culpa apenas de Ethan.

Emma não respondeu. Suas mentiras quase tinham permitido que ele saísse impune do assassinato. Quem dera ela tivesse se esforçado mais naquele primeiro dia, insistido com a polícia para que eles verificassem seus registros. Quem dera não estivesse com tanto medo.

A Sra. Mercer balançou a cabeça, parecendo ler seus pensamentos.

— Nós não culpamos você, Emma. Quantos de nós já não cometemos erros na vida? Se Ted e eu tivéssemos conseguido oferecer mais apoio a Becky, talvez ela não tivesse mantido você em segredo. Se Becky não tivesse tornado a própria vida uma confusão tão grande, talvez pudesse ter cuidado de vocês duas ou ter tido o bom senso de entregar as duas a nós. Se você não fosse um segredo para todos, Ethan nunca teria podido usá-la do jeito que usou. Claro que é doloroso você ter achado que precisava mentir para nós. Mas estava carregando sozinha um fardo terrível e doloroso. Não sei se algum de nós teria agido de forma diferente. – O lábio da Sra. Mercer tremeu por um momento. – Todos cometemos erros. Mas foi Ethan quem escolheu tirar a vida da minha filha. Ninguém mais.

Emma engoliu em seco. Ela queria acreditar na Sra. Mercer. Queria se perdoar. Talvez, com o tempo, conseguisse.

Coloquei a mão sobre a de Emma.

"Eu perdoo a você", sussurrei, desejando poder absolvê-la de sua culpa.

A Sra. Mercer pigarreou outra vez.

– Eu e Ted temos conversado, e gostaríamos que você ficasse aqui; se você quiser, claro. – Ela pestanejou. – Você pode terminar o ensino médio no Hollier. Vamos nos encontrar com a diretora Ambrose para que você ajuste seus horários como preferir. E vamos ajudá-la a olhar faculdades. Suas notas de Las Vegas são muito impressionantes.

Emma corou. De repente, percebeu que aquele era o primeiro elogio que a Sra. Mercer fazia a ela como Emma. Em algum lugar na dor oca em seu peito, uma pequena fagulha se acendeu.

A Sra. Mercer continuou:

– Sutton tinha uma poupança para a faculdade. Acho que ela entenderia se a usássemos para você.

Claro que eu entendia. Depois de tudo o que tinha acontecido, depois de tudo o que Emma fizera por mim, ela merecia.

Emma ergueu o rosto para encontrar os olhos da avó, tão parecidos com os seus.

– Obrigada – sussurrou ela, com a voz falhando. – É que... eu nunca soube, antes de vir para cá, como era isso. Ter uma família.

A Sra. Mercer a abraçou com força. Emma sentiu o cheiro de seu perfume Elizabeth Arden e um leve toque de chá Earl Grey.

Depois que elas se afastaram, ficaram em silêncio por um instante. Emma olhou o quarto familiar. Velas meio derretidas ficavam em potes de vidro sobre a mesa de escrivaninha de madeira branca, garrafas de vinho cheias de flores secas dispostas sobre o parapeito da janela. As almofadas de Sutton estavam por todo canto, gordas e fofas. Sobre a cômoda, bugigangas e lembranças estavam arrumadas cuidadosamente ao redor da grande TV de LCD; conchas luminosas, uma pequena caixa com apliques de madrepérola, uma coruja de cerâmica branca. O quarto tinha cheiro de hortelã e lírios-do-vale, como na noite em que Emma chegara. Ela não mudara muita coisa desde que voltara à casa dos Mercer como ela própria. Havia uma pequena pilha de livros na mesa de cabeceira e um cachecol Hermès vintage, que ela comprara no brechó de caridade, pendurado nas costas de uma cadeira. Ela havia deixado todas as antigas fotos de Sutton presas ao quadro de cortiça atrás da escrivaninha; mas acrescentara também algumas suas. Uma de Alex diante da fonte do Bellagio, com as luzes coloridas brincando em seu rosto. E uma de Emma e Laurel, com os braços ao redor dos ombros uma da outra.

Tantas coisas tinham acontecido com ela ali; naquela casa, naquele quarto. Tantas coisas dolorosas, mas isso não apagava o lado bom. Ela finalmente encontrara sua família. Enfim encontrara seu lugar.

A Sra. Mercer seguiu seu olhar.

— Agora este é seu quarto — disse ela suavemente, passando as mãos sobre o edredom rosa de Sutton. — Podemos redecorá-lo do jeito que você quiser.

Emma balançou a cabeça.

– Quero mantê-lo assim, só por mais um tempo. Me faz sentir mais perto dela.

A Sra. Mercer sorriu.

– Eu sinto o mesmo. – Ela foi até a porta e colocou a mão no batente. – Vamos sair em cerca de meia hora. Desça quando estiver pronta. – Com isso, ela foi embora.

Emma ficou um pouco no quarto silencioso. No cômodo ao lado, ouvia a música de Laurel através da parede, o baixo martelando. Lá embaixo, a vovó Mercer e o Sr. Mercer discutiam sobre a gravata que ele escolhera usar.

Eram os sons de uma família normal, à qual ela de fato pertencia. E que eventualmente ganharia mais uma integrante. Ela pensou no segredo que contara aos Mercer assim que tinham chegado da delegacia: que Becky tinha outra filha, em algum lugar da Califórnia. Ela devia ter doze anos. Emma nem sabia qual era seu nome, mas os Mercer tinham prometido encontrá-la também. Com sorte, ela era feliz, onde quer que estivesse, mas se não fosse... bem, os Mercer tinham uma casa grande.

Mas isso podia esperar. Naquele dia, finalmente, Emma poderia dizer adeus a uma irmã. Ela se preocuparia com a outra no dia seguinte.

34

A RAINHA ESTÁ MORTA
(VIDA LONGA À RAINHA)

O funeral de Sutton aconteceu em uma linda igreja em estilo espanhol no sopé das Catalinas. Paredes de adobe cor de creme arqueavam-se a partir de grossos carpetes vermelhos, e montes de flores haviam sido arrumados em cada canto. Todos os bancos estavam lotados: a escola inteira estava lá, juntamente com o que parecia metade da população de Tucson. Os olhos de Emma esquadrinhavam a multidão. Os professores de Sutton haviam se sentado em meio aos alunos. A diretora Ambrose se sentava sem jeito na frente, com um chapeuzinho preto no cabelo armado. Meia dúzia de policiais também estava presente, reluzindo em seus uniformes cerimoniais. Quinlan estava sentado ao lado de uma linda asiática que Emma ficou chocada ao notar que devia ser sua esposa. Corcoran estava atrás deles, com o rosto estoico de sempre.

Diante do altar havia uma foto ampliada de Sutton. Ao contrário da maioria de suas fotos, nas quais ela atuava para a câmera, dava um sorriso malicioso e fazia um biquinho de estrela de cinema, essa mostrava uma garota quieta e inescrutável. Seus olhos estavam abertos e límpidos, e os lábios, entreabertos em um sorriso enigmático. A expressão não era maliciosa ou dissimulada, mas indicava a presença de um eu secreto, mais profundo e belo do que qualquer um poderia ter imaginado.

Segui o olhar de minha irmã pela multidão. Havia muitos rostos que eu mal reconhecia, pessoas que tinham passado por minha vida sem nenhuma conexão real. Gente por quem eu tinha passado nos corredores, gente para quem eu havia revirado os olhos, vizinhos com quem só falara uma ou duas vezes. O tamanho da multidão me deixava estranhamente triste. Quem ali eu tinha deixado de conhecer?

Emma estava sentada na primeira fileira com o restante da família de Sutton, com as mãos entrelaçadas no colo. Ao seu lado, Laurel soluçava no lenço do Sr. Mercer, com os ombros balançando. O Sr. e a Sra. Mercer se seguravam um ao outro como se fosse uma tábua de salvação. Do outro lado deles estava a vovó Mercer em um elegante terninho preto, com os lábios contraídos em uma feroz linha vermelha de tristeza.

Emma olhava para o brilhante caixão de madeira com os olhos secos, a dor em seu peito enorme demais para entender. Ela convivia com a perda da irmã havia quatro longos meses; quatro meses em que não pôde ficar de luto, em que viveu sob um terror constante. Agora que tinha a chance de dizer adeus, não sabia o que sentir. Tinha perdido alguém que nunca sequer conhecera. Mas, de certa forma, se sentia mais próxima de Sutton que de qualquer outra pessoa. Pensou novamente na forma cintilante que vira no cânion. Translúcida, ofuscantemente linda. Emma e Sutton estavam ligadas por algo mais profundo e forte do que ela podia entender; e não sabia como abrir mão disso.

E nem eu.

Do outro lado do corredor estavam as garotas do Jogo da Mentira. Charlotte retorcia um lenço entre os punhos fechados. Madeline e Thayer sentavam-se lado a lado. O braço dele estava em volta da irmã de forma protetora enquanto ela chorava. Ele parecia estar em estado de choque, com o olhar colado atentamente à foto de Sutton. Até as Gêmeas do Twitter, que em geral eram animadas, encostavam-se uma à outra em busca de apoio. Gabby olhava para o chão, com lágrimas rolando e caindo direto de seu nariz pequeno. Lili desviara o rosto, enfiando-o nos braços da irmã, com os ombros tremendo.

Os Mercer tinham pedido ao capelão do hospital para fazer o funeral; nunca tinham sido uma família religiosa, mas o padre Maxwell conhecia Sutton desde pequena. Ele chorou abertamente enquanto fazia o discurso fúnebre, lembrando a criança impetuosa e alegre que vira crescer e se tornar uma jovem promissora. Emma mal ouviu. As palavras do padre eram compassivas e bem escolhidas, mas ele não poderia falar da Sutton que ela conhecia. Porque, embora elas nunca tivessem se encontrado, àquela altura ela conhecia Sutton melhor do que ninguém. Conhecia as partes dela que tinham sido arrogantes ou egoístas; mas sobretudo conhecia as partes leais, ferozes e apaixonadas. Ela sabia que a irmã fora uma lutadora. Sutton tinha lhe emprestado parte de sua força naquela noite no cânion.

Ela quase não notou quando o padre deu a bênção final. Então todos os convidados se levantaram e um murmúrio baixo se ergueu na igreja lotada. As pessoas se aglomeraram ao redor dos Mercer para prestar as condolências. Laurel já estava enrolada em um abraço histérico com a professora de cerâmica, a Sra. Gilliam; e o Sr. Mercer estava absorto em uma conversa em voz baixa com o Dr. Banerjee, dois homens ligados pela perda das filhas. De repente, Emma se sentiu claustrofóbica, afastando-se da família em direção a uma alcova atrás de uma coluna. Depois de viver tanto tempo como Sutton, e depois como uma mulher procurada, era estranho se esgueirar e ficar invisível, exatamente como a velha Emma.

Ela topou com alguém e tropeçou.

– Ah! Me... desculpe. – Sua voz morreu quando ela se virou e viu Garrett Austin com um terno preto e uma gravata azul-clara. As bochechas dela se queimaram quando seus olhos se encontraram.

– Hum, oi – disse ele, corando tanto quanto ela.

– Oi – repetiu ela. Atrás da pequena alcova, o sistema de som da igreja tinha começado a tocar uma delicada música de violão. Garrett respirou fundo.

– Você não imagina como estou arrependido – disse ele, sem encará-la. – Não acredito em como a tratei mal.

Emma balançou a cabeça.

– Você não sabia.

– Não importa. – Ele trocou o peso de um pé para outro, enfiando as mãos nos bolsos. – Mesmo que você *fosse* a Sutton, eu não deveria ter agido daquela forma.

– Tenho certeza de que foi uma... situação confusa. – Emma puxou a saia para ajeitar a barra. – Desculpe por não poder contar antes. Toda a coisa do aniversário... sei que pareceu que eu tinha jogado aquilo na sua cara. Não tive a intenção de humilhá-lo. Só não podia...

— Eu sei — disse ele às pressas, ficando ainda mais vermelho. — Eu entendo. — Ele se apoiou à coluna, evitando os olhos dela. — A verdade é que Sutton estava prestes a terminar comigo. Eu soube disso na noite em que a vi no cânion. Quando vi você no dia seguinte e você não falou nada, não acreditei na minha sorte. Achei que ela havia mudado de ideia. — Ele encarou os sapatos. — Soube o que aconteceu com a minha irmã?

— Sim — murmurou Emma, mordendo o lábio.

— Sei que não é desculpa. Mas me sinto muito... muito raivoso desde que isso aconteceu. Não sei por que não consigo seguir em frente. — Uma única lágrima desceu pela bochecha dele. — Sutton era mais paciente comigo do que deveria ser.

Emma ouviu, com o coração se retorcendo de compaixão por ele.

— É muita coisa para lidar sozinho. — Por impulso, ela pegou a mão dele, apertando-a.

Ele balançou a cabeça.

— Bem, chega de criar desculpas. Começo a terapia na segunda. Se sou tão instável a ponto de alguém me considerar suspeito de um assassinato é porque preciso de ajuda.

— Então você soube que Ethan estava tentando incriminar você?

— Sim. — Ele balançou a cabeça, perplexo. — Aquele cara... quer dizer, ele enganou a nós todos. Todos pensamos que ele fosse louco por você.

Um nó se formou na garganta de Emma. Ela desviou os olhos, voltando-se para um pequeno crucifixo de mármore abrigado em uma alcova.

— É — disse ela, com a voz pouco mais alta que um sussurro. — Eu também.

Garrett abriu a boca, como se estivesse prestes a dizer algo mais, quando de repente algum tipo de comoção começou na nave. Ele e Emma se viraram para a multidão, que olhava a parede atrás do altar. A música de violão parou de repente, e as luzes se apagaram.

Uma voz incorpórea falou pelo sistema de comunicação interna, ecoando pela igreja.

— Sutton Mercer... nós a saudamos!

Emma mal teve tempo de perceber que era a voz de Charlotte antes que a bateria *staccato* da música "We Are Young" do Fun. estourasse dos alto-falantes. Nesse exato momento, um projetor escondido nos fundos da igreja foi ligado. Imagens apareceram sobre o altar, vídeos de Sutton com as amigas, editados com a música de fundo. Um mostrava Sutton, Madeline, Charlotte e Laurel brindando com cantis nas fontes aquecidas onde costumavam entrar sorrateiramente. Em outro, alguém segurava uma câmera trêmula diante do rosto de Sutton em uma montanha-russa. Ela ria aos gritos, com o cabelo voando ao redor do rosto. Havia um filme de Sutton pulando na piscina de Charlotte, outro dela cantando caraoquê com Laurel e dançando com Thayer. Em um, ela, Gabby e Lili começaram uma guerra de comida, e as Gêmeas do Twitter a derrotaram e fizeram uma coroa de chantilly em seu cabelo, todas rindo.

E, finalmente, havia um vídeo de Sutton fazendo uma pose de pin-up em um vestido prateado justo. Ela estava no pátio de Charlotte, e atrás dela uma das festas exclusivas do Jogo da Mentira bombava. "É impossível derrotar uma boa diva", disse ela timidamente, com a voz amplificada pela igreja. Então soprou um beijo para a câmera, e o vídeo terminou.

Emma percebeu que suas bochechas estavam cobertas de lágrimas. Quando as luzes foram acesas novamente, houve um longo e ressonante silêncio. O Sr. Mercer tinha desmoronado, escondendo o rosto no ombro da esposa. Metade da equipe de tênis soluçava; Clara chorava alto, cortando a quietude com seus gritos.

Enquanto eu assistia ao vídeo, o tributo final de minhas amigas, meu coração parecia uma flor se abrindo ao sol. Estouros de cor e luz encheram minha mente, e de repente tudo, cada memória, cada momento da minha vida, tomou conta de mim. Tudo o que achei que tinha perdido voltou. Eu me lembrava de servir chá de mentirinha para minha mãe em seu antigo conjunto de porcelana. Eu me lembrava de meu pai me entregando o binóculo, apontando para onde um falcão "de rabo vermelho" fizera um ninho em uma árvore acima. Ali estava eu, brincando com Laurel em um forte de travesseiros em uma noite chuvosa. Conhecendo Charlotte no ônibus da escola no terceiro ano e Madeline no recreio no ano seguinte. Ganhando minha primeira raquete de tênis no Natal. Nadando no oceano Pacífico nas férias, olhando os muitos quilômetros de azul solitário. Imprimindo os cartões oficiais do Jogo da Mentira na casa de Charlotte, rindo dos títulos que tínhamos inventado para nós mesmas.

Beijando Thayer pela primeira vez, e pela segunda, e terceira. Todos os nossos beijos, cada momento ensolarado que passamos juntos voltaram a ter um foco perfeito.

Relembrei cada trote, cada segredo, cada aventura. Tudo era tão lindo, tão vibrante, tão real. Era a minha vida. Ethan não podia me tirar isso.

Nos fundos da igreja, Emma ouviu um tumulto. Ela se virou e viu uma velha de cabelo grisalho encaracolado escoltando Lili e Gabby pelas orelhas para fora da cabine audiovisual. As Gêmeas do Twitter ergueram os punhos, fazendo o sinal "heavy metal" enquanto andavam. O padre Maxwell corria para pegar o microfone de Charlotte no altar, e um homem de gravata-borboleta enxotava Madeline da cabine de controle da iluminação.

Mas antes que as garotas do Jogo da Mentira pudessem ser retiradas do local alguém começou a aplaudir.

Emma não conseguiu definir onde começou, mas a onda de aplausos foi crescendo, cada vez mais alto. Alguém assobiou entre os dedos.

– Amo você, Sutton! – gritou uma garota que Emma nunca tinha visto.

– Sutton, vamos sentir sua falta! – gritou outra pessoa atrás dela. E logo todos aplaudiam e batiam os pés, chamando o nome de Sutton.

– Hollier nunca mais será o mesmo!

– Você é a única rainha do baile em quem vamos votar!

A vovó Mercer aplaudia mais que todos, e Laurel chorava ao seu lado. A velha de lábios contraídos soltou Gabby e Lili, chocada, e elas correram para perto de Charlotte e Madeline sob a estátua da Virgem Maria. Então as quatro também aplaudiram e voltaram-se para o retrato de Sutton, com lágrimas brilhando nos olhos.

Eu pairava sobre elas, sentindo as palmas vibrarem por meu ser. Por um momento, quase as confundi com as batidas do coração.

35

FAÇA NOVOS AMIGOS, MAS MANTENHA OS ANTIGOS

Minutos depois, Emma saiu ao suave sol da tarde. A recepção fora arranjada no pátio diante da igreja, sob perfumados eucaliptos. Alguns participantes do funeral já tinham enchido pratos de papel com *vol-au-vents*, sanduíches de pepino e cookies com geleia. Emma espiou o Dr. Banerjee, com uma aparência frágil, mas conversando animadamente com a treinadora Maggie. Quinlan também estava ali, tomando um copo de limonada e conversando com o padre Maxwell. Louisa estava com Celeste, compartilhando legumes crus de um único prato. Sabendo pelo que Louisa tinha passado, era inevitável encará-la. De alguma forma, ela havia conseguido deixar toda aquela perversidade para trás e seguir em frente. Se ela podia se recuperar, talvez Emma também pudesse.

— Emma? – uma voz vacilante falou suavemente de seu lado esquerdo. Ela se virou e viu Alex Stokes, bem mais baixa e delicada que Emma, usando um vestido preto de tecido leve e Doc Martens amarrados até a metade.

O rosto de Emma se iluminou.

— Alex!

Alex se aproximou rapidamente e a abraçou.

— Eu sabia que não tinha sido você — disse ela, com a voz abafada contra o ombro de Emma. — Sinto muito por ter mostrado aquelas mensagens de texto à polícia. Não sabia mais o que fazer.

— Não importa — disse Emma. — Eles as teriam obtido de qualquer maneira. Só fico triste por terem envolvido você nisso tudo. E sinto tanto por ter mentido para você.

Alex se afastou do abraço e a encarou com olhos redondos e compreensivos.

— Parece que foi... complicado.

— É — murmurou Emma, mordendo o lábio. — Ainda não estou pronta para falar disso. Mas prometo que vou contar tudo assim que estiver.

— Estarei aqui — disse Alex, apertando o cotovelo dela.

As portas da igreja se abriram outra vez, e toda a panelinha do Jogo da Mentira apareceu junta. Seus olhos estavam vermelhos, mas elas saíram com toda a atitude digna de *it girls* que teria deixado Sutton orgulhosa. Os lábios de Charlotte estavam pintados de Vermelho Rainha Megera, e Madeline erguia o queixo com uma atitude de primeira bailarina. Lili e Gabby estavam de braços dados, Lili usava meia-calça de renda e delineador preto, e Gabby um colar de pérolas e brincos combinando. Laurel também estava com elas, com o cabelo louro-mel preso e um lenço bordado em uma das mãos.

Alex olhou para a panelinha, depois para Emma.

– Elas parecem, hum, legais.

Emma abriu um sorriso.

– Elas não são. Mas tudo bem. Na verdade, elas são incríveis.

Charlotte foi a primeira a encontrar os olhos de Emma. Ela desceu os degraus lentamente até onde ela estava, seguida pelas outras garotas. Laurel lhe deu um sorriso incerto, mas a expressão no rosto das outras era dura. Ao lado dela, Alex trocou o peso de um pé para outro.

Depois de um longo momento, Charlotte estendeu a mão para Emma.

– Não nos conhecemos oficialmente – disse ela em um tom suave. – Meu nome é Charlotte Chamberlain. Sinto muito pela sua perda.

Emma engoliu em seco. Então ela apertou a mão de Charlotte. A palma da mão dela era quente e macia. Emma a segurou por um momento, depois puxou Charlotte para si em um abraço.

– Sinto muito, Char – sussurrou ela. Charlotte tremeu em seus braços, depois retribuiu com força o abraço.

– Nós sentimos muito por não termos dado a você uma chance para se explicar – disse Madeline, jogando os braços ao redor de Emma e Charlotte. Emma sentiu que as duas tinham voltado a chorar.

– Eu não as culpo – disse ela. – Sutton era a melhor amiga de vocês. E eu menti para vocês durante meses.

— É, mas você não teve escolha. — Charlotte fungou. — Foi inacreditável você tentar solucionar o assassinato por conta própria.

— *Eu* acho Ethan inacreditável... — começou Lili, mas Laurel lhe lançou um olhar sórdido.

— Cedo demais — sussurrou ela.

Após um bom tempo, as garotas se afastaram sem jeito. Emma sabia que era estranho para elas. Ela as havia conhecido, mas elas não sabiam nada a seu respeito. Será que ao menos gostariam de alguém como Emma? Ela era muito diferente de Sutton. Mas, apesar de tudo, tinha se divertido com as garotas do Jogo da Mentira, que a haviam feito correr riscos que nunca tinha corrido em sua antiga vida, e deram-lhe coragem quando mais precisava. Ela gostava de pensar que também tinha feito alguma diferença na vida delas. Desde que entrara na vida de Sutton, a panelinha tinha se tornado um pouco mais calorosa e mais acolhedora entre si.

— Esta é a minha amiga Alex. De Henderson — disse ela, e Alex assentiu devagar. Emma ficou um pouco tensa; aquele momento de colisão de mundos era estranho. Alex era o tipo de garota em quem o Jogo da Mentira adoraria dar um trote. E as amigas de Sutton eram o tipo de garotas que Alex chamava de "vítimas da moda" e "marias-tendência".

Lili olhou Alex de cima a baixo.

— Adorei as suas botas — disse ela. — Eu tinha um par que ia até os joelhos, mas meu cachorro comeu.

— Que droga — disse ela. Lili assentiu com seriedade.

— Henderson é perto de Las Vegas, não é? — perguntou Charlotte. — Fomos lá uma vez, no verão passado, em uma viagem do Jogo da Mentira. Sutton deu um jeito de nos colocar na Suíte Presidencial do Bellagio. – Ela sorriu com tristeza. – Deve ser divertido morar lá. Tem muita coisa para fazer.

– É legal – disse Alex. – Não é tão divertido sem a Emma.

– Então... você vai ficar em Tucson, agora que tudo terminou? – perguntou Madeline a Emma de forma hesitante, e ela assentiu.

– Espero que sim. Os Mercer me convidaram para morar com eles. – Ela olhou para Alex. – Vou sentir muito a sua falta, mas nunca tive uma família. Preciso fazer isso.

– Eu sei – disse Alex. – Eu entendo. Além do mais, você não vai estar *tão* longe de mim. Talvez façam outra viagem do Jogo da Mentira em breve e você vá me visitar. – Ela teve um pouco de dificuldade em dizer o nome do grupo, mas ninguém mais pareceu notar. Emma sorriu.

Charlotte trocou um olhar com Madeline, que assentiu suavemente.

– Por falar no Jogo da Mentira, estávamos pensando em fazer uma festa do pijama neste fim de semana. Você quer ir?

Emma corou de felicidade.

– Eu adoraria. – Ela fez uma pausa, depois continuou: – Mas tem uma coisa que eu não faço.

Madeline inclinou a cabeça com curiosidade, mas Laurel parecia saber o que Emma estava prestes a dizer.

– Chega de trotes. Não consigo mais fazer isso.

As garotas ficaram em silêncio por um bom tempo. Charlotte baixou os olhos e encarou seus Jimmy Choos pretos, e Madeline envolveu o corpo com os braços. Atrás delas, as Gêmeas do Twitter ficaram boquiabertas. Alex se limitou a erguer uma das sobrancelhas de forma questionadora. Mas Laurel assentiu.

— Estou com a Emma nessa — disse ela. — Isso já prejudicou gente demais. E meu filme de assassinato foi o que Ethan usou para... sabe... — Ela não conseguiu terminar a frase.

Madeline respirou fundo.

— Você está certa. Talvez esteja na hora de ser apenas as boas e velhas garotas populares, para variar. Nós *somos* fabulosas o bastante e não precisamos de truques para chamar a atenção, sabe.

Charlotte jogou o cabelo para trás do ombro.

— Já tem um tempo que acho que essa hora chegou. Não somos mais crianças.

Emma olhou para Lili e Gabby, que estavam com uma aparência rebelde. Lili se aproximou para sussurrar algo no ouvido de Gabby, que assentiu. Elas só tinham entrado no clube poucos meses antes e, claramente, não estavam felizes por deixá-lo tão cedo.

Ah, tudo bem. As Gêmeas do Twitter podiam se rebelar, desde que não dessem um trote em Emma.

— Enfim, não temos tempo para trotes agora — disse Charlotte. — Preciso encontrar um biquíni novo para usar em Barbados. Não posso ficar de saída de praia o tempo todo se quiser me bronzear. — Ela deu um sorriso tímido. — Emma, você continua convidada, se quiser ir. Um pouco de praia, bebida e garotos pode ser tudo de que precisa para se recuperar de... de tudo isso. — Ela indicou tudo ao redor, em um gesto desamparado. Emma deu um tapinha de agradecimento em seu ombro, verdadeiramente tocada.

— Obrigada, Char. Mas preciso passar este Natal com a minha família. — Seus olhos encontraram os de Laurel, e ambas sorriram.

— Sobra mais para nós — disse Madeline, animada. — Vamos trazer rum para você.

Emma riu. De repente, o sol em seu rosto e a brisa de dezembro contra suas pernas expostas eram quase paradisíacos.

Observei minhas amigas confortando umas às outras, com os olhos brilhando de lágrimas e os sorrisos hesitantes sob o sol do inverno. Eu sabia o quanto sentiriam minha falta; que todas carregariam essa tristeza por muito tempo, no fundo do coração. Mas elas iam ficar bem, iam se libertar de mim, como os vivos sempre tinham de fazer com os mortos.

Então vi algo que apertou meu coração.

Thayer, com as mãos nos bolsos, estava em um canto. Sozinho. E olhando para Emma.

36

SUA PARA SEMPRE

Thayer estava um pouco afastado da multidão, apoiado a um muro branco baixo que cercava o terreno da igreja. Ele escolhera um paletó esportivo da Burberry com caimento perfeito e calça social sem gravata. Seu cabelo escuro caía sobre um dos olhos, e as mãos estavam enfiadas profundamente nos bolsos. Quando viu Emma se aproximar, ergueu um pouco a mão.

– Oi – disse ele.

– Oi – respondeu ela. O silêncio recaiu sobre eles. Ela observou Garrett se juntar a Celeste e Louisa, enxugando as lágrimas. A vovó Mercer tinha saído da igreja, de braço dado com o Sr. Mercer. Laurel foi rapidamente para o lado da avó e pegou o outro braço, murmurando em seu ouvido.

A poucos metros de Emma e Thayer, um par de rolinhas empoleirava-se lado a lado em um cacto. Elas arrulhavam suavemente uma para a outra, como se estivessem imersas em uma conversa.

— Como os espinhos não as machucam? — perguntou Thayer abruptamente.

Emma inclinou a cabeça de forma questionadora. Ele indicou os pássaros com a cabeça.

— Acho que é porque são muito leves — disse Emma. Ela engoliu em seco, tentando empurrar o nó em sua garganta. — Thayer, eu sinto tanto.

Lentamente, ele voltou o olhar para ela. Seus olhos esverdeados estavam tristes, mas límpidos.

— Não estou com raiva de você, Emma. — Ele olhou para seu rosto por um longo momento, depois desviou os olhos depressa. — É que... você é igual a ela. Mesmo sabendo de tudo que aconteceu, parte de mim ainda quer beijar você.

— Mas isso seria totalmente errado — disse Emma, sorrindo com tristeza. — Eu não sou a Sutton. Não fui nem uma boa substituta.

Ele riu baixo, relevando a covinha perfeita em uma das bochechas.

— Não se subestime. Você não é ela. Mas é incrível.

Ele tirou a carteira do bolso de trás e pegou um pedaço dobrado de folha de papel. Assim que o vi, soube o que era. Um fio de eletricidade me conectou à carta.

— A polícia me deu isto — disse ele, olhando o bilhete. — Eles encontraram no telefone dela. Acho que Ethan deve ter tentado deletar, mas um dos investigadores deles recuperou do cartão de memória. Ela escreveu naquela noite do cânion e salvou como rascunho na nossa conta secreta de e-mail. Acho... acho que ela não se importaria se você lesse.

A garganta de Emma estava apertada quando pegou o bilhete. Com cuidado, ela o desdobrou.

Querido Thayer,

Ainda estou processando tudo o que aconteceu comigo esta noite. Parece que meu mundo inteiro foi virado de cabeça para baixo. Mas toda essa incerteza esclareceu uma coisa: eu amo você. Amo você loucamente, Thayer, e quero ficar com você.

Sei que fiz muitas coisas que o magoaram, não quero mais que seja assim. Não ligo para onde você esteve. Não estou zangada. Pode me contar quando estiver pronto; mas não vai fazer diferença. Você é o único para mim. Sei que esse tipo de amor acontece uma vez na vida. Não vou perdê-lo.

Sua para sempre,

Sutton

Os olhos de Emma estavam cheios de lágrimas. Ela enxugou uma delas antes que caísse e molhasse o bilhete. Ergueu o rosto e viu Thayer, com uma expressão atormentada e triste nos olhos castanho-esverdeados.

— Durante todas essas semanas, quando ela parou de me mandar e-mails, eu fiquei muito confuso — disse ele, com a voz falhando. — Achei que tínhamos terminado. Achei que as coisas que disse a ela naquela noite no cânion a tinham feito me odiar. E por todo aquele tempo, ela tinha... partido.

"Partido, não", murmurei. "Ainda estou aqui. Ainda sinto muito a sua falta."

— Você não tinha como saber — disse Emma. — Ethan escondeu bem demais os próprios rastros.

— Ethan. — O rosto de Thayer se obscureceu. — Aquele cara me deve muito.

— Bom, ele está recebendo o que merece. — A voz de Emma foi firme, mas ao falar ela sentiu o frio que dominava seu coração toda vez que pensava nele. Thayer relaxou o rosto, olhando para ela com preocupação.

— Você está se sentindo bem? — perguntou ele, inclinando-se de leve para ela. De repente, ela se lembrou daquela noite na festa de Char, quando Thayer lhe fizera a mesma pergunta.

Não estou com uma cara boa?, provocara ela.

E Thayer tinha dito: Você está perfeita, como sempre. Perguntei como está se sentindo.

Thayer, sempre tão perceptivo. Emma suspirou. Ele parecia enxergar através dela, do mesmo jeito que sempre enxergara através de Sutton.

— Fico dizendo a todo mundo que estou bem. Mas a verdade é que não estou. Não sei se um dia ficarei bem de novo. — A voz de Emma falhou por um momento, e ela fez uma pausa. — Só estou feliz por tudo ter acabado. Até agora eu estava com tanto medo que não tinha conseguido sofrer por ela.

Thayer se aproximou e a abraçou com força.

— Obrigado, por tudo o que fez por ela — sussurrou ele.

"Thayer", sussurrei, perto do ouvido dele. Por um momento, tive a impressão de sentir o calor de seu corpo, a maciez de sua pele. "Sempre vou amar você. Mas nós dois precisamos seguir em frente. Quero que você seja feliz. Quero que você viva."

Lágrimas brilhavam nos olhos dele. Ele encostou a cabeça na de Emma.

— Adeus — sussurrou ele. Emma não precisou perguntar com quem ele estava falando.

37

ADEUS

Na tarde seguinte, Emma estava diante do espelho do banheiro compartilhado de Sutton e Laurel com um brilho labial em uma das mãos, encarando os próprios olhos azul-mar. Ainda era surreal se olhar no espelho e ver a si mesma. Ela fora outra pessoa por muito tempo. E depois de tudo pelo qual tinha passado, não sabia quão real ainda era seu verdadeiro eu.

Naquela manhã, todos eles tinham ido ao mercado local escolher juntos uma árvore de Natal. Agora ela ouvia a Sra. Mercer e a vovó Mercer na sala de estar lá embaixo, rearrumando a mobília para abrir espaço para as decorações. Acima, os passos do Sr. Mercer e de Laurel rangiam no sótão enquanto eles pegavam caixas de enfeites. Durante todo o dia uma suave quietude permeara a casa; não um silêncio constrangedor, mas tranquilo. Era a quietude das feridas começando a se curar de uma profunda tristeza que precisava de espaço para respirar.

Os olhos de Emma correram para o cartão-postal que ela enfiara no canto do espelho, juntamente com todas as fotos das amigas de Sutton e dos ingressos de shows e recortes de revistas de moda que sua irmã gêmea pendurara ali. O cartão-postal tinha uma foto no Alamo ao pôr do sol e dizia SAUDAÇÕES DE SAN ANTONIO em letras maiúsculas. No verso, uma letra tosca e desleixada escrevera apenas *Estou bem. –B.* Tinha chegado no dia anterior, endereçado ao Sr. Mercer. Ele tinha deixado ao lado do prato de Emma durante o café da manhã.

Becky ainda não sabia a verdade; que Sutton estava morta, que Emma agora estava em Tucson com os Mercer. Mas era um alívio saber que ela estava segura; Emma gostava de imaginar diferentes versões de uma nova vida para sua mãe: imaginava Becky forte e saudável, recuperando o peso da silhueta esquelética de forma que a expressão atormentada sumisse de seu rosto. Ela a imaginava pintando casas em cores vivas, vendendo frutas em uma barraquinha de beira de estrada ou aprendendo a guiar um barco rio abaixo com um mentor paciente e gentil. Mais do que tudo, ela queria acreditar que Becky podia mudar. Queria acreditar que todos eles podiam, se quisessem.

Seus olhos voltaram para o próprio reflexo quando ela levou o brilho aos lábios. Mas o que viu no espelho a fez largar a embalagem em choque, fazendo-a tilintar na pia, esquecida. Por menos de um segundo, ela a viu ali, uma cintilação, uma centelha. Sutton.

Sua irmã gêmea estava bem ao seu lado. Ela usava o mesmo casaco rosa com capuz e short atoalhado com os quais morrera, com o cabelo em longas ondas soltas ao redor dos ombros. Os olhos delas se encontraram no espelho. O fantasma de um sorriso brincou em seus lábios... e então ela desapareceu.

– Sutton? – Emma se virou para olhar atrás de si. Mas, ao fazer isso, sabia que não veria ninguém. Ela se voltou ao espelho para suas maçãs do rosto altas, seu nariz arrebitado. A fronteira entre Emma e Sutton estivera borrada por muito tempo. Onde a vida de sua irmã gêmea terminava e a dela começava?

Minha irmã teria o resto da vida para descobrir quem era. Mas eu tinha a sensação de que sempre seria uma parte dela; que, de alguma forma, tínhamos mudado uma à outra.

Bateram de leve à porta.

– Entre – disse Emma suavemente. Laurel abriu. Ela fixou os olhos em Emma por um bom tempo.

– O que foi? – perguntou Emma.

Laurel balançou a cabeça.

– É que ainda é assustador. Desculpe. Sei que você deve estar cansada de ouvir isso. É que você é a Sutton, mas... não é. – Ela se aproximou e parou ao lado de Emma, passando uma escova pelo cabelo louro-mel.

– Não, você está certa. Também é assustador para mim – disse Emma, olhando outra vez para o espelho. Ela usava sua camiseta Tootsie Pop vintage dos anos 1970 e uma saia jeans que ela mesma fizera usando uma calça. Tinha feito uma trança solta para trás e cortado a própria franja, que caía nos olhos desde que chegara a Tucson. – Essas roupas nem têm mais a ver comigo. Mas as roupas de Sutton também não.

Laurel prendeu o cabelo para cima em um coque desleixado.

— Bom, isso significa apenas que precisamos fazer compras de crise de identidade no La Encantada em breve.

— Seria ótimo — disse Emma. Os olhos delas se encontraram no espelho, e ambas sorriram.

— Enfim — disse Laurel, corando de alegria. — Acho que estão nos esperando para começar a arrumar a árvore. Está pronta para descer?

Emma respirou fundo. Sonhara com aquilo por muito tempo. Um Natal em família. Agora que o momento chegara, ela estava estranhamente nervosa. E se não fosse o que ela esperava? Talvez os Mercer não quisessem sua presença. Talvez não quisessem que ela descesse para ajudar.

— Acha que não tem problema? — perguntou ela, mordendo o lábio.

Laurel ergueu uma das sobrancelhas.

— Você sobreviveu à chantagem, ao sequestro e à agressão, e está com medo de podar a árvore? Qual *é*. — Ela deu o braço a Emma e o apertou de um jeito tranquilizador. Juntas, elas foram para o andar de baixo.

A Sra. Mercer já tinha pendurado uma guirlanda no corrimão, e o cheiro de baunilha e canela flutuava pela casa. Na sala de estar, moveram uma poltrona para abrir espaço para o pinheiro de nuances prateadas. Alguém já tinha pendurado pequenos pisca-piscas em seus galhos. Bing Crosby cantava no som, e havia um prato de cookies sobre a tampa do piano de cauda. Drake, usando chifres de rena de pelúcia, erguia o nariz e farejava o prato de um jeito esperançoso.

Os Mercer já estavam ali, e o fogo crepitava na lareira. A Sra. Mercer remexia uma caixa de decorações no chão, enquanto o Sr. Mercer olhava atentamente para a árvore, usando um chapéu de Papai Noel vermelho vivo. A vovó Mercer também estava presente, com o cabelo perfeitamente ondulado, pérolas no pescoço. Emma engoliu em seco. A avó ainda não falara com ela mais do que o absolutamente necessário.

– Ah, meu Deus, eles já começaram a tocar "White Christmas" – resmungou Laurel, revirando os olhos, mas Emma gostou em segredo. A Sra. Mercer deu um sorrisinho satisfeito.

– Isso mesmo – disse ela. – E depois disso vamos ouvir John Denver e Judy Garland para completar.

Laurel fingiu vomitar, e Emma riu. Ela sempre gostara de música de Natal; era uma das poucas coisas que podia desfrutar de graça durante as festas de fim de ano. Ela tinha passado muitas delas andando pela Las Vegas Strip, ouvindo a fonte do Bellagio tocar "It's the Most Wonderful Time of the Year" e olhando as árvores de Natal luxuosamente decoradas que os cassinos montavam. Agora ela cantarolava junto, pegando um cookie do prato e mordendo-o.

A vovó Mercer olhou para o Sr. e a Sra. Mercer, com rugas ansiosas no canto dos olhos. O Sr. Mercer colocou uma das mãos em seu ombro, e uma comunicação muda se passou entre eles. Ele assentiu com seriedade, como se a encorajasse. O coração de Emma parou por um segundo.

A vovó Mercer engoliu em seco e voltou-se para Emma, esquadrinhando seu rosto e absorvendo os traços tão parecidos com os de Sutton. Ela pigarreou.

– Há algo que eu adoraria dar a você, Emma.

Os ouvidos de Emma se apuraram ao som de seu nome. Era a primeira vez que a vovó Mercer o dizia em voz alta. Ela lançou um olhar a Laurel, que sorria com a luz do fogo dançando em seus brilhantes olhos verdes. Então a mulher mais velha colocou uma caixa na mão de Emma.

Ela a segurou por um bom tempo, incapaz de estragar o lindo pacote. Era do tamanho de uma caixinha para joias, com um laço de cetim. Ela mal sabia o que fazer.

– Vá em frente – disse a avó com um toque de diversão exasperada na voz. – Abra logo.

Emma pegou a fita com os dedos e a puxou. Dentro havia um enfeite, uma estrela simples de cinco pontas de prata. Gravado na frente em letras cursivas estava seu nome. Abaixo, sua data de nascimento.

– Foi o que dei a cada uma das meninas em seu primeiro Natal – disse a avó, abrindo um sorriso triste. – Sutton e Laurel. E para a pobre Becky também, séculos atrás. Eu achei... achei que você também gostaria de ter um.

Emma não conseguia falar. Ela olhava para o enfeite em sua mão com os lábios entreabertos. A estrela ficou embaçada quando seus olhos se encheram de lágrimas. Mas, pela primeira vez em muito tempo, não eram lágrimas de medo, de tristeza ou de frustração. Ela estava chorando de felicidade.

De repente, Emma percebeu que todos os que estavam na sala a observavam. O Sr. e a Sra. Mercer sorriam suavemente, e Laurel abraçava os joelhos contra o peito no sofá, com uma expressão triste. A vovó Mercer lhe deu um sorriso trêmulo e preocupado. Emma enxugou rapidamente os olhos, olhando para todos eles.

– Obrigada – sussurrou ela. – É lindo.

— Achamos que neste ano... você também poderia nos ajudar a pendurar o da Sutton — disse o Sr. Mercer, com a voz falhando um pouco.

Emma assentiu, com a garganta apertada de emoção quando o Sr. Mercer lhe entregou a outra estrela. Por um momento era fria e dura, e depois lentamente se aqueceu ao contato de sua pele. Ela as segurou, uma em cada mão, gravadas com a mesma data. Então voltou-se para a árvore e as pendurou lado a lado, tão perto que as pontas se tocavam.

As estrelas irmãs, pensou ela. *Finalmente juntas.*

Eu os observei por mais alguns minutos. Minha mãe tentando cantar "O Holy Night", rindo quando errava a letra. Meu pai colocando o braço em torno da vovó Mercer, com lágrimas brilhando nos olhos quando ela encontrou o enfeite que eu tinha feito no primeiro ano com minha foto da escola. Laurel pendurando sua meia, perguntando alto se todos achavam que era grande o suficiente. Drake, debaixo do piano, abrindo furtivamente o guardanapo amassado com o cookie esquecido de Emma. E Emma. Emma, desempacotando os enfeites um a um, passando as mãos amorosas por eles. Perguntando-se sobre a história de cada um; de onde tinham vindo, o que significavam, quem os escolhera. Mas haveria tempo para descobrir tudo isso, tempo para ouvir as histórias de sua família e tornar-se parte delas.

E, então, me senti flutuar, lentamente me separando do mundo que sempre conhecera. Por uma fração de segundo, entrei em pânico. Eu não estava pronta. Não queria deixá-los. Mas meus olhos recaíram sobre a árvore, sobre nossas pequenas estrelas prateadas. Laurel tinha pendurado a dela logo abaixo da de Emma. Então entendi. Éramos uma constelação. Sempre estaríamos juntas.

Eu me virei para Emma, a irmã gêmea que nunca pude conhecer em pessoa, que tinha vivido minha vida e me trazido paz, embora isso quase tivesse lhe custado tudo.

"Obrigada", sussurrei.

No reflexo das estrelas, vi minha forma cintilando em prata e ouro, ficando cada vez mais brilhante até eu nem conseguir olhar para mim mesma. Eu estava me transformando em energia, pura e brilhante. Olhei pela última vez minha família, minha constelação, linda e brilhante.

"Lembrem-se de mim", falei, sabendo que se lembrariam. E então, com a rapidez de uma estrela cadente, eu desapareci.

AGRADECIMENTOS

Obrigada a todos que tornaram esta série possível, incluindo Lanie Davis, Sara Shandler, Katie McGee, Josh Bank e Les Morgenstein da Alloy, assim como Kristin Marang e sua equipe digital. Agradeço também a Kari Sutherland e à equipe da Harper por todas as suas boas ideias e orientação. E a Jen Graham: você é realmente incrível e mais do que útil. Não sei o que teria feito sem você!

E um obrigada às pessoas da Alloy Entertainment LA e da ABC Family – eu amo o que vocês fizeram com a série de TV, e espero que a diversão continue! E agradeço também a todos os leitores desta série – espero que vocês tenham acompanhado o mistério até o fim. Adoro ter notícias de vocês – por favor, não parem com os tuítes, as cartas e os comentários. Eba!

Impresso na Gráfica JPA Ltda., Rio de Janeiro – RJ